U0686346

杨顺丰

著

侗画家

团结出版社
UNITY PRESS

图书在版编目（CIP）数据

侗画家／杨顺丰著. -- 北京：团结出版社，
2023. 12

ISBN 978-7-5234-0499-7

Ⅰ. ①侗… Ⅱ. ①杨… Ⅲ. ①长篇小说-小说集-中
国-当代 Ⅳ. ①I247. 5

中国国家版本馆 CIP 数据核字（2023）第 196333 号

出　　　版：团结出版社
　　　　　　（北京市东城区东皇城根南街 84 号　邮编：100006）
电　　　话：（010）65228880　65244790
网　　　址：www. tjpress. com
E - mail：zb65244790@ vip. 163. com
出版策划：力扬文化
经　　　销：全国新华书店
印　　　刷：四川科德彩色数码科技有限公司

开　　　本：145mm×210mm　1/32
印　　　张：7.5
字　　　数：170 千字
版　　　次：2024 年 1 月第 1 版
印　　　次：2024 年 1 月第 1 次印刷

书　　　号：ISBN 978-7-5234-0499-7
定　　　价：58. 00 元

（版权所属，盗版必究）

主 要 内 容

　　以侗族地区民间文艺生态背景为题材的长篇小说《侗画家》，共 28 章，17 万字。小说叙述了集教授与慈善家于一身的画家吴一从出生到参加工作的奋斗历程。他研文索艺，服务文化，建造艺楼，热心公益，乐捐办学，用心培养民间文艺家，做好传帮带，在平凡的工作中创造出不平凡的业绩。表现了艺术家善良、勤奋、智慧和忠诚的人格魅力，展现了艺术家助人为乐、奉献社会的良好风貌，歌颂民族团结进步，弘扬积极向上的时代精神，展开一幅山乡巨变和乡村振兴的美丽画卷。

目　录

第 1 章

祭 "萨" 神婴儿取字，看名医吴一入学

"呜哇"两声，"快拿剪刀来！"李姣在喊着。吴生从吊脚楼顶上拿着一截楠竹，迅速来到火塘边，用柴刀破成四片，将一片放在火塘的梨木火炭上停留瞬间，然后手拿消过毒的竹片进房间走到李氏身边，左手拿着脐带，右手拿着消过毒的竹片，用力一割，一个男婴降生了。初为人父的吴生脸上写满了笑意，吴生家沉浸在欢乐和幸福之中。

第三天，房族人积极地下了厨房，亲戚朋友来到吴生家吃"三朝酒"。侗乡有吃三朝酒的习俗，吃"三朝酒"之日，也就是新婚新娘的娘家送给自己的姑娘成为母亲后的嫁妆的日子。

这一天，新娘的娘家兄弟姐妹是这次酒席的贵客，他们送来嫁妆。这些嫁妆有织布机一台、纺纱机一台、樟木箱子三个、侗布被窝六床、木盆三个、木水桶两对、木尿桶一对等日常生产生活用品，一应俱全。吃"三朝酒"的队伍从新生婴儿的外婆家出发，队伍的前面抬着织布机、纺纱机和木箱子，接着是被窝、木盆、木桶，后面挑着酸鱼、酸鸭、酸猪肉和糯米糍粑等礼物。一

排长长的队伍，一百来人。到了新生婴儿家的门前，先吃"拦门酒"，进门后，再吃香油茶，最后按祖父与外祖父，父亲与内兄内弟，吴家伯叔与李家伯叔……主客对应，依次入席。主客合欢，规规矩矩。主客互敬，一片欢乐，万般吉祥。

在猜拳打码之时，无限欢乐之际，是给新生婴儿取名字的重要环节。在主人与客人最高兴的时候，从房间传出救命的声音："救……救救……救救救孩子！"孩子的母亲李姣在大声喊，抱在她怀里的婴儿脸色苍白，奄奄一息。

村卫生室来了一位年轻的医生，他给新生婴儿量了体温，吓坏了，40度多，然后打了屁股针。新生婴儿哭声越来越大，而且哭个不停。婴儿的外公说："李姣，你们敬'萨岁'了吗？""没有。"李姣回答了父亲。吴生房族的族长准备了清茶，在"萨岁"神台前，敬了三炷香，烧了三张纸，磕了三下头。这时候，李姣一边喂奶，一边出来。婴儿不哭了，脸色白里透红，好像北方盛产的优质苹果一样。这个婴儿，一张国字脸，两只大耳朵，一双大眼睛，一双小腿不停地乱踢，真是吉人自有天相。"人见人爱，花见花开。"外公对主人和客人预测说，"外孙将来必成大器！"

取名字的环节继续进行，舅娘说，取名叫吴富，舅父说取名叫吴贵，爷爷说，取名叫吴一，字崇善……大家在议论纷纷，都说，好好好！吴一好，吴一真好。运气第一，财气第一。崇善事，做好人，有福气，能长寿。一生好事，千载流芳。

吴一茁壮成长，三岁的时候，能背诵唐诗一百首。五岁的时候能写诗，他的第一首诗叫《家》："上面铺着瓦，吉祥父母家。一桥通上海，六路到长沙。"

吴一的聪明，村里人无不知晓，无论谁都喜欢逗他。有时候，一些比较难的问题，他也能回答。比如一个人稍微有点发热，问他拿什么药治疗，他说，饮用一杯开水泡红火子成的炭水即可康复，或者一点红与五花肉炒着吃，效果也很好。吴一继续说，一点红是一种营养价值极高的野生蔬菜，有多种对人体有益的物质，这些物质可以促进人体代谢，加快人体组织细胞再生，对增强人体素质有极大的好处。村里的老人觉得很惊讶。这么小的孩子为什么懂那么多，难以理解。有一个爷爷问他："吴一，你跟谁学那么多东西?""我跟我的爷爷学，爷爷有一本书好书叫《本草纲目》，作者是李时珍。封底已经烂了，最后一页也没了。我发现爷爷时不时看一下，我也在爷爷去山上采药的时候看一下。我刚才说的，就是书上说的。"爷爷奶奶都点头称赞吴一，吴一谢过爷爷奶奶，跟朋友玩耍去了。

有一次，吴一与三个好友去小溪边游泳。虽说是夏天，但溪水很凉爽，是由两边山泉水汇聚而成。山上杉树茂密，竹林遍野。鸟语花香，古树林立。小溪南北两岸，柳树绿中吟丽景；大道东西两边，稻花香里讲丰年。邻居吴山坡不会游泳，连续喝了很多水，越来越沉，一时十分危险。吴一见状，左手拉着山坡，右手用力努力往岸上游，边喊边游，在另外两个朋友的帮助下，山坡才转危为安。吴一回到家后，被妈妈爸爸痛骂一通，一再告诫吴一，千万要吸取教训，千万要保证安全。"爸爸妈妈，我记住了，健康平安!"吴一点头回答，老实认错。

时间在推移，吴一到了入小学的年龄。吴一生于一个有 300多户人家的高平侗寨里。寨子北靠湖南，西近贵州。村里有一所学校，5 间教室全是木构建筑。从一年级到五年级共 5 个班，分配有 5 位教师，其中有 1 位女教师。这位女教师从教以来，一直在高平村教书，现在是高平村银匠的妻子。秋季学期开学第一天，李姣右手提着一个菜篮子，左手牵着吴一，同老师打招呼："张老师您好！"张老师在办公室桌前微笑着，说："欢迎新入学的学生和学生的家长。""张老师您好！您贵姓？真的不好意思，我带着儿子一直在广东打工，前几天才从广东回家。我弄不清您是姓张、姓姜、还是姓江。"李姣道。"吴一妈真幽默，我姓张，弓长张，名字叫维新，老家是广东，现在是我们村的媳妇。"李姣与张维新老师相谈甚欢的时候。便听见办公室外面有人喊："救命啊，救命啊……"原来吴一在吴妈妈身边，后来在吴妈妈跟老师说话的时候，他想喝水，井亭就在学校的东边，于是他在去井亭的路上不小心跌了一跤，滚下了田坎，右腿右脚疼痛难忍。李姣和张老师和其他来校报名的学生家长三步并作两步地跑到田坎救下吴一，李姣将吴一背回家里，吴一疼得眉头紧皱。村里的一名老中医给他诊断，说右边腿骨折了。

老中医给吴一敷了骨折的草药。李姣在旁边看着孩子，心如刀割。这时候，吴一的爸爸、伯叔、房族的族长都来了。关于用中医治疗，还是用西医治疗，公说公有理，婆说婆有理，最后决定去林江乡卫生院检查。吴爸爸背着自己的孩子，吴妈妈跟在背后，走了两个小时的羊肠小道来到林江乡卫生院。挂号、交费、检查。主治医生说："哎呀，不行了，你们来要是快点就好了。根据孩子目前的状况只能实施截肢手术，别无他法。建议马上转院实施手术。"李姣一听，惊得晕倒了，护士扶着她到沙发上。"能不截吗？"吴生在低声哀求着，一时之间，悲伤过度，吴生也晕倒了。在这万分危急之际，医生也慌了手脚，万一孩子动手术要亲属签字的呀……一会儿，吴一的父母终于醒来了，他们心想，最坏的结果是截掉，而变成残废，那不如死马当活马医。他们不愿截肢，于是结了账，背着孩子回家，再找其他办法。

吴一和父母回到了家，准备了一些东西，便往湖南赶去。这是一个月明星稀的夜晚，他们奋力地跑着。父亲背着孩子，母亲在后跟着。一前一后，唯一的希望是以最快的速度赶到邻村湖南双水县的龙医生家里。龙医生叫龙金，是十里八乡著名的骨科医生，60多岁的年纪，在40多年的行医过程中，医治了无数的患者，给患者带来了福音。

吴生背着孩子走了四个多小时的夜路，终于在凌晨两点到了龙医生的家。吴生一边敲门一边大喊："有人在家吗？""在家，请进来。"主人回答，这个声音是从被窝里传出来的。进了大门，映入眼帘的是无数锦旗和奖状。这是一栋三间五柱三层的吊脚木楼，典型的侗家木结构房子。广西、湖南、贵州侗族地区都有居住木楼的习惯，在三省交界，他们的田地和河水连在一起，寨与寨之间，生态语言相通，生活习俗相近，文化交流相融。

开门的是一个老者，有80多岁的样子。黑发童颜，神采奕奕。"请进，有何事？"老者问。"孩子骨折了，需要治疗，龙医生在家吗？"李姣焦急而恳求地说。"我这里是龙家村，不知您问哪个龙医生。"老者再问。"我们急找龙金医生。"李姣说。"龙金是我的长子，他去贵州省比邻的杨家村行医了，需要三天后才能回来。"老者回答道。吴一父亲愁眉苦脸，泪如雨下："我的孩子怎么办呢？"老者看出他们的忧愁和痛苦，说："我儿子不在家，我在即可。"吴一的父母半信半疑，因为他们之前没有听到龙金之外的其他任何医生的名字。

老者用干净的毛巾帮吴一洗了腿和脚，给吴一把了脉，再在腿部上下左右触摸诊断，他说："左腿没问题，右腿无大碍。"吴一父母悬着的心总算放了下来，他们看到了一线希望，露出了一丝的微笑。

老者名叫龙胜，他是龙金医生的父亲，也是龙金医生的师父，他骨科医术是祖传的。据悉，龙家骨科研究约有600多年的历史，到龙金医生这一代已经是第31代。吴一在龙胜医生的精心治疗下，有了好转。

第四天，龙金医生从贵州的邻村杨家村行医回到了家里。从那天开始，龙家父子医生精心治疗，用心护理，把患者当亲人。采药、敷药、换药。从月亮升起到太阳出来，不怕辛苦。第30天，吴一可以站起来了，但是，走路不是很方便。龙胜医生说，再过三旬可以痊愈。吴一看到爸爸和妈妈脸色憔悴，两位亲人都瘦了八九斤，他坚持天天走路锻炼，吃药与锻炼相结合，希望自己很快好起来。吴一是个懂事的孩子，他在锻炼走路的时候，汗如雨下，从脸颊流到脖子，衣服全湿透了，仍然咬牙坚持着。

治疗到了第60天，吴一走路自如，完全康复。吴一的父母露出了灿烂的笑容，龙家父子的脸上也挂满了笑意。吴一爸爸给了医生医药费，龙家父子坚决不收，说："你们到这里，路这么远，也不容易。我去采药，相当锻炼身体，促进健康长寿，积善成德是我家的优良传统。"吴一的爸爸一定要给，龙家两位医生坚决不收。吴一妈妈说："龙医生，你适当收一点点，我们好回去，不然我们不好睡觉。"到最后，龙医生说："我象征性地收3元钱，我们是有缘人，希望我们以后都顺顺利利、平平安安、健健康康！"吴一和爸爸妈妈非常感谢恩人，直到出门了还在不断向恩人挥手告别，龙家父子目送着吴一一家消失在视线以外。

吴一回家后，在家里煮饭、炒菜，能够做一些力所能及的事。与朋友交往时，每做一件事，都守信用。邻居们都夸吴一是一个聪明、勤快、诚实的孩子。

　　每到农历初一和十五，吴一都会拿着三支香、三碗茶、三杯酒到"萨岁"神坛前鞠躬，祝愿人们个个健康、人人平安，日日顺利、时时快乐、六畜兴旺、五谷丰登！祝愿爷爷奶奶、爸爸妈妈健康长寿、吉祥如意！吴一两眼瞻仰神位，双膝落着地板，嘴巴默念"萨岁保佑"，保佑自己能如愿上学读书！

　　太阳冉冉从东方升起，吴一早早就到菜园去浇水。他心想，能帮助爸爸妈妈减轻负担是最愉快的事。吴一年纪还小，但他的理想是远大的。他跟爸爸妈妈说，他的理想是当一个画家，画出侗家的山水美、村寨美和村民好。在吴一的卧室里，床头床尾，都有连环画和有画的报纸。与其说是睡觉的地方，不如说是儿童阅览室。吴一到鼓楼里听老人说故事，罗吟云爷爷最喜欢讲的故事是《薛仁贵征东》。他说，薛仁贵力气很大，是个大力士，一个人能吃半个大锅的饭量；两边耳朵、两边肩膀同时扛着四根寿木是假的，但是，一边肩膀能扛一根寿木是真的。一根寿木三四丈长，重几百斤，要八人或十人抬着，或四五双人挑着才能完成的事，薛仁贵一个人能完成。听众掌声不断，个个都知道是说故事常常用夸张的说法，但大家依旧喜欢听。说故事的人，有时嘴巴说话，有时手指比画。"罗爷爷声音洪亮，声情并茂，是侗族地区最会讲故事的人。"一个村民说。吴一的耳朵里既装满了故事的情节，又装满了评论者的言语。

　　听了薛仁贵的故事，他的大力士形象，聪明、智慧的武士模样，勇敢和有担当的精神，都深深印在吴一的脑海里。吴一回到家后，他跟爷爷说，长大后，我要做一个能说会写的画家，做一个有道德、有知识的人，做一个对家乡有用的人，做一个被家乡尊敬的人。

"按照常规，学校已经开学超过两个月，新生注册是不允许的。"小学的杨旺盛校长说。"特殊情况，请学校再通融。"吴一父母恳请说。

杨旺盛召集教师会议，讨论吴一注册入学一事。在老师的一致同意下，在学校校长杨旺盛的批准下，七岁的吴一进入了本村学校——高平小学。

吴一上小学后是怎样的呢？有诗云：

出生以来有一灾，妙手回春把病埋。

"萨岁"神前名字定，家宅寨上善门开。

学堂累厚书基础，社会提升众讲台。

两脚一心观世界，千村万景画轴来。

第 2 章

◆

进学堂学门有意，入画苑画笔含情

　　孟秋时节，吴一跟二年级的邻居哥哥学习画画。他拿着最新买的铅笔和作业本到邻居哥哥家找他。刚入家门，伯妈就给了他三个红薯，孩子都喜欢吃这种紫色的红薯。吴一吃饱红薯，连喝两瓢山泉水，跑上三楼哥哥的房间，他们两个人兴趣爱好相同，性格脾性一样。在房里，他们写写画画，抄抄写写。临摹一本连环画上的图画后，两人把自己画的画交给大人看，伯伯、伯母夸奖说，跟书上画的一个样。画得最好的一幅是《和尚提水》，画中和尚不用扁担挑，从水源处走到寺里，一路欢颜，精神饱满。

　　吴一和邻居哥哥到鼓楼里听罗爷爷讲故事，先到的时候，他俩就主动扫地；讲故事稍微休息片刻时，他俩就去水井那里抬水来给老人喝；等到故事讲完后，他俩从自己家里拿柴火来供大家使用，在侗族地区鼓楼里的火堂一年四季都烧着柴火，夏天供人们抽烟，冬天供人们取暖。吴一和伙伴听故事的时候，常常在讲故事的人身边，抬着头认真地听，有时候讲故事的人手口互动，每当讲话最动情和最大声的时候，吴一和伙伴收获一脸的口水，抹了半天，两张小脸才干净。

有一次吴一去姑妈家，姑妈恰巧不在家，去参加村里的公益活动。姑爷交代吴一帮他们煮饭做菜，姑爷也要到姑妈参加活动的地方。吴一先到楼底劈好柴，再到后门的菜地摘几兜白菜，洗菜淘米，煮饭炒菜。厨房琐事，样样知晓。姑爷姑妈办事回到家里，姑爷交代做的事都做完了，吴一与姑爷姑妈同吃晚餐。"吴一外甥，你得到爸爸的遗传，聪明、勤快，喜欢学习，学得好，用得巧。"姑妈夸奖吴一。姑爷说："外婆吴家是祖辈行善积德的结果。你看看，人人健康，个个平安。一辈子不求什么大富大贵，只求安康团圆，家庭和谐，邻里和睦。""莫言人短，莫道己长。施恩忽讲，受恩不忘。"姑爷又强调了吴家祖训。"我要继承吴家好的东西。"吴一说，吃完饭便向姑爷姑妈告辞回家去。

吴一在回家的路上边走边想："曾祖父、祖父、父亲他们真的有功有德，儿、孙、曾孙后辈才办事办顺。如真是这样，我要做得更好，才对得起前辈。暗自发奋努力，我从读书开始，在读书中求上进。"

吴一如愿进了小学读一年级，因为他比其他同学晚入学两个月，因此，他更加努力、更加认真地听课、做作业，积极地参加体育课和课外其他活动。上学堂，他第一个到；放学后，他最后一个回。吴一爱学校像爱自己的家一样。

高平小学坐落在村寨对面甜泉岭的半山腰，有两栋三间两层木质结构的教室和一栋两间一层的教师食堂。第一层共有六间教室，其中五间做教室，分别是一至五年级，剩下一间是乒乓球室。

讲到高平小学的建立，有一段感人的故事。

侗画家

原来，高平的孩子在飞山庙里读书。后来，在戏台底下读了一段时间。再后来，高平村生产大队党支书和8个生产小队长召开会议，决定迁移学校，从下面的飞山庙、戏台搬到半山腰上。

太阳刚刚露出半边脸，全村男老少全部出动，中青年人挖山土、挑泥巴、填冲谷。老年和少年儿童抬着泥巴紧跟在大人的后面。高音喇叭不停地喊："多快好省，大干快上，建设希望的小学！""坚持德、智、体全面发展，培养对社会有用的劳动者！"

月亮升起了，村里的青壮年还在抬木头、搭架子、立木柱、上大梁，老人孩子做小工当帮手。在这些活中，抬木头是最重的活。一根中柱要十多二十人才能抬动，两人一组，一根绳子一根扁担，根部朝前，抬木者朝前同向，一步一个脚印。有时在泥泞的路上，或者在羊肠小道上，甚至在凹凸不平的路上。有时候担子觉得略轻，有时候像千斤重担压在肩上。汗如雨下，同步前行。吴一父亲的衣服和裤子全部湿了，只能用衣袖当作脸巾擦干汗水再前进。这时候，小憩片刻，唱一支侗族歌曲，一身轻松，又干活去。一根中柱约有13米到15米，直径为0.3米到0.5米不等。木匠也在抬木头的行列里，他边走边算，一栋三间五柱两层的木楼，4排的柱子共20根，其中中柱要4根，前后次柱要16根；长穿枋要40根，短穿枋40根。还有"木挂"（小柱子）36个，檩条42条，椽子360多条，瓦片3.9万片。

早上6点，吉日良辰。在建房工地上，木匠和十多个大力士抬了一根中柱进场，木匠举行祭天祭地、祭祖先祭鲁班等简单仪式后，半山腰的建房工地上充满了木槌敲打声和劳动者抬排柱的口号声。

在高平村，建房上梁，是一个简朴而隆重的仪式。

在下午四至五点上梁吉时，鞭炮声声，笙歌阵阵。妇女们打油茶，敬油茶。男女老少围在八仙桌前吃油茶。油茶水是古树茶水，阴米是当地的特产，配料是猪肝、粉肠、虾米和韭菜等。吃了两三碗油茶后，让人疲劳全无。

仲夏时节，全村人都投入到装修房子、搬桌子等的新校建设中。有的挑，有的抬，有的扛，有的拉。特别有趣的是，村里50多个妇女一边背着孩子，一边挑着担子，步履如飞，成了一道亮丽的风景。在小憩的时候，50多个带孩子的妈妈坐在新木楼的屋檐下同时哺乳，瞧着自己的孩子，仿佛看到了家的希望和村的未来。正在这时，吴一的妈妈抱着小妹吴英，妈妈的汗水和女孩的泪水同时流下。一个邻居过来："吴英妹妹你到菜园边等等，我和你妈妈做完工带你回家。"

站在台阶下面，远远望着136级台阶上挑板子、抬木头的高平村劳动者们，好像动物世界里蚂蚁搬家一样，又像无数虔诚的善士朝一个方向去祭拜自己的"萨岁"神一样。

经过一个多月的努力，5个教室和1个乒乓球室装修完了。吴一的父亲到学校一看，映入眼帘的是漂亮的木楼，大木柱、大木梁、大教室、宽台阶、精门槛、精门楣、精窗台、精窗户，整个学校坐北朝南。现在，这所学校是高平村最豪华壮观的木楼，她像出生的婴儿一样，前程似锦。这些成果是高平村群众和木工师傅的智慧和汗水的结晶。

转眼间。吴一到了期末。在老师的精心辅导下，在同学们的热心帮助下，在自己的积极努力下，学习成绩由中下等提升到中上等水平。在教室里，常常问老师一些奇怪的事。有一次，老师正在上课的时候，"张老师，人为什么要死？"吴一一边摸着头一边问。"人的生老病死，是一个自然的过程。"张维新老师回答，"传说，古时候有长寿老人，也有人长生不老。但是，目前密码还未破解。希望我们努力读书，解开生命的密码！"

吴一家养有三只母兔，一年有两批兔仔。三只白兔跟一头母猪的菜量一样大。夏季时，吴一和父亲挑着两个竹制的兔笼来到林江乡赶集，这个集市是广西、湖南和贵州三省比邻乡村最大的物资交易市场。那天很幸运，不一会儿，两个湖南农民把吴一的两笼兔子全买了，21只白兔，每只8角钱，共16元8角。吴一和父亲脸上充满了阳光，父子俩为了赶路回家，也为了节约两碗米粉钱（一碗米粉5分），不去林江乡饭店吃饭，直奔离集市有10公里的高平村。冬至以后，吴一跟父亲的身后，父亲在前面挑着一担猪仔，共6头，共有百斤左右。在村边，就已经有两头卖了。虽说是卖出，其实是卖给亲戚，一般来说到猪仔养成大猪之时才付钱。确实，大家都很困难。这次赶集卖猪仔，从太阳刚升起等到了太阳下山，还是没有卖出去。吴一父子俩很焦急，如果挑回高平，那就很糟糕。因为吴一的母亲身体常年不好，还要付很多的医药费。正在这时，平江饭店的员工来买猪仔，要买10头，把吴一父亲挑来的4头全笼买下，还要买6头。刚好又在集市的北边，跟贵州那边过来的卖家买了6头。如愿以偿，买卖公平，双方高兴。吴一的父亲跟贵州的同行聊了很多话。谈农活，侃家事，话孩子。最高兴的是，今天猪仔能卖到1斤9角钱，并且买主全部买完，算是运气蛮好。除粮食生产外，吴一家就是靠这些来补贴。吃晚饭后，同班同学潘千益和罗万利来到吴一家里写作业。两个同学过来，一是聊聊天，二是谈谈作业上的事。在完成所有的作业后，正巧下了一场鹅毛大雪。对于雪，吴一和同学都不觉得稀奇，因为每年都下雪，区别是人的心情好还是不好。

正在这时，他们突然听见鸟叫的声音，而且声音越来越大，越来越近。最后，鸟飞到了吊脚楼的厅廊里。走近一看，一只母鸟叼着一只幼鸟，像一个母亲保护自己的孩子一样。潘千益迅速抓起，准备放进旺盛的火塘里烧吃，吴一用右手挡了挡他。吴一说："不能烧，也不能吃。它们是有生命的，我们要爱护它们。"这个时候，罗万利也说想吃烤鸟，吴一说服了两个同学。后来，在爸爸吴生的帮助下，到屋外砍了一根楠竹，特制了一个鸟笼给这母子俩。

上五年级的吴一不在教室，就在乒乓球室。语文、数学的学习成绩保持在全班的前列。体育方面，乒乓球的单打和双打是全班第一，全校首位。他坚持天天锻炼身体，课外活动时，只要有一丁点时间，就到乒乓球室练球。一般来说，在打乒乓球时，都是实行淘汰制或叫擂台式。在吴一未到的时候，是潘千益当擂主。吴一到后，就是吴一当擂主。

春分过后，林江乡小学体育运动会开幕。高平村小学出征的体育运动队有30人，其中篮球10人、乒乓球3人、羽毛球3人、跳远3人、跳高3人、长跑3人、百米短跑2人、四百米跑3人。吴一一个人就参加了乒乓球、篮球和羽毛球三个项目的比赛。乒乓球赛时抽签，第一场比赛是吴一与平源村的一个队员比。再抽签，吴一先发球，发了5个球，3：2领先。对方发5个球，5：5平球。吴一再发5个球，10：5领先。对方发球，10：10。接近尾声时比分为20：20，球员紧张，观众更紧张。21：21平直至28：28平，最后，30：29，吴一胜。全场起立。尖叫声、鼓掌声、欢呼声，声声入耳；乒乓赛、羽球赛、篮球赛，赛赛关心。这次林江乡体育运动会，吴一获得乒乓球单打、双打和篮球、羽毛球四项冠军，潘千益获跳远、跳高冠军，罗万利获长跑和400米跑冠军。高平小学获得集体冠军的殊荣。

段考时间到了。吴一语文考试第一个先出场。数学考试，他第二个完成出场。段考成绩公布后，吴一的三科目总分是300分，总成绩全班第一。

段考后，高平小学成立兴趣小组，分别是美术组、音乐组、书法组、舞蹈组、器乐组5个组。吴一加入了美术组，并担任了美术组组长，组长的职责是拿钥匙、帮开门、登记文具、登记出勤、登记成绩等。有的同学不愿做组长，怕麻烦。吴一坚持每天课外活动时间到美术室，在老师的辅导下，构图、素描等一些简单的知识逐渐掌握。杨五福老师说，这是一个侗寨，要先构图，然后，画寨、画鼓楼、画福桥、画井亭、画人物等，有的画专门画山水，有的专门画人物，有的画人与物的融合。先掌握基本知识，然后提升水平，最后升华为精品。

吴一坚持练习，克服困难。一瓶墨水写完了，一张纸画完了，两张纸画完了，三张纸画完了……百张纸画完了。

夏至以后，吴一和潘千益同时赶赴林江乡参加美术培训班学习和会考。10公里的山路，按一般的步行速度要一两个小时。这一天，潘千益不知道吃了什么或是其他原因，整天拉肚子，上吐下泻的。他看见潘千益一边走，一边揉肚子。在这种情况下，吴一主动去背潘千益。潘千益的头在吴一的肩膀上不断地摇晃着，走过一段路后，潘千益又急吐东西。那些呕吐物从他的嘴巴流下吴一的右肩，再从右肩流下胸前，最后流到右边裤子。吴一的身

进学堂学门有意，入画苑画笔含情

上，好像变成了一条被污染的黑河。吴一心想，虽说肮脏一点，但是能把同学、同村、朋友背到乡里，同时考试，同地学习，同路进步，就非常愉快。一路走来，上气不接下气，一直坚持到最后，背到了考场门口。监考老师说迟到了30分钟，不让进考场。吴一把前后仔细跟监考老师叙述后，最终监考总监同意两人进了美术考场。这次考试，是根据一段文字表述，画一幅家乡的画。

这段文字是这样："上山下乡，这是上级的要求。为人民服务是我们的宗旨。人们一辈子是有限的，我们要把有限的生命投入到无限的为人民服务之中去。"

吴一获得98分的高分名列第一，潘千益96分位居第二。

吴一的父亲和房族的叔伯在吊脚楼的厅廊里聊天，聊到吴一和潘千益被送到三水县"三水画苑"培训班学习，全县共有30个名额，一个乡只有2个名额，感叹他们真是不简单。但愿，吴一和潘千益好好学习，天天向上。吴一后来学业怎样？前程如何？有诗云：

> 高平榜样是吴一，校里读书向上习。
>
> 智体双优为少有，德艺两好是新稀。
>
> 门朝远大前程路，面向高强厚望梯。
>
> 梦想明天能顺愿，从今打下万年基。

第3章

山里行真有我师，寨中画尽是高徒

　　吴一小学毕业后，他就到寨里有文化的人家去借书读。吴一很远就跟伯伯打招呼："伯伯好，我跟您借《水浒传》读一读。"伯伯爽快地说："好，跟我到家里来。书，越有人读，说明越有价值。不能成天放在抽屉里。"还未借到书，就已经在路上听伯伯讲了3个故事。第一个故事是侗族族源的故事《姜良姜妹》；第二个故事是机智人物故事《卜宽》；第三个故事是趣味性故事，它只是适合小范围的人听。回到家，吴一才从爷爷那里知道伯伯叫潘有智，是三省侗乡著名戏师。在中华民国时，任过教书先生，肚里有一些墨水。

　　吴一看完《水浒传》，又小跑到伯伯家还书。伯伯看吴一过来，暂停了手中的活，开始考吴一："吴一，我问你，书中有多少好汉？谁最好？谁最坏？"吴一回答："共有108个好汉。比如林冲、武松、杨志和鲁智深。最好的是武松，吃得、打得，一身武艺，忠义双全。最坏是高俅和他的儿子高衙内，坏到极致，应该受到惩罚，千刀万剐。"伯伯又问："你觉得书好看吗？"吴一不好意思地回答说："太好看了，看了第一回，就想看第二回、第三回。有时候，我废寝忘食地看，睡太晚了，还被爸爸妈妈狠狠骂了一通。"

"伯伯，我还想跟您借《三国演义》读读。""刚好有人借书去读，还有一本故事书《薛仁贵征东》，你想看吗？"伯伯问。"想看，谢谢伯伯。"吴一回答。

吴一以前在鼓楼里听说过这个故事，现在有书读，那是再好不过了。听有听的趣味，读有读的滋味。对吴一来说，他更向往读书。夜晚，他在家里点着煤油灯，在微弱灯光下，与书为伴，度过愉快的时光。有些在鼓楼里听故事听得不清楚的地方，现在看书，便看得清清楚楚，有时，他也在笔记本上记录一些经典语句。

在假期里，吴一一边读书，一边耕耘。白天做体力劳动，晚上做脑力劳动。吴一看书不仅看故事书，也看一些社会科学的书。他年纪虽小，但志向很大。他跟爷爷说，想要写一本故事书，书名叫《家乡趣事》，把耳闻目睹和亲身经历的事，都写在一本小册子里。爷爷做梦也没想到自己的孙子这么有好奇心，虽然心里有所质疑，但为了不伤害孙子的自尊，他鼓励说："试试看。"有理想，并且付出努力，就会有结果。

有了爷爷的鼓励，吴一更加有自信，更加努力。

吴一把大量的原始材料搬到桌面上，桌面上满了，又堆在床铺上，床铺满了，再堆到地板上。他共分了10个篇章：第1篇是建筑故事，第2篇是服饰故事，第3篇是饮食故事……第10篇则是英雄故事。

罗兴楼是建筑名人，当地著名木匠。他曾用一根竹笔、一个墨斗、一个模型，建造出世界最美的鼓楼、福桥和吊脚木楼。吴有衣是著名的裁缝师傅，从吴一懂事的时候起，就听闻他做了很多善事，他在裁缝界很有名气，做的衣服宽窄适度、合身好看，有不少人从贵州省比邻的村子慕名而来要求做衣服。李时美擅长厨艺，在厨艺界大名鼎鼎。一般 60 桌菜，要一个房族几十号人一个上午才能完成，而李时美带几个助手就能搞定。吴英明是个英雄，他智勇双全，忠义兼备，是难得的人才。他当过兵，任过连长。在一次执行任务时，路过一个村庄，恰逢大雨倾盆，河水湍急，一个孩子落水，他不顾一切跳进河里，把孩子救上了岸，自己却因被水中大木头撞到头部而受了重伤，差点就变成了残废。后来吴英明通过军医的积极治疗，才得以康复。转业后，成了优秀的机关干部。再后来，是出色的乡贤，为家乡作出了积极的贡献。

吴一的这本小册子，虽然有一些句子存在不通顺的地方，但是，字写得好看，整体脉络还算比较清晰。书中写的故事，虚构与写实，趣味和厚实。在孩童的眼睛里，看到真善美的世界；在虚构的故事里，表达真实的感情。

爷爷问吴一："孩子，在你看来，写这本小册子是干什么的？""爷爷好！我没有其他目的，我觉得有趣就写，记录家乡的零星事，教给小孩们一些知识，给他们留下一些文字。一边联想，一边学写。"吴一回答。

吴一的《家乡趣事》是一册家庭出版的线装本。奶奶把它拿给一位老人看，老人阅后感叹，真是后生可畏。小学毕业的年纪，有些孩子说话都说不清楚，吞吞吐吐，吴一却已经写书了，这个孩子真是前途无量。奶奶喜在脸上，乐在心中。午餐时，她特别加了几个菜，表示庆贺。

父母觉得没有什么可夸赞的，反而觉得奶奶拿小册子出去给别人看的行为，有一点张扬，不要自己夸自己，别人很自然地夸才是真正有价值的。

吴一的舅父是个老实的农民，他深刻认识到有文化的重要性。一个是脑力劳动者，一个是体力劳动者。同样做工，同样拿锄头，区别不大。如果去做一件体力活之后，两个都要写一篇理论文章，要立论正确，论据充分，论证有力，这个时候，脑力劳动者就吃得香。舅父平常不太爱说话，三碗酒下肚后，话就像开闸的洪水一样不停歇。今天，舅父却没有农家米酒也说那么多的话。

吴一的舅妈出来调侃："你看看我，我就是没有文化，才一直待在山村里，甘愿做一个积极建设家乡的优秀妇女。如果我有文化，早就到京城省府工作去了，你们看见我的影子都没有机会。"

吴一另有一番心得体会。一本小小的册子，居然有那么多的说法和评论，如果以后阅历更深，知识更多，经验更丰富，写作水平达到一定高度的时候，那时，可能就有第二本小册子，再到后来，又变成大册子。事物在不断地变化中，一切都有可能。

思路决定出路。吴一在假期里做了很多有意义的事。长身体又长知识的他，不甘落后，努力前行。吴一边走边想，走过福桥，再过石板路。联想到前路是读书的路，是一条通往理想之路。"书山有路勤为径，学海无涯苦作舟。"联想到，自己是一个好学的人、勤奋的人、有志的人。"有志者事竟成。"吴一在山村的石板路上大声呼喊："我要努力！我要读书！我要上初中！我要成为对家乡有用的人！"年纪虽小，但声音洪亮。穿过山村，飘过山林，流过山溪，传到四面八方。

吴一初中就读于高平小学附属中学。初一的课程比小学多了几门，除语文和数学外，还加了政治、物理、化学、历史、地理5门课程。在原来5个小学班的基础上，又加了一个初中班，初中班有40个同学。到了初二的春季学期，有几个同学因家庭困难，要回去帮助父亲挣工分而退学。吴一、潘千益和罗万利等仍坚持读书，想更多地了解大千世界里新的知识。

立春以来，万物复苏，春暖花开，一派繁荣。一个读过私塾的老先生说："年年岁岁花相似，岁岁年年人不同。"这个学期，从林江乡调来一个新的老师，叫李三思，她业余爱好是画画，闻名百里侗乡。

李三思老师刚到高平附中，高平村的杨五福老师就热情地请李三思老师到自己家吃饭。李三思老师任数学科，杨五福老师上语文课。除了谈论所任的主要科目外，谈得最多的还是画画。酒逢知己千杯少，杨老师、李老师，还有其他6位老师在杨家喝了一夜的"土茅台"。无话不说，不醉不休。

高平附中的"高半画苑"在三水县"三水画苑"辅导老师的指导下，学员们的画技均有所提高，画风具有地方特色。

暑假，"高平画苑"师生画展在林江乡教育基地隆重举行。30位师生画作都是新农村的题材，反映了新时期新农村新风貌，弘扬了农民艰苦奋斗、乐观向上的精神。

来林江乡看画展的观众越来越多，于是主办方延长画展的时间。消息传到周边乡后，比邻乡村的绘画爱好者都云集林江乡。

立秋，秋高气爽，万里晴空。

星期天，吴一、潘千益和罗万利上山砍柴，挑着柴火回家。突然，天空乌云密布，雷电交加，下起了一场罕见的倾盆大雨。

山里行真有我师，寨中画尽是高徒

突然，他们看到有一个老人家在慢慢地爬着，从路下往路上移动。走近一看，原来是韦家的老人，她在路下找猪菜、讨柴火，在用斧头砍松木的根部时，不小心伤了左边小腿，鲜血还在流着。于是，吴一和两个同学进山找了一些止血的草药，敷在伤口处。吴一把柴火丢在路边，把老人背在身上往村里跑，两个同学紧跟在后面。三个同学轮流背着，在临近家半里路的时候，潘千益和罗万利累得一点力都没有，自己走都很困难。这时，吴一咬牙背着，一直坚持背到老人的家里，救了老人一命。

秋季学期段考后，一下课就和兴趣小组的同学们到"高平画苑"练习画画。调色、构图、素描。不断地练习，不断地自我加压，还经常利用星期天出去写生，吴一的画技进步神速。在高平附中，画侗画、练书法、出墙报、办画展，是吴一的每周一事。久而久之，便成了一种良好的习惯。

到了秋季学期的期末，"高平画苑"的辅导老师李三思去参加三水县美术培训班的学习。学习期间，李三思接触了中国文联的领导，这位领导叫高兴。在高兴老师的精心辅导下，李三思的美术知识由知之甚少到知之甚多，画技不断提升，同时，也懂得了一些美术上的理论到实践、实践到理论的辩证关系。

星期六的一天晚上，月明星稀。山村的夜是宁静的，连一根绣花针掉到地下都能听见。李三思老师独自在学校附近散步，望着对面寨子神圣的鼓楼和神奇的福桥，李三思想，如果能把"高平画苑"做得更大，那是一件多么好的事情啊！三水县已经有一个美术协会了，能否在乡级和村级也相应地成立美术协会。如能这样，"高平画苑"就可以走出村乡，走进县市，走向全国。但这件事太难了。每当李三思仰望星空，凝视圆月，就会想到嫦娥。联想到毛泽东主席《蝶恋花·答李淑一》：“我失骄阳君失柳，杨柳轻飏直上重霄九。问讯吴刚何所有，吴刚捧出桂花酒。寂寞嫦娥舒广袖，万里长空且为忠魂舞。忽报人间曾伏虎，泪飞顿作倾盆雨。”李三思老师大喊：“自力更生！艰苦奋斗！实现理想！”打破了山村校园的寂静。她的大脑里充满了大地与天空，现实与理想，现实主义与浪漫主义。

新春佳节，北京来的高兴等十多位文化名人到高平村视察。中午，高兴等领导在杨旺盛校长和李三思老师的带领下，还拜访了吴一家。

视察期间，高兴领导主持了一个简短的会议。主要议题是，筹备成立高平村民间美术家协会。目的是立足村屯实际，面对今天现状，实现明天理想，追求民族性、独特性、新颖性、艺术性。

高兴领导离开高平村后，李三思老师找吴一做助手，两人忙了起来，办公室的选址、拟短、中、长期计划、装订会员花名册。办公室设在新建的木楼里，各种计划、制度整齐地挂在墙上。高平村民间美术家协会学员有吴一、欧白云、姚红桃和王紫薇等40位。

立夏以后，协会第一次活动在高平附中举行。由李三思老师出题，会员根据题意画画。辅导老师阅卷后评价道，这些民间画作具有浓郁的乡土气息，又有时尚的现代元素，集朴实美和创新美于一体，融趣味性和知识性于一炉。

第二天，40幅民间画作被包装后寄往北京。一个月过后，高兴领导回信说，这次全国民间美术公益联展，高平村民间美术家协会选送的40幅作品，其画艺已经达到国家级水准，现场很多群众抢着购买收藏。

放学后，李三思老师和吴一商量，两人关于做好村级画画的很多建议和观点都一样。晚饭时，吴一邀请杨旺盛校长、李三思和其他在校老师到自家喝两杯，以此庆贺。吴一的父母炒菜、加菜、添柴火。这边，老师们玩对联游戏，都各自说出自己的原创对联。李三思老师说："成功来自大志，胜利源于宏图。"接着，吴一把自己的写给大家看："七月里欣逢至圣，百村中喜遇恩师。"

　　酒足饭饱，吟诗写对。喜悦无穷，各自回家。

　　夏末秋初，吴一收到三水县中学的录取通知书。吴一是高平村第一个上县中的学生。他在这所高中读书，有人预测，吴一有一边脚已经进入了大学的校门。

　　以后，吴一的学习怎样，进步如何？有诗云：

　　　　喜报平安是好竹，阳光照耀远前途。

　　　　三人共走逢良友，百校同学遇善儒。

　　　　世上常听欢悦事，人间盛赞妙画图。

　　　　耕读撰写新诗卷，获取千千万幸福。

第4章

◆

去相亲良友陪去，来讲理老师送来

秋季学期，吴一进入三水县中学读书。

这是一个全新而美丽的学校，四周绿水环绕，环境优雅，宁静而安详，一座水泥桥连接着县中与外面的世界。桥下这条江叫浔江，是流经县城的唯一河流。它清澈见底，一方水土养育着这一方的人才。

吴一在高第41班就读，45个来自不同乡镇的农村孩子成了互帮互助、共同进步的同学。这个年级开设有政治、语文、数学、英语、物理、化学、生物、地理、历史共9门课程。从早上6点半开始做早操，到晚上自修至10点钟。除午休和下午课外活动外，都是紧张的学习时间。吴一不是在教室上课，就是在桂花树底下背英语单词。

上午最后一节课下课后，吴一就直接奔向学校食堂排队取饭。饭盒里四两的米饭加几片青菜，三两下就吃光了。饭堂边有一个附近村寨的阿姨在专卖煎蛋和酸食，一个煎蛋8分或1毛钱，对吴一来说，这些是奢侈的东西。有时候，吴一一个月才收到家里寄来两三元钱。有一次，吴一从食堂吃饭出来，刚走到操场那边，肚子又饿了。能吃到很饱的一餐，是吴一的梦想。

周末时，太阳刚露出鱼肚白，吴一就起床了，拿着几本书到二楼的教室自习。从乡村来的学生，拼音基础都相对比较差，他来教室是为了补拼音方面的不足。每晚晚自习以后，吴一都会加班加点复习功课，巩固旧的知识，学习新的课程，如饥似渴地吸纳新的知识。

12月，吴一得到家里电话，噩耗传来，奶奶去世了。

这个消息对吴一来说，如晴天霹雳，雷神封顶。他顿时觉得头晕脑胀，眼前一片漆黑。同班的杨秀扶着他到三水县汽车总站，乘中午的班车到林江乡，再走10公里的山路回到高平村。

回到家里，奶奶杨氏兰花安详地躺在床上，身体用寿被盖着，双脚朝门，床头吊着三袋米，炉上的香正在燃烧着。在床边有儿子吴忠和吴生、女儿吴蓉和姑爷潘兴财，媳妇李娇，还有房族亲戚若干。吴一抚摸着奶奶的手，哭得泣不成声。后来，房族亲人拉着吴一安慰他说："人有生老病死，这是自然规律。"奶奶诞生于1895年12月，仙逝世于1978年12月，享年83岁，历经了清朝末年、中华民国和中华人民共和国三个时期。这是奶奶的功德，也是儿孙的功德，更是房族亲戚的功德。奶奶去世是白喜事，可以张贴红对联。

奶奶在世时，邻居和房族亲戚的孩子大多是由她看管。婴儿因为没有奶吃而哭闹时，奶奶就到附近找刚生婴儿的少妇赖着奶吃。当有孩子尿湿了裤子，奶奶就给他们换上自家孙子的裤子。奶奶帮助别人，乐在心里，经常帮助左邻右舍做些针线活，她特别喜欢用侗布制作衣服的纽扣。奶奶说，白天做好事，晚上好睡觉。

奶奶在世时，她很疼儿女，更疼爱自己的孙子孙女，后辈也非常地孝敬奶奶。四代同堂，其乐融融。

奶奶的突然离去，让吴一悲痛万分。房族亲戚劝吴一化眼泪为动力，用耕读的勤奋，来报答奶奶的深深恩情和殷殷期望。

亲戚女婿八人抬着棺材，前面四人带路，后面四人紧跟。其他亲戚和房族扶柩还山，戴孝的儿孙一路小跑。当送丧队伍上坡时，有的用肩膀抬，有的用双手推，有的用双手撑，有的侗布拉，只要有利于抬棺材往上移动的方法都用上。两百多个戴白孝布的亲人心往一处想，劲往一处使。从远处看，像是从下往上倒流的巨大瀑布一样。

一位亲戚事后说，这是齐心协力的具体表现，饱含着团结向上的团队精神。

转眼间，三年的高中学习结束了，接下来迎接全国的高考。在高考前，全班师生拍合影留念，同学间互赠礼物，无非就是手帕和笔记本，在笔记本里写上有纪念意义的几行字，如"飞黄腾达""心想事成""步步高升，实现理想"一类。

高考后，吴一跟高中同宿舍的同学李孝树去他们独秀村的椪柑地参观，椪柑地有 100 多亩，是李孝树舅父承包的。两个同学在那里吃了午餐，然后到地里去玩。李孝树的舅母身体不太好，长年吃药，不能下地劳动，椪柑地急需护理人员。舅父心里盘算，想让外甥和他的同学在这里劳动，给他们付点酬劳。于是，便开口问自己的外甥，把原因讲了，其他也说得很清楚。李孝树跟吴一商量，一拍即合。

次日，天未全亮，两人就用锄头挑着撮箕，背着竹篓、镰刀进了椪柑地。除草、砍掉多余枝叶、挑农家肥，他们戴着草帽，手拿锄头，卖力干活，汗流浃背，衣服湿透。午餐过后，同学俩脱掉衣服，用半桶水稍微洗一下就晒在竹竿上，午后又穿着半干的衣服继续干活，他们不敢偷懒半分钟。接近黄昏，舅父到地里去看外甥，农具件件会用，农活样样会干，舅父心里夸他们是有知识的劳动者。

第三天，李孝树在想，昨天看见舅父来到地里，又没有什么说法，怕他嫌自己干活不好，于是更加努力。从昨天干活的地方延伸到里面背阳的地方，这边地草茂密，挂果稀疏，除草的劳动强度更大，再使劲也只是昨天的效果。如果不努力，连昨天的成绩都达不到。到了中午，这是太阳最毒辣的时候，他们与舅父躲在椪柑树底下，一边乘凉，一边吃饭。中午饭是他们今早做好装来地里的，已经凉了，他们依旧吃得很香。李孝树喝水比吃饭的量大，每吃一口饭，就喝半碗水。吴一吃饭很快，不到5分钟就吃完了，吃完饭把衣服洗好，晒在竹竿上，等略干了又穿着去干活。

下午，李孝树和同学、舅父同在背阳地干活。他们同吃同住同劳动。三个人在一起时间多了，交流也多了，自由自在多了。

舅父读过初中，喜欢文科，平常喜欢读书看报。在村里，逢年过节还会帮村民写一些对联，亲戚朋友新建房子时，也写一些对联、祝贺语。

一般来说，谁喜欢什么，就喜欢考别人什么。舅父就想考考当下的高中生水平如何、看书多少。舅父对外甥和吴一说："我出一副对联的上联，你们两位对下联。"两人回答说："行。"舅父说出上联："天上月圆，人间月半，月月月圆逢月半。"吴一抢着回答："今年年尾，明年年头，年年年尾接年头。这副对联是在《古今联语趣谈》里面的,我刚刚看过这本书。""吴一确实不简单,看书不少。哲人常说,读万卷书,行万里路。你们一定能考上理想的大学的。"舅父点评说。舅父看看天上的太阳,像一个巨大的圆火球一样,椪柑树底下的干活人晒得如火炭上的烤羊肉一般。舅父提议休息一会儿再干活,又出上联考问两人。上联是"此木为柴山山出"。这回李孝树说:"我来答,'因火成烟夕夕多'。""这些都是书上有的,说明大家读书不少啊。"舅父说。吴一说:"这次我们出上联,舅父您来应对,如何?"舅父说好。吴一读出上联:"一舅双冲十年承包千亩地。"舅父略思片刻,对出下联:"两生十载六路阅尽万卷书。"上联下联有趣,长辈晚辈同欢。

在高平村,十七八岁的后生,正是媒人谈婚论嫁的黄金年龄。吴一刚好是 17 岁,三姑六婆都聚集到吴一家。姑妈说:"在咱们农村,讨老婆是头等大事,吴一刚好是高中毕业,各种条件好,不要错过最好的年龄段。特别是现在我们村男的多、女的少。我们家更要把握最好机遇。"吴一的父母觉得亲戚们说得合情又合理。房族亲戚说:"我们祖祖辈辈在跟土地打交道,没有谁能跳出农门到城市里去工作。想成为吃国家粮的人,是白天做梦。要早结婚、早成家、早生仔,早帮父母,早过好日子。"吴一不想那么早结婚,但亲戚们一大堆道理充塞着吴一的大脑,让他不知所措。

第二天,吴一去找初中同学潘千益,想从潘千益那里找到走出困境的答案。可潘千益已经在家做了三年的农活,在前年就讨了个湖南籍的老婆。他也在思考,用什么方法能帮助吴一逃避相亲呢?

中秋过后第二天，俗话说，十五的月亮十六圆。这天晚上，月明星稀。潘千益陪同吴一去姑妈家相亲，两个人都没带手电筒，借着月光慢慢走。

父母和三姑六婆给吴一介绍的对象是姑妈的女儿，叫潘翠叶。潘翠叶初中毕业后，就在家务农，有一手好的裁缝手艺，高平村很多妇女的衣服是她做的。潘翠叶有一头披到肩下的黑发，一张白里透红的瓜子脸配着两个酒窝，一双炯炯有神的眼睛，双眼皮上一对清秀的柳叶眉毛，更显魅力无穷。湖南和贵州比邻村屯的后生慕名而来，只为一睹芳容。湖南那边曾有一个叫姚三牛的后生到高平村与潘翠叶聊过几句，对了几句侗歌，又握了三秒钟的手，回去后七天不洗手。人们给三牛起个外号叫"姚七天"。潘翠叶经常为一些后生的闲聊而感到没有意思，让她觉得浪费了很多帮助父母多做点针线活和农活的时间和精力。高平村有一句有趣的俗语："男女同年，干活不干活都有钱。"刚好潘翠叶今年17岁，与吴一同年，比他小3个月。

不过一袋烟的工夫，吴一和潘千益到了姑妈家。

表妹和房族的姐妹早已坐在火塘边，各自做着自己的针线活。有的刺绣，有的纺纱，有的织布，一双巧手忙个不停。吴一和潘千益到门前，潘家的门闩着。潘千益哼几句侗族民歌后，主人开门请进。进吊脚楼的厅廊后，再到火塘边坐下。潘千益弹琵琶、唱侗歌，吴一跟亲戚聊天，讲一些种瓜种豆、种花收果的事。

聊到午夜，翠叶的几个姐妹上三楼休息去了，只剩下潘翠叶、吴一和潘千益。恰在这时，姑妈从三楼来，在火塘边坐下。吴一很礼貌地道了一声："姑妈好！"这时，潘千益避开，到厅廊外边吞云吐雾去了。

"吴一好外甥，我家翠叶今年 17 岁，与你是同年，如外甥同意，就把翠叶许配于你。翠叶不是不能嫁出去，而是村里谁来相亲我都不愿。特别是今年秋收后，我村实行联产承包责任制，也就是包产到户。翠叶可在你的生产队里登记户口，领取责任田以及山地。如现在不好回答，过点时间口头答复或回个信都可以。"姑妈恳切地说。

"姑妈好！您的好意我心领了。我刚高中毕业，如果被大学录取，还要上大学继续读书。如果运气不好，我想还复习功课，明年再参加高考。我爸爸妈妈供我读书不容易。再说，您对我家很好，特别对我很好，我不能辜负家里和您的期望。"

"好外甥，你先同意，把翠叶分田地的指标算到你生产队里，到实际分承包田地时，就算你那边的指标。行不行？"姑妈继续讲。她不管吴一听还是不听，反正一直讲着一大堆道理，一定要吴一接受。

吴一说："姑妈，我把表妹当作同胞妹妹看待。我和表妹是近亲，按照国家《婚姻法》，亲近不能通婚。我和表妹不能结婚的。"吴一只能一边说着姑妈再见，一边往后退。退到厅廊后下了楼梯，拉着潘千益回家了。

第三天，姑妈又来吴家和吴爸爸聊年轻人的婚事。"我家这样好的姑娘，不舍嫁给别人家，最想回到舅舅家来。肥水不流外人田。"姑妈说。吴爸爸沉默不语，不知他考虑什么问题。

周末，李三思老师准备回林江乡林江村。乡邮政所的邮递员有一封信拜托李三思老师送到村里。李三思老师一看，是吴一的录取通知书，广岭师范大学寄来的。李老师告诉家里人，今天的事下周再办，她马上赶往高平村。

"吴一，这里有你的信件！你的大学录取通知书到了！"吴一全家人齐聚窗口，看向楼下，有一个人站在那里，右手拿着信件高高举起并大声喊着，是送来录取通知书的李三思老师。吴一邀请恩师到家吃午饭，李三思老师欣然同意。

关于吴一的相亲一事，吴爸爸和姑妈，公说公有理，婆说婆有理。李三思老师劝说道，吴一正是读书的黄金年龄，现在的大学通知书已经收到，吴一的前程远大，读4年本科以后大学毕业，年满22周岁，符合《婚姻法》的要求，那时结婚也不晚。话又回过头来，表妹还年轻，可以在家帮助父母干些活，能多多孝敬老人，也是幸福的事儿。

这样一来，姑妈思想总算比原先通多了。大家聚在厅廊里吃午饭，喜悦气氛充溢着整栋侗家吊脚楼。

以后，说起吴一学习怎样，婚事如何？有诗云：

> 相亲好友去陪同，百愿生活永旺荣。
>
> 到位通知来府第，求学欲望敬英雄。
>
> 心随妙画描天外，袋有新书念县中。
>
> 盼望明天圆梦后，安居乐业寨村红。

侗画家

第5章

◆

有趣谈双师共枕，无穷乐九县同门

孟秋之初，吴一亲自拜访村里的书法家。书法家叫罗新兴，他尤其擅长草书和行书，他的书法作品曾在全国书法展中展出。罗新兴头发半白，像油茶花一样，国字方脸，一米八的个子，身体颀长。两张八仙桌并拢成长形书桌，砚台装满"一得阁"牌墨水，各种毛笔、宣纸齐全。书桌旁边摞着一尺厚的装裱好的书法作品。书房正中挂着一幅草书《家乡好》，是罗老师创作的独特的诗书作品。

罗新兴从开门声得知有人进来，说："有客自远方来，不亦乐乎！"两人相见，有共同的兴趣和爱好，话匣子打开了，从黄昏聊到深夜。

早晨，大家都去干自己的农活。晚上，吴一继续去罗老师的家里聊天。罗老师谈古论今，聊村说寨，从族源谈到迁徙，从安居谈到乐业，从农业谈到工业，从城市谈到乡村，从常规工作谈到兴趣爱好。吴一觉得以前在书本读不到的东西，在这里都有，正是高手在民间。其他不说，单说书法。罗老师临摹过王羲之的草书，学习过颜真卿的行书，练习过柳公权的楷书。柳公权书法以楷书著称，初学王羲之，自创独树一帜的"柳体"，以骨力劲健见长，后世有"颜筋柳骨"的美誉，著有《金刚经碑》等。吴一第一次听老师讲书法课，非常感兴趣。

吴一越听越有趣，问这问那，总有问不完的东西。罗老师强调说："纸上得来终觉浅，绝知此事要恭行。"于是罗老师指导吴一拿笔姿势和坐姿，还严肃地说，人正则字正。

吴一首先在练习本上临摹柳公权的字帖。上午，吴一独自练习，下午，罗老师再到场指导："书写楷书要略放慢速度，到熟练的时候，可以快一点，要循序渐进。"吴一按老师的方法书写，进步很快。临摹写出的字让他自我感觉良好，左看看，右瞧瞧，十分喜欢，脸上像开出灿烂的花朵一般。

晚上，吴一在罗老师家做客，师生共进晚餐。吴一借花献佛，连敬老师三杯，二人相谈甚欢。酒过三巡，吴一半醉半醒、半正半斜跟着老师再进书房。罗老师先做示范动作，挥毫泼墨，写完一幅书法作品，内容是老师即兴而作的最新诗作："吴家本是庆吉堂，一向积德写善章。好运常临新世界，祥云总绕美村乡。"吴一欣赏作品，悟出藏头诗，诗中四句句首组成"吴一好祥"，祝福好运，但愿吉祥！罗老师的作品，诗书并茂，堪称一流。

吴一提笔蘸墨，在生宣上从上到下写了第一句。边想边写，再写第二句。左看右瞧，又写第三句。绕书桌一周，最后写第四句。写的是楷书，是初学者，也能看得过去。内容为："罗家自古富足庭，新劈宏园果满坪。兴开墨业传真韵，好种良田继善行。"罗老师看后，连连称赞："孺子可教也！"又转入书法详细点评阶段。罗老师说："第一句墨水太淡，字不太正，是因为你站姿不正。第二句的首尾两字不错，中间字太小就不太协调。第三句写字太大，跟前面两句没有得到融合。第四句字写得老实，笔锋无力。总的来说，内容好，书法还需努力。做到内容与艺术的统一，也就是书法与诗词的融合，还需要基础的夯实、艺术的提升和时间的打磨。百分之一的天赋，加上百分九十九的努力，才能实现自己的理想。愿你上大学后，进一步学习，全面发展，成为一个合格的诗人和书法家。"

孟秋末尾，吴一第一次走进广岭师范大学。能在更好的学校、更好的环境学习，他同中文系的其他同学一样愉快。吴一走上第六层楼，远望学校的全景，古树参天，红花遍地。他在窗前鼓励自己，要十足努力，不断地开阔视野，不断地丰富知识，才对得起父母，对得起老师和学校。

吴一正在读大学，而高平村正在实行家庭联产承包责任制。吴爸爸和姑妈商量几次后，最后决定把潘翠叶的户口迁移到吴一这个生产队来。包产到户的政策是在那边生产队分得包产田，在这边生产队就不能再分到包产田。吴爸爸把情况告诉第一生产队长后，队长问："翠叶到第一生产队来，有什么凭证没有？"我爸爸说有潘翠叶给吴一的定情物——一匹一丈二尺的侗布。后来，生产队同意他的意见，潘翠叶分得半亩稻田和6亩地。

吴一上大学后的第一节课是现代文学，科任教师叫王中华。王老师1米66的个子，乌黑的头发盖过耳朵，戴一副近视眼镜，白里透红的瓜子脸。她讲话很快，吐字清晰，音域宽、音色好，坐在最后一排的学生都能听得很清楚。在三尺讲台上，一边讲课，一边写板书，讲课的思路清晰，文学的脉络清楚。王老师在吴一的印象中，睿智、美丽又大方，像电影中亭亭玉立的女知识分子形象一样。

在课堂上，吴一非常认真地听课和写笔记。在课后，他仍不忘画画这件事。他喜欢文学和画画，与王老师兴趣爱好相同。下课后，他经常去向王老师请教。

立秋后的第一个星期天，吴一带着水果和糖果去拜访自己崇拜的王老师。王老师家里除放电视和沙发的空间外，剩下的地方全部摆着或挂着画。师生俩腾出一个小地方，能摆一张简易饭桌，摆着两菜一汤，还有一瓶桂花酒。王老师只喝一杯酒，剩下的由吴一喝完。据说吴一爷爷一辈子从来没有醉过酒，吴一有爷爷的遗传。酒过三巡，吴一从聊天中了解到王老师的一些情况，她芳龄二十有八，比自己年长10岁，是东方师大研究生毕业。刚参加工作两年，是单身一族。她的老家在辽宁沈阳，她的父母很焦急，每年回家过年，都问她结婚的事，她觉得很烦，很难回答家里的提问。

立冬后，吴一把所有科目复习一遍。他从不偏科，科科成绩都保持在年级前列。每次作业完成后，把班长的工作处理好，再到学校学生会办公室把学生会主席的工作落实，回到宿舍时已经是午夜12点多。

秋季学期期末考试结束，王老师约吴一到家里吃晚饭，饭后王老师送吴一到门口说："吴一你如果有时间，我俩在寒假到农村去调研、见习和写生。""好的，王老师！"吴一毫不犹豫地答应。

新年正月初二，王老师一个人来到高平村。师生相见，格外亲切。吴一带着王老师走村串巷，把高平村的东南西北走了一周。王老师赞叹说:"真不容易,大山里飞出金凤凰。父母拉扯你们长大,更不容易。"

吴一一边走一边想:今晚,王老师的吃饭问题容易解决,但是,住宿的问题就不好办了。想想自己一家人,连一个客房都没有。一家 5 口人,只有 3 个房间。去年冬天,吴爸爸把谷仓移到一楼,三楼的谷仓改造为房间,才有了今天自己住的卧室。吴一让王老师暂时在水井旁的坐凳坐一下,说有急事要回家一下。其实,吴一去村大队的办公室给李三思老师打电话,通知她速回高平村来。

吴一与王老师边走边聊,谈一些家乡的陈年故事、捐款献物和架桥铺路。聊得最多的是关于民间画画的兴趣与创作。当他俩站在神圣的鼓楼前,屋檐下的花鸟虫鱼,楼顶上仙鹤葫芦,一一映入了王老师的眼帘。王老师拍手称奇,赞叹有加,她说,侗族真是一个热爱劳动、热爱生活、热爱美丽和追求理想的民族。

王老师这是第一次到南方山区的农村,夜幕降临,她感到天气越来越冷。李三思老师跑去学校拿了一件红色的毛线衣给王老师披着,王老师的身材与李老师差不多,穿她的衣服同样合身而漂亮。

晚餐很简单,吴一家里的厅廊中间摆着八仙桌。主客共 12 人,老师、学生、房族亲戚相聚一堂。吴忠伯父说:"当学生就谈恋爱了,你不怕影响学习成绩吗?"吴一回答:"这两位女老师都是我崇敬的老师。一位是初中老师,另一位是大学老师。伯父不要乱说。"

吴妈妈很热情地帮客人夹菜:"这是酸鱼,那是酸肉,还有,这是最好的韭菜。韭菜当地也叫阳菜,九是阳数,九与韭谐音,它的生命力非常强。一年四季，长了再割，割了又长，茂盛绵延。是高平村壮阳补阴的菜种之一。"王老师入乡随俗，分别与各位同桌喝了"换杯酒"，就是我喝你的碗中酒，你喝我的碗中酒。有很多种说法，其中最有说服力的意思是忠诚信任、肝胆相照。喝酒到高潮的时候，碰碗声、助威声、祝福声，声声入耳；读书事、绘画事、协会事，事事关心。

酒足饭饱后，主客围着火塘聊乡村的一些趣事。这时候，最不高兴的是吴一的姑妈吴蓉。她心里想，如果吴一爱上了李三思老师或者王中华老师，自家翠叶怎么办？后来，她又想，不会，不可能。城市的人怎么喜欢农村的人？老师怎么跟学生谈恋爱呢？家庭条件好的怎么会喜欢家庭条件差的？最后，吴蓉姑妈安慰自己：只有翠叶和吴一最般配。这对姻缘能成的，我讲行就行，我和吴一的爸爸说就是。俗话讲得好：姑表相亲，亲上加亲；共同耕耘，点铁成金。

后来吴一两位老师到高平小学教师宿舍。高平小学附中在吴一读高中时就已经停办了。李老师留在小学任教，一直到现在。吴一与老师告别后，回了自己的家。

晚上，两个老师都没有睡意，一直聊着共同话题，比如说婚事、教学、父母等等，聊得最多的还是画画的事。关于民间画画的现状、不足与展望，两个都有一致的见解，真是英雄所见略同。当时针指向凌晨两点的时候，都还在聊。后来她们也不知道何时入睡的。

第二天，王中华又跟李三思同去林江村住了一夜。王中华在农村调研各种任务完成后，在正月初九回到广岭师大的自己家里。白天和黑夜，加班加点，一周后，论文《略论新时期民间美术的现状、问题与对策》寄去美术杂志社。又过了七天，她的万字论文刊登在了国家权威杂志《京都美术》上。

高平村的"高平画苑"越办越有味道。原来的会员数逐渐增加，现在会员达到近百人。除三水县外，这些会员来自比邻省的龙利县、融平县、融河县、浔水县、都乐县、榕树县、鹿兴县、柳新县等8个县。在柳河市举行的"城乡奋进，共享平安"画展中，高平村"高平画苑"12个学员包揽了全部奖项。

夏至，李三思收到王中华寄来的信函。

暑假时，李三思带领高平画苑在最近参加美术赛获得奖项的学员12人应邀去广岭师大参观学习。这些学员中年龄最小11岁，最大15岁。李三思师生13人先到林江乡搭班车，再到三水县汽车站等车去省城。王中华和吴一早就站在车站边等候，看见李老师带队来了。寒暄几句后，他们同步向广岭师大走去。

"高平画苑"一行人在广岭师大学习期间，充分利用每分每秒，跟王老师学会了很多画画方面的知识，也跟吴一谈了很多关于"高平画苑"的美好想法。这些小孩第一次到省城，省城及广岭师大给他们留下了很深的印象。高楼大厦，场宽路直。树绿花美，馆美书多。校园美丽，老师亲切。孩子们在心里是这样想，跟李老师也是这样说，决心回去后，只有把画画好，才能报答老师的热情。

一周的参观结束了。李三思老师和12个孩子回了高坪村。

以后，吴一创办的画室怎样，走市场如何？有诗云：

> 双师赐教为山村，九县融合重画文。
>
> 此日描图三水喜，今朝进步万家新。
>
> 天时地利高平上，教善徒聪美苑兴。
>
> 但愿城乡一体化，丹心代代育能人。

有趣谈双师共枕，无穷乐九县同门

第6章

◆

临南市小妹进厂，到北都阿哥恋情

　　暑假期间，吴春燕邀三个要好的同学到高平村来做客。"高平村是著名的避暑山庄。自古以来，凉风习习，爽气盈盈，竹林茂密，井水清甜。高平小学有一份油印的报纸叫《避暑山庄报》。主要刊载一些学校的新闻和学生的优秀作文。主编是语文老师杨老师，他对文学非常地执着，除吃饭外，其他时间都在刻钢板、印报纸。读小学六年级的时候，我的作文在《避暑山庄报》刊载后，又被乡级中学文学社转载，并获一等奖。我班的语文在三水县小学升初中统一考试中获得了第二名，杨川老师获小学语文优秀指导教师。"吴春燕对同学回忆说。

　　吴家厅廊里摆着织布机和纺纱机，吴春燕与同学们两人纺纱、两人织布。她们初纺纱时，纺出的纱线略粗一点。春燕的妈妈李娇在场时就手把手地教，要这样纺，才能纺出细纱；要那样织，才能织出好布。4个姑娘按照妈妈的方法，果然，纺出了细纱，织出了好布。

　　当吴一读大三时，他的大妹吴英读高二，小妹吴春燕读初三。他们的母亲李娇常年有胃病，家里卖猪仔和兔仔换得的一点钱全部用来买药了，吃了很多西药和中药都没有康复。

有一次，李娇肚子痛得厉害，难受到在地上滚来滚去。她很难过，家里人个个都难过。全家人没有什么办法，请了叔公来把脉。叔公是当过 8 年兵，曾经为保家卫国流过血和汗。参军的时候，就跟东北的战友师傅学得一些中医疗法，退伍后，在家乡做一些义务诊疗。

叔公到吴一家后，看见了李娇的状态。首先是观察她的发病情况、面色、舌苔等；其次是听病人的说话声音、咳嗽、喘息，并且从中嗅出病人的口臭、体臭等气味；第三是询问患者以前所患的病况；最后用手诊脉。叔公用的是传统的中医"望闻问切四诊"诊断法。

叔公说："目前病情很重很急，只能用这个方法，这个方法是最坏的方法，也是最好的方法。我当兵时见师父用过这个方法。喝尿，自己的尿，可以救病人。"全家人目瞪口呆，吴爸爸说，只要能救命，别说喝自己的尿，再难的事都可以办。征求李娇同意后，将她的尿用一个小碗装了，端过来，李娇一饮而尽。过了半个时辰，李娇的脸色开始红润，家里人把她抬到长木凳子上坐着，她流了很多汗水，说话的声音也稍微大了一点："谢谢叔公！难为您了！"李娇虽然说感谢的话，但人依然很虚弱，让人几乎听不到她的声音。看到这个情景，全家人都哭了。这泪水，有喜悦的泪水，也有苦涩的泪水。李娇常年劳动，几乎没有休息过，为了能让孩子们过上愉快的生活，自己再苦再累也愿意。她这样说，也这样做了。

吴一的大妹吴英，从小学到高三，学习一直很好。以前在村里读小学，在林江乡读初中，现在在三水县中学读高中。

　　读小学时，吴英早上去菜园，中午帮父母煮饭炒菜，放晚学后，就到山上采猪菜。读初中时，星期天在回家的路上，不是讨柴火，就是要猪菜。到了读高中的时候，离家较远，回家的机会少。虽然家里生活困难，但有亲戚的帮助，加上吴一成绩优秀，每学期都能领奖学金回来。弥补了费用的不足，吴英更有信心读书，她的理想是成为一名作家，叙述社会现实，针砭时弊，歌颂真善美。让整个世界充满着爱。

　　小妹吴春燕从小到大也喜欢读书。她和大姐吴英一样，年年获得奖学金。吴春燕想得比较复杂，她既想上高中考大学，当一名哲学家，解决人的思想，人一旦思想好，其他的全部容易解决。又想当企业家，能赚很多很多钱财，解决很多现实问题，让父母没有疾病、没有烦恼、没有贫穷；让孩子有钱读书，过上健康、平安、富裕的日子。还想当老师，一辈子教育无数的孩子，让他们学会做人，学会做事。

　　暑假，初中毕业后的吴春燕与最好的同学李同思去了一次中国改革的前沿阵地——南方大都市。晚上住在李同思表姐打工的工厂宿舍里。姐妹几人谈天说地，谈得最多的是工资收入。工人月薪最少的有百来元，最多的有两百多元，而在县城当干部、做老师一般每月工资只有六十多元。谈改革，聊未来，几人越讲越高兴，一夜无眠。

　　第二天，吴春燕、李同思和表姐到大都市最繁华地带玩耍，还登上了南方第一楼——地王大厦，这楼有 66 层，从地上往上望，太阳帽都会掉落地下。

　　第三天，吴春燕、李同思和表姐到工厂里去参考、见习。在

個
画
家

厂长的同意下，在厂里制作蜡烛。手工制作，计件算工钱。在南方打工的工钱都是这样发的。

一直到暑假结束，吴春燕与李同思都在工厂里制作蜡烛，刚到厂的新手动作慢，月工资算来也有百多元。两人商量后，决定在厂里打工。李同思表姐多次劝她们俩回去读高中、考大学。做个干部，每月都有工资，旱涝保收，让人羡慕。吴春燕跟她们谈了很多大道理，最后她说："我家急需用钱，母亲常年患病，哥哥读大学，姐姐读高中。如果我回家，父母、兄姐肯定不同意我在外打工，肯定要求我继续读高中……"突然，吴春燕泪如雨下。最后定下决心说："我要打工，为了父母和兄姐。我跟你们两位'拉钩'，不准谁把我在这里打工的事告诉我的家人。"

天下没有不透风的墙，吴春燕在南方大都市打工的消息很快传到了高平村。吴爸爸很焦急，手里拿着三水县中学的录取通知书立即去找姑妈吴蓉和姑爷潘兴财商量，决定由姑爷跑一趟南方大都市。

到了吴春燕工作的工厂，潘兴财姑爷先碰见了李同思，她把吴春燕带到了姑爷面前。姑爷跟春燕讲了很多读书的好处、家里父母对她的担心以及哥哥姐姐对她的期望。吴一家里人都说，如果春燕没有很好地读书而过早地去打工，家里很对不起她，小小年纪就承担起大家庭的责任。不管怎样劝，吴春燕就是不愿回家，仍然想要留在厂里继续打工。姑爷说："我来南方大都市，是受你父母的委托，你先回家，再想想。如果你想得周到了，思考成熟了，你以后才不后悔，家里父母兄姐心里才能平静下来。他们的希望就是全家人都能安心过日子。"

最后，吴春燕同意跟姑爷回一趟高平村。回到了村里，父母把上高中的录取通知书交给了她，她沉浸在复杂的心理和痛苦之中，她一夜没有合过眼。

三水县中学报名时间到了，吴春燕拿着录取通知书朝林江乡车站走去。上了去县城的班车，刚好遇到初中同学谢春丽，都拿着通知书，一样的梦想，不一样的村屯。无巧不成书，两个同床共梦人在一起，到三水车站后，却买到了去南方大都市的车票，是次日 8 点出发的班车，17 个小时后就可以到目的地。一切如意，到了蜡烛厂，吴春燕、谢春丽、李同思三个同学同其他工人一样努力，从新手到熟手，月工资由 100 多元增加到 200 多元。在食堂里，谁先到，就帮后到的人领饭。在上班中，表姐热心帮助后来的妹妹。几个姐妹每天高高兴兴上班去，平平安安回宿舍。

吴春燕在工厂打工一个月后，她得到了 200 多元的工资，这是她这辈子第一次得到劳动报酬，喜悦写满了脸庞。第二天，她到邮局给家里寄了 200 元，剩几块钱零用。她想，下个月要更努力，多得一些收入，家里才能减轻一些负担，爸妈才会少一些烦恼。

吴爸爸收到汇款单后，悲喜交集。悲的是，女儿小小年纪，本来是读书的年龄，不读书而去打工；喜的是，女儿渐渐成大了，慢慢懂事了。不禁潸然泪下，心如刀割。

吴一自大学二年级以来，往王中华老师家跑的次数越来越多，谈的话题也越来越多，论的领域越来越宽，站的高度越来越高。王老师是吴一的良师益友，吴一同班同学无人不知。"吴一，你这么晚了，凌晨 1 点了还回宿舍来。如果是我，在王老师家住，等明天星期天再回宿舍。""肯定要回宿舍睡。首先要考虑老师的声誉，再要考虑同学的猜疑，更要遵守学校规章。"吴一回同学话。

立秋后的第三天，这天是王老师的生日。吴一来祝贺老师生日，穿的是一件旧的中山装。这件旧的衣裳是堂哥送给他的，从高三一直穿到大三。吴一不带什么水果和糖果，而是带来一幅自己创作的王老师肖像，这是他入大学后画得最为满意的一幅。吴一一进家门，就直接到长沙发坐下。王老师还在厨房里煮饭炒菜。在饭菜做熟后两人准备吃饭的时候，吴一说："王老师，我给您带了生日礼物。""已经说好不要破费的，你带来的任何礼物我都不收！"王老师回答。

吴一把自己的作品铺在饭桌上，王老师一看，赞叹不已，爱不释手。"这幅画我要收下，还要永远收藏！你的其他礼物我不收。""老师，您刚才说，我的任何礼物都不收。""这是画作，是我的肖像，我要收！不说了，开饭。"

王老师的家在吴一看来，既是家，又是教室。两三年来，吴一不在教室学习，就在王老师家里请教。这个家，给他知识，又给他智慧，甚至给他战胜一切困难的勇气。王老师对待吴一，既当作学生，又当作朋友，更像对亲弟弟一样看待。

大学四年级春季学期期考公布，吴一以成绩优秀获得了一等的奖学金。关于以后的工作，他估计自己是回三水县中学任教。离别之际，师生合影，同学互赠礼物作为纪念。跟最好的同学聊了一个晚上，把学生会的事务交接了，年级间打了一场篮球友谊赛，离别前想到要做的事都做了。四年的大学读书，弹指一挥间。

高兴之余，想到家里的父母，又想到了大妹吴英和小妹春燕。吴一从大二到大四的假期都不回家，在学校附近参加勤工俭

临南市小妹进厂，到北都阿哥恋情

学活动。这个暑假，又是毕业季，吴一想像只燕子一样回到家。

中秋后，林江乡邮递员把大学录取通知书交给李三思老师再转给吴英。拆开信封一看，是东方师范大学的录取通知书，读的是中文系。吴英考上了自己梦寐以求的大学，她的脸上露出了灿烂的笑容，全家人高兴得无法形容。那天晚上，摆了三桌饭菜宴请李三思老师和杨旺盛校长及众多亲戚，庆贺吴英实现自己的大学梦想。

喝酒到高兴的时候，伯父说："现在好了，吴一三兄妹，两个已经读大学，还有一正在读高中，也是进入大学的一半了。"还没讲完，吴爸爸很不高兴地说："春燕是没有机会进大学了，已经在南方大都市的蜡烛厂打工了。"就把原来怎样去厂里、姑爷又怎样说服的事情说了一遍。

正在这时，王中华老师有电话来找吴一。

吴一小跑出家门到村委的办公室去接电话。心想，可能是工作分配的事吧。

原来，王老师每当回老家，父母都问她有对象没有。她都说有了，但是当问她的男朋友的名字叫啥时，她就含含糊糊，遮遮掩掩，转移话题，工作几年就躲过了几年。今年，暑假回家，父母一定要求带男朋友回家给家里人看看。因此，就打电话给吴一，邀请吴一陪自己去一趟沈阳老家。

吴一同王老师到她家后。王老师的父母以及房族亲戚都非常喜欢吴一。这时的吴一，1米71的个子，乌黑的头发，浓密的眉毛，炯炯有神的眼睛，直直的鼻梁，厚薄适中的嘴唇，国字脸。

王老师老家的四合院是三间三进的房子。

秋季，门外是一望无际的金色稻田，人们正在埋头劳作，收割稻子，一片丰收的景象。

吴一想："如果我在这个地方工作，我是这里的亲人、是姑爷，多么好啊！"转念又想："不可能，王中华是我的老师，老师怎么成为学生的妻子？"吴一继续想："一切都有可能。"虽然王中华没有提出结婚的事，但是，两位都是年轻人，都有成为一家人的可能。俗话说，世上只有藤缠树，哪有树缠藤。

吴一在王老师家住了七天后，准备告别亲人回南方。王中华的母亲到女儿的耳朵嘀咕着："今年春节，把人生的大事办吧，你父母就放一千个心了。"王老师没有回答，也没有不回答。她对母亲挥手告别："妈，我今年一定回家过年，再回家看您和爸爸！"

王老师早就恋上了吴一，只是吴一还没有毕业，不好意思直接表达自己的想法，一直在找很好的机会表达。这次，回家本来在回家的路上，想说一声"我爱你"。后来都到家了，话到嘴边还是说不出口，又回肚子里去。只要用心用情，"爱"总有机会说出来。

以后，吴一的工作怎样，婚事如何？有诗云：

> 南方进厂为家庭，小妹精工早日行。
> 大志亲哥崇艺术，鸿图画院建仁门。
> 学高义信千千惠，字正方圆万万成。
> 铁碗真金炉火炼，当今市场写诗文。

第 7 章

两小女大声说爱，一大哥真情表白

吴一四年的大学学习圆满结束了，各科成绩都是优秀，是德、智、体、美、劳全面发展的学生。他告别亲爱的班主任和科任老师，告别校园，告别操场，告别学校的一草一木。

吴一受邀到广岭山水画培训学校任特聘教师，任期半个月。有一个学员突然请假，这个学员叫陆新坡，他的母亲病重，一时没有筹够医药费。吴一从老师那里了解到这个学员的母亲患了尿毒症，需要长期服药和化疗，急需七八万元钱。最后一天培训结束后，吴一领取了3300元课酬，除去300元回家车费和零用外，余下的3000元都捐给了那位患病的母亲。

广岭山水画培训学校除培训外，还做了一个辅助的慈善业务。目的是让师生修身养性、培训提升、志愿服务。全校10个班，共4000多名学员。每次内省外地有灾情，师生都第一时间将捐款和物资送到受灾户中，有时候还同寺庙的和尚一起走在赈灾一线。吴一与和尚工作不同，信仰各异，但是，扶贫济困的心是一样的，同想一件事，共唱一首歌："只要人人都献出一点爱，世界将变成美好的人间!"

和尚法号叫至尊,他在福禄寺当住持。圆圆的头光亮亮的,浓眉大眼,国字脸庞。肚子大,个子也高大。至尊和尚看佛书,也看小说,尤其喜欢看《红楼梦》。他喜欢看书,又喜欢看写书人曹雪芹的有趣故事。吴一也爱看书,至尊觉得两人是有缘人,成了好朋友。

吴一和至尊来到了陆新坡的家里。这是一个特殊的家庭,父亲痛风,母亲重病,两人都身体不好,用尽了钱财。借了房族亲戚的钱,债台高筑。两间三层的木楼,简陋不堪,不能够遮风挡雨。只有一个刚买的塑料水桶,其他家具都很陈旧,起码用过几十年。在狭窄的厅廊里,至尊和尚和吴一把6.66万元善款交给陆新坡母亲后,又火速赶回车站,各自回去。

吴一从广岭师范大学毕业后,回到三水县教育局报到。从三水县中学教务主任那里获悉,吴一任高中三年级两个班的语文老师。又到在李仁和校长办公室聊了一些教育教学的事,李校长仁爱智慧,平和礼貌,幽默风趣,就像他的名字一样。李校长既是管理者,又是语文教师。他俩相谈甚欢,中午时分,吴一告别校长,去看看学校安排的教师宿舍。

早上吴一从宿舍到教室,下课后的中午回到宿舍,"两点一线"成了他秋季学期的行动小结。

一个星期天的中午,王中华老师打电话过来,要吴一去汽车总站接一下。吴一既高兴又紧张,高兴的是王老师的到来,可以跟她说说自己的心里话;紧张的是刚刚参加工作,工资未发,连一床像样的被子都没有。饭桌、凳子、沙发等家具更是零的记录。现在睡的被子是从高平村带到大学,又从大学带到这里的。

相比之下，高兴占八成，其他不管那么多。

不一会儿，吴一就到了三水县汽车站。这个汽车站是广岭省县份中规模最小的汽车站，车站前门是主街，第二楼后门是停车场。后门道路与前街道路由缓缓的山坡连接着。这一天是吴一来中学任教后最高兴的一天。

到了吴一的宿舍。只有一张书桌，一张椅子，非常简朴。吴一坐在床边，王老师坐在椅子上，两人谈一些初为人师的感受，聊一些最近大学的新鲜事。吴一问："王老师还没吃午饭吧？""已经吃了，在车上吃了两个面包。现在不饿，晚上再吃。"王老师回答。

吴一出门到外面的杂货店买了一些日常用品，比如牙膏、牙刷、香皂、脸巾等。回来后，吴一知道王老师在自己的床铺里休息，自己就到中学图书馆去读书看报。

晚上，在吴一的宿舍里用餐，这些饭菜是吴一从教师食堂端来的，师生俩在喜悦中吃饭、喝酒。吃的是三水县的优质稻米，喝的是侗乡重阳酒。米香酒甜，人美意浓。

"王老师，我想跟您说句心里话。"吴一害羞地说。"你说吧，你说什么，我都好好听着。"王中华腼腆地答。"有点不好意思说出口。"吴一再说。"一般来说，最不好意思说的是——我爱你。"王中华回答后，立即转脸看其他地方，在那里抠着手指。"正是，你说到我心坎里了。"吴一如是说。"你的心里想什么，我全知道。"王中华微笑着说。

两颗心想到一起了，两个人手牵到一块了，紧紧地拥抱在一起。这是吴一第一次与女人亲密地接触，也是王中华首次与男人近距离地接触。王中华的长发散落在吴一的肩膀后面，右脸紧贴着吴一的脸。她终于哭了，激动的泪水流下脸颊。这既是老师与学生的恩情，又是姐姐与弟弟的亲情，甚至是男女的恋情。恩情、亲情、恋情相互交融，形成了一股暖流。这股暖流，从吴一这边向那边流去，一阵风过后，再从王中华那边向这边卷来。

他们站了很久，终于坐下来休息。两人商量着以后的婚事，王中华说："我长你 10 岁，你能接受，你父母能接受吗？我很担心啊。"

"我也老大不小了，超过了二十。村里的初中同学，有的已经有孩子上小学了。我是计划生育提倡晚婚的模范。新时代提倡恋爱自由、婚姻自由。从相识到相知，从相知到相爱，再从相爱到结婚。我俩做好自己的事情，过好自己的生活，把握好自己的命运。你有什么想法不好说？"吴一说。"我没有什么想法，也没有什么不好说。"王中华回答。王中华总觉得自己是老师，什么都知道。到现在她更加明白，吴一身体长高了，知识增长了，经验丰富了，事理明辨了。这个时候，感觉到吴一成为了自己的老师，自己变成了他的学生。

晚上，王中华在三水中学招待所住。她沉浸在美好幸福的梦乡之中。

第二天，吴一送老师到汽车总站，王中华依依不舍地离别了美丽而难忘的三水县和三水县中学。

吴一老师超常规工作，特别在因材施教、创新教研工作中，成绩斐然。在秋季学期统一考试中，学生学业成绩显著，他本人也获得了教师教学特等奖。

春季学期开学了。经常捧在吴一手上的是《上海教育》杂志，他能从刊物上知晓校外很多新鲜的东西。

夏天，一个炎热的夜晚，吴一翻来覆去，难以入眠。他从床上爬起来，在卧室里走来走去，左思右想。终于有了一个大胆的想法，要告诉王中华。

暑假第一天清早，吴一乘上三水至广岭的班车往省城奔驰而去。到了省城车站，他没有打电话给王中华，而是直奔她的住处。敲了房门，门打开了，王中华手里拿着行李包正准备去赶车回老家，家里父母催她办酒，她不回不行。时间很紧，事情重要，心里紧张，两人不知道该干什么。还是王中华先说："这样吧，我俩先回北方一趟，跟父母讲清楚，也算做个承诺。今年国庆节双方都没有准备好，明年新年春节准备好了再结婚，好吗?"吴一不加思索就答应了王中华。

在火车上，吴一跟王中华谈了教育现状及未来发展，同时，谈了自己的一些观点。当下，有一个优惠政策，教师可以停薪留职，下海发展。如发展态势好，可继续走下去。如发展态势不好，想回原单位也没有谁反对。可以一切按上级政策办。

王中华持中立态度，不支持也不反对。她强调："有一条必须清楚，要把文件拿在手，吃透文件精神，按规律办事，创造性地开展业务，必能开辟成功新路。加上你的名一，字崇善，祖德流芳，庇护子孙，更能成就大业！我还有个想法，我不能下海，你先下海。一家人要留一半在海上安全一些。不怕一万，只怕万一。"

到了沈阳新明村王中华家，家里人非常热情地接待了未来的女婿。王家父母房族亲戚欢聚一堂，在大厅里摆了很大的一桌饭菜。扣肉、白切鸡、白切鸭、鲜鱼、饺子、白菜、长寿面等共16道菜。互相敬酒，聊侃家常。当酒足饭饱之时，王中华的母亲拉着女儿到自己的卧室，谈了很久，最重要的一句话是："你也不小了，要尽快把婚事办好。再说，吴一年纪小，他有的是时间，你没有多少时间等了。"王中华说："妈妈，也不能太急，我跟吴一商量好了，在明年新年春节结婚，只是再等几个月，好吗？"王中华的母亲思来想去，觉得女儿讲得在理。

在王家，吴一跟王中华的弟弟王中芳同睡在一房里。一周以来，未来的姐夫和未来的小舅子非常有缘，谈得来，说有趣。

第八天，吴一带着女朋友王中华乘着向南的火车奔驰在辽阔的平原与高低不平的山区之间。两夜一天 39 多个小时后，下火车，搭班车，走山路。吴一和王中华到了吴一高平村。

这是王中华第二次到吴一家，觉得一切都有缘、亲切和融洽，在宁静的山村，充满着诗意的生存。晚上，村文艺队四五十个队员在排练侗戏，有时也吹吹芦笙，唱唱"耶歌"。侗歌声、锣鼓声、芦笛声，声声入耳；种豆事、绘画事、结婚事，事事关心。

白天，吴一和王中华到姑妈家去找潘翠叶，潘翠叶见到他俩后，很亲切礼貌地喊："王老师好！表哥好！"腼腆里带有紧张、害怕，害怕王老师抢走自己的未婚夫。潘翠叶想，王老师在省城大学教书，有大把的人可嫁。为什么偏偏要跟自己的未婚夫表哥好？真是奇怪，很难理解。潘翠叶再想想，王老师只是吴一表哥的老师而已。翠叶想问题总是十分乐观。

父亲吴生拉着吴一到厅廊的一角，很严厉地说："你跟王中华是什么关系？"吴一说："爸爸，王中华是我的恩师，也是我的未婚妻。我很喜欢她，我俩的感情很好。在我上大学的四年里，她像姐姐一样，关心、关爱、照顾我。我在学习上取得的进步，在工作上取得的成绩，都离不开她的支持和厚爱。我要跟她一辈子，过上好日子。"

吴爸爸说："我希望你与王中华只是属于师生关系。"于是，把潘翠叶到吴家做农活的事跟吴一详细地述说。

"在你刚上大学的时候，高平村也像全国一样，实行家庭联产承包责任制。潘翠叶一直以来，帮吴家扯秧、插田、耘田、打谷子，各种农活干得干净利索。侗家的针线活做得漂亮，纺纱织布走出了自己的路子，还开了个裁缝室。聪明又勤快，把城里的东西与村里侗族的东西结合起来。农闲时节搞裁缝，农忙时节干农活。把每分钟都用在刀刃上。潘家和吴家的活全干。你的表妹人才好、心灵好、性格好、手艺好、体力好。样样都好，孩子啊，你打灯笼去四面八方找，都难找到这样的好姑娘啊。"

吴一感觉很惭愧，很不好意思，很对不起翠叶表妹。尽管他跟父亲和母亲已经讲了多少次了，一直把表妹当作自己的同胞亲妹一样看待，近亲不能结婚，这是《婚姻法》的规定。父母和姑妈偏要一意孤行，在第一生产队分包责任田（地）的时候，把翠叶表妹的户口迁移到吴家来。现在是进也难，退也难。

吴一把事情的前前后后告诉了王中华，王中华觉得很新奇，又觉得很棘手。新奇的是，这个村还有"姑表亲"的习俗，旧的观念难以消除。棘手的是，自己已经卷进这个奇特的爱情旋涡里，如何解得开、出得来。

王中华想了一个夜晚，难以入眠，最终决定亲自登门拜访吴一的表妹。第二天，她到了潘翠叶家，大门敞开着，翠叶礼貌地欢迎王老师。寒暄几句后，话进入了正题。两个女人为了自己的未婚夫，都讲了很多的理由。翠叶说："从时间来说，我先办这件事；从亲戚来说，自己人优先；从信物来说，我已经送给对方侗布；从承包责任制来说，我已经分到责任田了。扯秧、插田、耘田、打谷子等都干了。"

王中华在学生面前是教授，说得头头是道。但是，看潘翠叶的表情，听潘翠叶的真话，自己一时不知讲什么。感觉潘翠叶句句在理，又好像有些话是不太有理。于是她说："翠叶表妹，我很尊敬你，喜欢你的性格。我很对不起你。我不跟你辩论太多了。表妹，我要跟你说几句掏心窝的话。我俩有相同的地方，比如，都爱吴一，这是感情相同；都想过好日子，这是目的相同；都有信物，这是礼俗相同；都帮过吴一，这是善行相同。"王中华最后说："表妹好，我俩都好，吴一同样好。我愿意跟你把这件事办得更好。"

晚上，潘翠叶一夜没有合眼。一双眼睛一直看着天花板，从天黑到雄鸡三唱，直至天已大亮。

同一天晚上，王中华在吴英的卧室里住。王中华和吴英都是东方师范大学中文系的学生，作为帅姐的王中华觉得吴英更加亲切。两个校友在高平村吴家无话不说，从小孩讲到长大成人的一些趣事：北方老家一群小孩光着屁股在泥塘里滚来滚去；高平村调皮的女孩与男孩同上树抓鸟仔、戳鸟窝。当聊到当天下午去姑妈家跟翠叶谈"感情"两字时，真不好说。吴英早知道这件事，总感觉荒唐又滑稽，又不知道如何处理。心想，总有解决的办法。办法总比困难多。

第三天，吴英很早就去了姑妈家。她跟翠叶表姐说了很多道理，那些道理跟王中华和吴一说的差不多。潘翠叶总是不爱听，她喜欢听的是，她跟吴一表哥在一起，平安健康，白头偕老。

第四天，吴一和王中华、吴英联合起来，邀请房族亲戚在吴一家吃饭。酒过三巡，族长起来说："我跟大家讲一件事，关于吴一的婚事，他自己决定，其他人不准插手，不准逼迫。谁逼迫，谁负责。王中华老师你有文化，你是明白人，你会理解我的心情。"

"潘翠叶是我们的好表妹。翠叶妈妈是我族的亲姑妈。还有，吴一的父母，您俩要想好，在婚事上，不要自己决定孩子怎样，要尊重孩子的意愿。强扭的瓜是不甜的。孩子是高中老师，见世面多，比我们懂多啰。"

"吴一，好孩子，在这个婚事上，你是主人。我们要遵守新时代的规矩，同时也要遵守族规，传承祖训。我们酒足饭饱后，各自回去，该干什么就干什么去。再强调一下，听明白了吗?"

潘翠叶和她的妈妈回到家，又聊了一下婚事。她们觉得族长不帮自己，又觉得族长说得有一定的道理。母女俩聊来聊去，潘翠叶靠着织布机，流下了两行泪水。翠叶心情不好，头部胀痛，回房间睡了。

潘翠叶与吴一走过三水风雨桥、走进祥和鼓楼、走上吊脚木楼、走进吴一卧室……

当妈妈喊潘翠叶醒来的时候，原来是黄粱一梦。

以后，吴一的新娘是谁？有诗云：

> 两女争夫为爱神，一哥信义有言评。
>
> 说因讲理尊族训，想北思南立正门。
>
> 姐妹恩深传后世，家庭业旺继前人。
>
> 常挑重重千斤担，撰写浓浓万世情。

第8章

丢铁碗立新画院，顺行情收获欢心

王中华在吴一家住了七天后，告别了亲人。吴一送王中华到三水县汽车总站，王中华上班车后，她伸出头到车窗外，挥手告别，眼泪湿润了眼眶，此时无声胜有声。吴一目送着王中华的背影和班车的尾巴，由一条线直至变成一个点，最后消失。

秋季学期开学，学生排队报名注册。吴一向李仁和校长递交了停薪留职的协议书。李校长说："任教好好的，为什么要离开学校而到南方去。""我想试闯一下市场，反正是停薪留职，相对比较保险，万一行不通，我还可以回到您身边，又与学生在一起。"

9月上旬，晴空万里。吴一如期到了南方大都市，他第一个想法是去见小妹春燕。小妹为了家里，为了父母，为了哥哥姐姐，历尽了千辛万苦，作为哥哥，他觉得很对不起妹妹。

吴一一边走，一边问路。问了三四个人后，终于找到了很久没见的小妹。兄妹俩和吴春燕的同学到一个小饭馆吃饭。平常她们几个姐妹都喜欢到这个地方来。这个饭馆相当实惠。每人一菜，共4个菜，加一大碗汤，南方自产的啤酒8瓶瞬间瓶底朝天。

他们忘记了疲劳，没有什么烦恼，都很健谈。"难得聚集在一起，再上 16 瓶啤酒。"吴春燕对老板示意。

第二天，吴一去找师大的同学廖兴旺。廖兴旺老家在南方大都市，父母是经商的。他毕业后，自主创业，创办了南方教育培训中心，发展态势良好。他带吴一参观了中心的教室和办公室。把中心周围走了一圈。"我准备在这个城市创办一个画室，等条件成熟后，再办画院。"吴一一边走一边说。"一办就办画院，起点要高，规模要大，动作要快。"同学廖兴旺回答。"办画院，需要资金雄厚，一下子还没有那么多的资金投入。"吴一说。"没问题，可以借。我看看我这里有点流动资金，可以借给你。如果不够，我再跟我爸爸想一些办法。我俩再算一算，总需要多少资金。尽量节约一点。俗话说，小生意赚大钱。"廖兴旺再回答。"老同学，你这样想得非常周到，还鼎力支持，感谢你!"吴一真诚地说。

一周之后，顺利筹到了 3 万元资金。对吴一来说，这是个天文数据，相当于他当老师 30 年的工资。他从廖兴旺手里接过 3 捆人民币，像 300 斤重的东西一样沉。双手在打颤，如妇女在春米坊里筛糠一般。"非常感谢老同学，非常感谢!"吴一十分激动，没有什么话说，只会讲几句重复的话。

路通、电通、水通，1000 平方米的画院建成了。

两人到高处远望新建的画院。中立高楼，四边四景。东边椰子树，寓意立足椰乡本地，面向全国，走向未来;南边红树林，寓意十年树木，百年树人;西边兰花苑，寓意花中君子，君子之交淡如水;北边玫瑰园。寓意是送人玫瑰手留余香，愿天下有情人终成眷属。

到近处看，首先映入眼帘的是，大门上挂着"南方崇善画院"的牌匾，一排六个行书金字墨迹饱满，苍劲有力。门两边的对联是："南方北苑皆为画；地角天涯尽是诗。"

再走近书画亭，这是一个八角亭子，坐北朝南，八面玲珑。有一个少年在那里已经体验到书画的乐趣了。亭子对联比较特别："三路六头，头头圣画；一亭八角，角角金书。"

星期天，吴一、廖兴旺、吴春燕、李同思、谢春丽等 8 人在画院的食堂里就餐，以表庆贺。同桌的有个后生，说是吴春燕带来的，他老家是沈阳新明村的。吴一想起来了："听你的姐姐说，有个小弟在南方打工，原来就是你王中和。地球真的很小，走到哪个地方都遇到熟人。"吃到一半，他们把八仙桌搬到八角亭来。主客猜拳打码，吴一顺口说道："八角亭、八仙桌、八仙共悦；三中路、三水画、三水同兴。"

秋季学期，南方崇善画院聘请了 4 位老师，招收了 250 名学员，共开 5 个班，分国画班、素描班、水彩画班、油画班和书法班。吴一既是画院院长，又是辅导老师。教室里张贴着《辅导教师工作职责》《学员守则》《文明守则》《卫生守则》，走道旁、楼道边、食堂里，都挂有老师和学员的最新书画作品。

吴一穿着一双半旧的皮鞋，拿着一个皮包，早上 7 点就到办公室了，烧一壶开水，喝一杯家乡高平茶，在办公桌后埋头搞规划、写计划。上课的钟声响了，吴一便拿着教具小跑着去教学楼上课。在上课的时候，学员们问题很多，每一个问题，吴一都耐心回答。曾有一个学员问成为画家需要几年，吴一说："一个画家的成长，不是喊出来的，而是要做出来的，没有时间限制。有的悟性高，有的悟性低。有的几年十几年就能成画家，有的几十年都难成。"

晚上回到家，吴一洗漱完就到沙发坐下，在茶几上摆着一本笔记本。这本笔记本记录着当天已办的事、未办的事、做得差的地方、解决的办法、每日小结。做完工作把笔记本合上，再看墙上的挂钟，已经指向凌晨 1 点。

在吴一的办公室墙上挂着"用心用情，办好每一件事"的座右铭牌匾。

自习课后，吴一都会到教师宿舍和学员公寓走一走，听听他们的建议。遇到有老师身体不太舒服，他还会带一些水果去看望。某次遇到有一个同学身体不适，上吐下泻的，他便亲自去买药给学生服用，十分关心学员身体。师生座谈会上，吴一答应老师和学员的话，基本都能按时兑现。画院的活动，吴一也尽量抽空参加。这样的院长，深受画院里老师和学员以及家长的尊敬和喜爱。

秋季学期结束了，第一批学员全部成绩合格，南方崇善画院准予结业，把结业证盖章好。学员们与辅导老师在院前合影留念，画门和对联没有被遮挡，刚好三边围着呵护他们。这些放大的彩色照片，装框后挂在教室的显眼位置。

俗话说得好，天道酬勤。吴一回家后，在书桌上简单地算了半年来的财务。除去电费、水费、笔墨纸砚以及辅导费等所有成本，净赚 3.3 万多元。虽然很辛苦，但是很快乐。吴一用半年的努力赚到的收入，把老同学的 3 万借款还清了，握着老同学的手说："还是那句话，非常感谢你，在我最困难的时候，你帮助了我，我一辈子难忘！"

刚放寒假，吴一在做好家庭老师的教学工作后，就带着部分学员出去写生。这样一来，可增加一些费用来运营画院，还可以增加很多乐趣。

春节快要到了，喜事也跟着来了。吴一收到了王中华的来信，信中说，家中父母又在催办新婚喜酒。如果同意，婚礼就在今年正月初八举行。吴一给王中华打了电话，两人沟通后意见一致。吴一说："我今年上半年的工资已经交给车站了。下半年的工资还存在那里作为画院唯一周转的资金。如果我俩办酒，就办得简约一点、朴素一点，可以吗?"没等王中华回答，他又说："给娘家的彩礼也不能太薄，要跟去年你堂妹出嫁时的彩礼差不多，就可以了。"吴一的这些话，正和王中华的意。王中华没有多讲什么，只是在电话的那头认真地听着。

新婚的一切准备好了。

正月初七，堂弟作为伴郎陪吴一去接王中华新娘。按侗族习俗，新娘老家是沈阳新明村，理应到老家接新娘。现在是王中华在广岭师大工作了 7 年，新郎到她工作单位的家接也可以了。王中华的伴娘理应是堂妹，堂妹说："路太远了，你可在工作的学校邀一个好友替代伴娘。"

从广岭师大接新娘来，一路顺利。在凌晨 12 点半，他们把车子放在林江乡李三思老师家门前，又走了 1 个半小时的山路。凌晨 2 点吉时，新郎新娘到了吴家门口。按规矩，门打开，新娘右脚先入门内，到火塘的东边坐下。原来静悄悄的。新娘进门后坐定，鞭炮齐鸣。

妈妈、伯妈、姑妈、姨妈等 10 多个女性房族亲戚从楼上下来，她们的任务是等新娘，看新娘打油茶，吃新娘油茶。

打油茶正在进行，架锅头、放茶油炸阴米，煮老树茶水，配上饭豆、虾米、玉米、红薯、猪肝、粉肠、葱花等佐料。这一关，对一个不太下厨的人来说，确实不易。对王中华来说，属于后者。王中华有情有义嫁到千里之外的侗乡，她之前就已经做好这方面的功课了。

吃了油茶，大家都竖起大拇指，夸北方的姑娘也很会打侗家的油茶。

王中华披肩的头发，睿智的眼睛，高直的鼻梁，微笑的面孔，美丽的酒窝，微薄的嘴唇，白净的脖子，白嫩的双手，高挑的身材，穿着一件红色的呢子短衣和一条黑色的直筒裤。动作灵巧，美丽动人，有沉鱼落雁之容，闭月羞花之貌。在侗乡人的眼中，新娘就像古代的西施一样。

在吊脚楼里，一群穿黑色侗族服饰的婆婆围着穿红衣的新娘打油茶。婆婆们与其说来吃新娘油茶，不如说专门来看新娘子。她们大饱口福，又大饱眼福，吃了油茶各自回家休息。

王中华打油茶完了，又把碗筷洗好，伴娘陪着新娘去洞房睡觉。在侗家，自古以来，结婚办酒时，新婚之夜都是新郎不入洞房的。在三到五年的磨合时间里，新娘来到新郎家插秧，或收谷子，农忙时节，很自然地住在新郎家。

第二天清早，新娘做的第一件事是去水井亭挑井水。寨子路边宅旁排满了等候新娘挑水的妇女，比以前任何一次的人数更多，不只是房族亲戚，而是全寨人来看，甚至，连外村人也来看。凑热闹、寻快乐是大家不变的兴趣。

下午 1 点钟，在鼓楼坪上摆了宴席，足足 48 桌。在高平村，新郎家请吃喜酒，主家请了百余家，客家来几个人，由客家自己定。从主家的角度来说，尽量准备饭菜多一点、酒水多一点。尤其是酒水要充足，如菜少了一点，客人相对议论得少，但若是酒不够，那肯定被客人说主家不舍得、吝啬鬼。主家会很没有面子，要面子是高平村乃至侗族地区广大侗胞普遍的性格。

48桌宴席摆好了，横竖排列。横4桌，竖12桌。宴席上有酸猪肉、酸鸭肉、酸草鱼、土鸡、土鸭、土鹅、兔肉、井水煮羊肉、井水煮黄牛肉、炒瘦猪肉、猪脚黄豆、扣肉、韭菜拌酸菜、芥菜汤，共13菜1汤。每桌再配10个大碗、10个小碗，大碗装饭，小碗喝酒。每桌旁边配有1箩糯米饭、1缸农家米酒、1桶清甜井水。主客共进，大家同欢。

在房族亲戚最高兴的时候，就是吴一的表妹潘翠叶最伤心最忧愁的时候。她思来想去："我万一能说服王中华，万一她能把吴一让给我呢，一切都有可能。"一大早，潘翠叶就直奔舅舅的家，跑到王中华的洞房。洞房里简朴而大方，一张床铺、一床蚊帐、一张书桌、一个木衣柜、一个皮箱、一对竹制箩筐、一盘糖果、九张凳子，墙上挂着新郎新娘的相框，那是一幅两人吴一和王中华共同的画作，他们互画着对方。王中华看见翠叶表妹，很是热情。她摆好凳子，请表妹坐下。然后王中华才发现翠叶表妹脸色阴黑，好像不高兴。"是有什么事吗?"王中华问。"我想跟您商量!"潘翠叶说。

潘翠叶说："王老师，您是大学老师，您的条件比我好。在城市也好，在农村也好，您都能找到一个如意郎君。而我跟您不同，我在农村，读书少，与外面接触少，找到合适的人机会少。加上我的口粮已经算到吴一表哥家，因此，万万恳请您把吴一让给我，您再找一个。"

王中华紧紧握住潘翠叶的双手，潘翠叶眼泪湿润了眼眶，在这个关键的时候，潘翠叶都还想尽办法，哪怕是一线的希望也要争取。

王中华心里想着，如果今天重新选择，看吴一是怎样选？就跟潘翠叶说："在这个时刻，我是这样想，给吴一再选择，如果他选了您。我祝福您，我没有一丝怨言。"于是，两个把吴一喊到三楼洞房来。

吴一跟潘翠叶说："我俩是亲表兄妹，不能结婚。我俩的亲情是一辈子的。我永远把你当同胞妹妹看待。在婚姻这件事上，你要支持我和王中华。"

王中华和吴一把翠叶表妹送下二楼的厅廊里，把她安排在一个靠墙的凳子上，与新郎新娘、伴郎伴娘一起吃饭。潘翠叶心很乱，默默无言，慢慢往后退。在上完菜前，别人不太注意的时候，她溜出了门回家去了。

在新郎家吃完了喜酒，送新娘回门后，在农忙时节，新郎家小姑去请新娘来干农活，夫妻同心，在共同劳动的过程中收获快乐。孩子出生后，在侗家，有吃"三朝酒"的习俗。这一天，新娘家才把嫁妆送到新郎家，一般是盖被、垫被、木桶、木盆、织布机、纺纱机等生产生活用品。

在新郎家办酒已经圆满完成，接下来是送新娘回门。这个事，如新娘是本寨或邻村的，还容易办。现在问题是，王中华的娘家在千里之外的北方。在高平村，送新娘回门是结婚一个最重要的仪式，要将新娘最美的一面展现在亲戚面前。几十个人抬着红猪、酒缸，挑着酸鱼、酸鸭等各种新婚礼物几十件，路远人多，如何是好？吴爸爸觉得很为难。二十多家的房族，一家去两三个，总人数是五六十人。车费如何解决，大家有没有空，对主家来说，还不能指定谁不能去。只讲都去热闹热闹。对族人来说，不去不行，谁家有喜事都自觉并乐意帮忙。一家喜事百家帮，已经成为一种习惯。

侗画家

在关键的时候，德高望重的族长说："我知道大家的心思。我提个建议，因为路很远，如果每家都去三四个人，送亲队伍庞大，在行走过程中，带来很多不便，因此，每家去一个代表就可以了。如果谁家，实在不便，人不去送礼带去也行。"这个决定，得到族人一致认同。

从南方的高平到北方的新明，一路顺意。送亲小分队到了距离新明村半公里的地方，下车来，把礼物扎好捆实。20多个人或抬、或扛、或挑着四五十件新婚礼物，炮手掌控好鞭炮，连续不断地鸣放着，从西往东走去，成为新明村一道亮丽的移动风景。

下午1点半，送亲小队伍到王中华的家门前，鞭炮齐鸣，这是新娘房族迎接的礼节。新娘回门喜酒宴席摆在王家大院，四五十张酒桌摆满了饭菜，宴席上有红烧肉、熘猪脸、锅包肉、肉丸子、软炸里脊肉、熏蒸整鸡、锅仔牛肉卷、红烧鲤鱼、清煮虾、水煮河蟹、熘地瓜、炸麻团、炒蒜薹、蒜蓉西兰花、炸茄盒等。新郎与新娘两亲家互相敬酒。碰杯连连，一片欢乐，四处祥和。

新郎送亲小队伍在新娘王中华家住了三夜之后，坐了一天两夜的火车回到了高平村。

新郎的亲戚们都是第一次来北方，看到广阔的黑土地，了解了那里的一些习俗，体验了北方的生产和生活，让没去北方的亲戚都盼望有机会亲自走一趟。

以后，吴一画院办得怎样，事业发展如何？有诗云：

> 拿着铁碗去研真，市场熔炉火验金。
>
> 喜遇同学难变易，新修画院教怜生。
>
> 浓情两位终出果，至善一集必有成。
>
> 绘展铺开都市上，来回指导惠乡亲。

第9章

上京都举办画展，临村寨指导学员

吴一在南方大都市创业半年后，春节期间回高平老家顺利地与王中华老师举行了简单而隆重的结婚典礼，到现在还一直沉浸在顺意和惬意的氛围之中。

寒假之时，高兴之余。吴一在书房里顺意写了一副对联："临北省描千卷画；到南方聚百年财。"正准备拿作品下楼准备拿去装裱店装裱，一个香港客商登门拜访来了。吴一曾与香港客商通过多次电话，主要是谈一些画画与书法的事。客商慕名而来，想做一次大的生意。先办作品展，后结集出版。大厅里，有一副铺展开的对联，墨香芬芳，行草书法，力透纸背，有"颜筋柳骨"的笔力，有一种一看就想永远收藏的感觉。香港客商喜在脸上、记在心里。他跟吴一继续聊着，从吴一多年的经验获知，能猜出客商心里想得是什么。果然，客商说："我想买您的这幅书法作品，不知您愿意卖吗?"吴一说："不用买，我送给您!"两人一拍即合，相谈甚欢。

香港客商是梧桐河书画院的掌门人，他叫汤真缘，以书画为载体，广交天下朋友，同时行善积德，在当地传为佳话。吴一从其他朋友那里了解到，汤真缘在当地乃至全国，都是个大慈善家。"有很多人在榕树底下挂着不少的红布，上面都写着'大慈善家汤真缘健康长寿，永远快乐！'"一个姓杨的居士说。"在南方的客商脑子里，有这种念想，或者说有自觉的信仰。他们总认为，自己所获得钱财，是人们对自己的支持和帮助的结果，同时，也是神灵保佑的结果。因此，他们通过做善事，以期之后办事更顺利。"吴一跟一个画家在聊着。

吴一也时常做好事实事，在他认为，做好事实事是人一辈子必须做的几件事之一。

有心人与有心人同在一起，慈善家同慈善家共聚一家。汤真缘与吴一推杯换盏间，聊了千古话，高兴而来，愉快而别。

春季学期刚刚开学，吴一邀请了几个亲人好友来画院喝酒，庆贺地点人员相同，庆贺喜事内容不同。前次是祝贺新画院创立，这回是贺吴一新婚吉祥如意。

因为上学期老师口碑好，画院的声誉高，因此，这个学期的学员报名人数更多。老师们每天往返于办公室与教室之间。晚上备好每一节课，批改学员的作业；白天上好每一节课，课中因材施教，课后辅导进步较慢的学员。办公室—教室—食堂—宿舍，四点一线，是画院教师工作和生活路线。

惊蛰之后，画院召开教师会议。议题是"美丽南方国画晋京展"。所有作品在两个月内完成。精选画院内外的美术爱好者300幅作品。参与的创作者若干，消息传开，南方美术界一片哗然。

两个月满，收到参展画作3万幅，组委会的老师初选3000幅，审核组次选1000幅，领导最后核准300幅。这些作品有八成来自广岭师大、南方崇善画院、高平村、绣兴村、平源村、胖陡村，余下两成的作品来自南方大都市的中学和小学。百幅国画，描绘南方秀美的山川、幸福的家园，人与自然和谐相处，展现南方自然美与文人美，是南方生产生活的画集。

300幅国画中人物画60幅、山水画120幅、花卉画60幅、虫鱼画60幅。创作者们运用线条、点簇和墨色的变化，来描绘对象，抒写情怀。情思、意向、境趣、风貌、技巧等在创作过程中，无不通过"笔墨"呈现出来。不受空间、时间限制的构图方法。高度概括，突出主题的表现手法。诗文、书法、印章和国画的有机结合，组成了国画作品的一个有机体，也是国画独一无二的特色。这些作品取景布局视野宽广，不拘于焦点透视。强调外师造化，中得心源。意存笔光，画尽意在。融化物我，创制意境。达到以形写神，形神兼备，气韵生动。

三月三，一切准备就绪。百幅国画运至京都。吴一和陈有义、陆长胜三位老师在策划，六个学员代表在布展，师生在挂画，检查错漏。画展分为5个部分，3个立面边墙、2个中间移动墙。进门的两边，一边是画展简介，另一边是重要作者简介。整个布局美观大方。

"美丽南方国画晋京展"在京都民族文化宫隆重举行。国家、省级主流媒体以及《京都日报》13名记者亲临画展，采访画家代表和组织者。第二天，报纸、电台、电视台等都报道了此次画展的盛况。

《京都日报》头版头条报道说："在大家欢度民族佳节三月三之际，'美丽南方国画晋京展'在京都民族文化宫拉开了帷幕。参加此次文化盛宴的有国家民委副主任、京都文学艺术界联合会主席、京都美术家协会主席、京都书法家协会主席、京都画院院长、京都诗词学会教育培训中心主任、南方大都市美协主席、广岭省美协主席、南方崇善画院院长以及全国画家代表、书法家代表、媒体记者等 500 多人。会议由京都画院院长主持，国家民委副主任罗壮民作重要讲话，京都美术家协会主席作报告，南方崇善画院院长发言，画家及书法家代表发言。南方是中国改革的前沿阵地。在这片美丽的土地上，好人好事层出不穷，动人的故事不断地述说，传奇的人生不断地撰写，神韵的画卷不断地描绘。300 幅国画，描绘南方自然秀丽、人文美丽，铺展家兴业旺的生活画卷，歌颂改革开放的至真至善和至美。此次画展，给参观者上了一堂美术课、美育课和人生课。是领导指导、画家云集、名家互动、百姓实惠的文化盛宴。"

国画展到了第七天晚上，京都文艺界的领导高兴带着一个老板来到吴一住宿的酒店。老板名叫张有财，京都画艺有限公司董事长，也是京都著名画商，人缘好、思路好、生意好。他看到《京都日报》报道后，又多次参观了画展。决定跟画展组织者购买这批画。现在来，主要是谈一下价位。高兴是吴一的好领导、好朋友。高兴以前到过高平村，吴一见过他。他拉着吴一在阳台聊了一下，最后说："如拉回南方，还要一笔运费。如果每张画能卖到 3000 元，我建议成交。"吴一跟陈有义和陆长胜老师商量后，同意高兴领导的意见，把 300 幅画一次性出售。

次日，张老板很早就到了指定的地点。将款项现金付给吴一，吴一把钱放进一个麻袋里，右手抓得紧紧的，好像一不小心就丢失一样。在回南方的火车上，吴一装人民币的麻袋，有时当作枕头放在床头睡，有时连着其他大包小包紧紧地夹在两腿间。

夜晚，在睡觉前先摸一下麻袋里的东西，才放心睡觉。半睡半醒时，又摸着麻袋里的硬纸宝贝，又继续他的半睡状态。黎明前的黑暗，两手放在麻袋上，手和麻袋都当枕头用。早上起床时，又检查麻袋里的钱财。去洗脸时，脸是朝麻袋的方向，眼睛睁得大大的。俗话说，防火防盗，安全重要。吴一一行人终于平安顺利回到南方崇善画院。

清明过后一个宁静的夜晚，吴一在床铺上翻来覆去，看着天花板发呆，他在计划做一件实实在在的好事，从支持和赞助家乡"高平画苑"做起。

次日，他把想法告诉了妻子王中华。王中华一直以来都十分支持、也愿意帮助吴一干事创业。她二话不说就答应自己的丈夫，做好事前事后的一切准备。

立夏，吴一就带王中和等六人从南方大都市来到高平村，在李三思的陪同下参观了美术兴趣组、书法兴趣组和音乐兴趣组三个活动室。

在美术兴趣组活动室里，李三思一边走一边说近年来画画的情况。好的方面是，学员很喜欢画画，画出了特色；存在的困难是，学员家庭困难，没钱购买专业绘画工具，就拿锅底灰当墨，把树枝当笔，把墙壁当画纸。

李三思建议搞侗画艺术创作，要遵循侗族民间美术发展规律，大胆实践，大胆创新，既有传承传统美，又有创新时尚美。只有这样，才能走出一条侗画发展之路。

吴一赞同李三思的思路。从高平画苑往飞山宫走去，临近飞山庙，首先映入眼帘的是门额上"飞山庙"三个行书，石门两旁对联："神显飞山义胆一腔悬日月；侯王威远丹心万古贯皇天。"

匾联都是行书。用笔灵活，笔画自然，苍劲有力，如行云流水。

进入庙里，吴一被清朝举人潘沛霖的一首《飞山庙》诗所吸引，诗云："吉时佳景正勘期，月下弹琴念古诗。寺远不闻钟鼓便，更深方见斗星移。多少神仙游此庙，朝中宰相费心机。几时得到桃园洞，同与仙人下局棋。"此诗有一绝妙之处，便是下一句的头字是前句末字拆开的其中一个字。比如第二句的头字"月"，是前句末字"期"拆开后"其"和"月"的其中一个字。第五句的"庙"是简体字，它的繁体字是"广"和"朝"构成。古时候杨再思赤胆忠心，一辈子坚守边疆，保家卫国，做出了突出的贡献。朝廷封他为"威远侯"，人们称他为"飞山太公"。为了传承行善积德的美德，弘扬精忠报国的精神，侗族地区所有村寨都建造飞山庙，以纪念民族英雄杨再思。

第二天，天气很热，比前一天提高了许多。高山气候变化快，说变就变。这一天，崇善画院来的老师一人辅导 15 个学员。在指导画山水画的同时，也讲了花卉虫鱼的画法，特别指导了画侗画。侗画这种民间美术，要构图好、用笔好、调色好和立意好。老师耐心教，学员专心学。双方用心，换来称心。

放学时，吴一站在的讲台上承诺，从今天开始，10 年内高平画苑学员所用的画笔、墨汁和宣纸，都由南方崇善画院赞助提供。"高平画苑"师生非常兴奋，十分感谢这位老乡院长的帮助。

画院的 6 人在高平已经住了 3 天，计划明天返程。今天晚餐吃得特别早，酒足饭饱后，吴一送他们到家门口的鼓楼坪，停步目送。吴一住在自己家，其他 5 人住在高平小学。原来，王中和在蜡烛厂工打工。后来，吴一办画院后，事务多了，就喊王中和与小妹吴春燕来帮忙。听说吴春燕要回高平村，王中和就主动下乡，他听姐姐讲述潘翠叶的故事后，很感动，想去拜访潘翠叶，能一睹寨花的风采。王中和没有直接去小学，说自己想在寨子里再走走，独自一人悄悄到了潘翠叶家。

到了潘翠叶家，王中和讲了来意后，潘翠叶将他请进屋。当看到潘翠叶后，王中和被寨花陶醉了。潘翠叶犹如天上的仙女下凡，长长的黑发披肩，柳叶眉，丹凤眼，白里透红的瓜子脸，高挑的身材，搭配对襟土布白色衬衣，胸兜微微显露，银项圈和银耳环在灯光下更显耀眼，谈笑风生，两个酒窝让人百看不厌，是典型的侗家美人。

潘翠叶与王中和聊了很多农事，又谈了一些大都市的工作。原本她还在想一个更好的办法试图说服王中华把吴一让给自己。后来，时间一天天过去，有亲戚来劝她，希望她看到美好的未来。今晚，王中和跟她在火塘边聊的时候，她从沉默到说话，从烦闷到高兴，再从微笑到唱歌。不知不觉，雄鸡叫了。潘翠叶提出时间晚了，以后有时间再聊。王中和依依不舍，感觉时间太少了。潘翠叶将他送到吊脚楼厅廊外的门前，告诉他去小学的方向。

吴一一行人从高平村回到崇善画院后，把 90 箱的画笔、墨汁，还有 9 令的宣纸寄到高平村"高平画苑"。李三思老师收到包裹后，依次放在画苑里，等学员到齐后，举办了一个"高平画苑接受南方崇善画院赞助文具仪式"。

以后，崇善画院发展怎样，事业如何？有诗云：

> 京都办展找前途，进寨捐资献宏图。
> 画院开学存大志，山村讲课有鸿儒。
> 出国遇见仁高士，上岭修成智慧都。
> 教者欢欣学者彦，千家万户育能夫。

第 10 章

出国境拓宽画路，入森林寻找高人

吴一院长与骨干老师共 8 人在朝阳亭八仙桌边坐下，聊画界的新鲜事。李奥老师首先自信地说："时下，画界发展最好的地方是南方，南方最活跃的地方是崇善画院，画院最高技艺者当属时下八仙。"在当时，吴一、李奥、王武、张山、杨望、刘榴、陈成、赵燕，七男一女，德艺双馨。教书育人，爱生如子。喜画好酒，乐善好施。八人被文艺界誉为"画坛八圣"，被"杜康"界誉为"酒坛八仙"，被慈善界誉为"善业八贤"。其中唯一的姑娘赵燕在一次采风途中，独自去方便。有 4 个半醉半醒的牛高马大者与她相向而行，正巧有一座独木桥，她让 4 位先过。当 4 人临近她时，一个满脸胡须的人在她面前摇晃着，不礼之举离她胸前越来越近，嘴里还说着很多脏话："你这个姑娘嫁给我的哥哥吧，我哥哥接近半个世纪还未讨老婆。"赵燕瞬间举起右手，狠狠一个巴掌过去。满脸胡须者左手摸脸，右手握拳，扑向赵燕，像老虎扑向羊羔一样。赵燕侧身顺势将他往前一推，他便倒在一丈多远处，恰巧有一堆牛屎，避之不及，便扎了过去。

第二个牛高马大者看到自己的兄弟失败了，很不服气。从后背袭击赵燕，赵燕眼观六路、耳听八方。身体半蹲，依势将他一拉，从赵燕的右边肩膀往前倒个四脚朝天，再一个翻滚，最后倒下溪里。后面两人见状同时上，把赵燕围在中间。一个左边袭击，赵燕左边防御；一个右边拳击，赵燕右边护身。一打一防，防攻结合。赵燕站着马步，把握时机，以迅雷不及掩耳之势给左边的一个重拳，左边的抚摸肚子。在这一瞬间，用右腿踢倒右边的。再重拳一击左边。左打右防，右打左防。在自己占有绝对优势的时候，继续打着后面进攻的两人。最后，赵燕右手擒拿一个肥大的，左手擒拿一个稍瘦的，把两个甩在一起，便扬长而去。

　　山溪村的四个恶霸被除后，大快人心。寨里的老人知晓有这么厉害的姑娘，更加敬佩。寨里人四处寻找恩人，能答谢恩人，可一睹芳容，是寨里人的祝愿和福气。

　　南方崇善画院创建一年座谈会在展示厅举行。副院长主持会议，吴一总结说，教育培训实践与探索，事实证明，有好的方案、好的措施、好的教师、好的制度，通力合作，创新性地开展工作，获得了很好的效果。这是大家有目共睹的。

　　吴一找到张有财的名片，打了一个电话过去。吴一把最近的一些想法告诉张有财，两人的思路一样，正是"英雄所见略同"。

　　一周以后，《中国画走出国门实施细则》搞定，吴一把这套方案寄往京都画艺发展有限公司。张有财收到方案后并认真地审阅，提出几点建议修改后，还征求律师的审核意见，使这套方案更便于操作，做到合情合理又合法。做明白的人，做放心的事。绘合意的画，发正当的财。

　　春回大地，万象更新。

张有财乘火车到了南方大都市。一来会会吴一，二来看看南方有什么新的发展路径。他的大脑里想的是，如何买画办展，再策展卖画，把画艺公司的业务做得更大。

吴一到火车站迎接合作伙伴张有财，在画院旁边的南兴饭馆接待好朋友。他点了三菜一汤，同时，他们又喝了北京二锅头，无话不说，无奇不谈。

次日早上，张有财急忙告诉吴一："你还记得我俩昨晚在哪吃的饭没？我的包和手表忘记在饭馆里。"于是，张有财跟吴一三步并作两步跑到南兴饭馆找老板。

饭店老板问："您的皮包是什么颜色？手表是什么牌子？还有什么东西？"

张有财回答："黑色皮包，意大利产的，有个记号是'张'。手表是上海牌。还有身份证，工作证，再有包里小包现金是36900元。"

老板一一对号查验，全部属实。然后把所有东西归还失主张有财。其实，老板知道有人丢东西，又没有联系方式，所以，只有等候失主回来认领。

张有财拿出6900元现金给老板作为谢礼，老板也没有收下。最后，张有财只好再次鞠躬感谢。

第三天，张有财在崇善画院购买了两幅画和一幅书法送给南兴饭馆的老板，一幅是山水画，一幅是老板肖像画，还有一幅写着"和气生财"，这些书画作品是吴一最新创作的。那幅山水画，吴一用了很多精力和时间。构图、落笔、调色、立意，最后装裱，都是一流的水平。如果不是好朋友要买，他想留作镇院之宝。肖像和书法作品是张有财临时告诉吴一创作的。南兴饭馆老板也是书画爱好者，他乐意接受了这些礼物。

吴一和张有财共思考同努力，出钱出力出工，出国办展的计划有序地进行着。4 月初，吴一和张有财带着 500 幅精选国画，再加上 100 幅佣画，乘南方航空公司的飞机飞往澳洲，经过十多个小时降落在了一个海边的城市。

来自亚洲的中国、新加坡、马来西亚、泰国、柬埔寨等 11 个国家的 120 多个画家集中澳大利亚这个美丽的国度。多国画展最亮丽的风景是"中国画走进澳洲"，它是中华优秀传统文化走向世界的有效载体之一。

外国画商对中国画很感兴趣。中国画运用线条、点簇和墨色的变化，来描绘对象，抒写情怀的基本技法。用特制的兽毫笔作画，具有"尖、齐、圆、健"的特点：尖，笔头锋尖。齐，笔毛扁敞后，内外豪平齐排铺。圆，笔身圆硕饱满。健，正副毫健挺到尾。借此进行变化多端的运线、布点、施墨、铺水，术语均称为"笔墨"。就中国画来说，"笔墨"本身就是一种艺术，具有一种相对独立性的美。一个中国画家的情思、意向、境趣、性格、风貌、技巧等在创作过程中，无不通过"笔墨"呈现出来。"笔墨"是组成中国画的根本要素，千百年来"笔墨"一词已被视作中国画技法的总称。中国画之美，就美在有"笔墨"。

不受空间、时间限制的构图方法。中国画主内涵、重意境、尚神韵、求意趣，在构图准则上不受视野束缚，摆脱焦点透视的羁绊，采取散点透视和视觉记忆来布阵置势和构图。章法构图，广阔自由，以虚带实，浮想联翩。高度概括和突出主题的表现手法，"化景物为情思""览物得意""写物创意"，画作高度概括，每一件作品都突出主题，创铸意境。在创作构思中，虽偶尔也有增添的，但主要目的是充分发挥作者的艺术情思，把作品画得尽善尽美。

　　不断吸收外来艺术的精华，经过汲取，达到净化、丰富自己。由于地域和材料不同，有优越性也有局限性。"吸收外来，充实自己"是艺术创作的规律之一。中国艺术从不排外，汉、唐就是个大胆吸收外来艺术的辉煌时期，中国画从来没有反对过"外亲"，但"性灵"必须"内出"，这不仅是艺术发展的客观规律，也是艺术革新的立足点。

　　侗画是艺术园地的一朵奇葩。不仅有艺术特点，而且有生活乐趣。

　　南方广岭"三水侗画"将侗族的生活习俗、劳动场面、民俗节目等呈现在侗布上。内容丰富多彩，创作形式多样。它扎根于深厚的侗族文化土壤，蕴含了浓郁的侗家风情。特色鲜明的侗族题材、夸张多变的造型、纯朴梦幻的色彩，让观赏者感受到生命存在的意义。色彩斑斓的画面给观赏者带来了更多的生动和愉悦。

　　吴一在展会现场向各国的观众介绍着侗画。侗画有深厚的内涵和独特的艺术，来源于生活而高于生活，在中国民间艺术中独树一帜，被列入了广岭省非物质文化遗产保护名录，让三水县获得"中国民间文化艺术之乡"的殊荣。如今，侗画已经走出国门，走向世界。

　　在澳洲的海边城市，很多华人居住在一条繁华的街道上，人称"华人街"。这里有一个画店叫"画天下"，也就是远行画天下有限公司，董事长叫华远行，从事画业有 20 多年了。从美国刚回来，听说有画展，就直接到举办画展的地方来了。

从画展的东边看到西边，从国画看到侗画，每幅画都看得很细致。然后在吴一的旁边坐下来，恳切地跟吴一说："这批画卖吗？"吴一说："办展主要是宣传中国文化。如果价位合意的话，那么也可以成交。"华远行抢先说："有的画作一般，有的画作上乘。每幅均价为 5000 元人民币，600 幅全部买下。吴院长愿意吗？"吴一跟张有财到一边嘀咕了 10 多分钟，两位都点头了。"价位能提高一点吗？"吴一问华远行。"不能提了，我已经说得很高了。在其他地方，我还要压价。这批画，我想把它作为礼物送给一个山庄的好朋友。以前在我困难的时候，他帮助过我，算是我给他一丁点回报，以表感恩之情！"

展期到了，吴一和张有财收拾好画作，买卖双方把 600 幅画装上华远行开来的车辆。三个人在一起又聊起其他事来。华远行说，他要将这批画送去惬意山庄。说着给吴一递了一张名片便告辞了。

吴一和张有财办画展成功了，还有人把开展画作买下，这是他俩觉得最惬意的事。在澳洲观光两天后，张有财建议："吴一，我俩回国。听华远行说他有个恩人，德高望重，喜欢结交天下文人，特别喜欢画画，技艺高超，我俩得去拜访拜访！"

不知怎样去找，吴一找到了华远行的名片，给他打了一个电话。"我正在美国办事，第三天回。"电话那头华远行回答。

第四天，按照华远行名片的地址边问边走。

吴一和张有财找到了"画天下"，公司牌匾是中英双语标注。华远行到国外后也不会忘记中华传统优秀文化，门口挂着一副中文对联："画天下藏天下画；言世间撰世间言。"

公司办公室很宽敞。一张广东产的实木办公桌，一张旋转椅子，一张精致的茶桌，摆着两罐龙井茶。墙壁上挂着一幅大型山水画，另有一幅大型侗画，侗画的内容是侗族人民欢度春节时跳的大型芦笙舞。

吃饱饭后，吴一和张有财两个按照华远行指出的线路往南边而去。前段路是车行道，已经行车三个多小时，还有十公里需要步行。两人一边走路一边聊一些趣事，走着走着就到了一座山的山顶，往前望，山谷里森林茂密，是天然的氧吧，南面隐隐约约看见一座小亭子。吴一猜想，那个地方应该是他们要找的地方。

从山顶往山谷继续行走，再向山冲里行，又往小溪上。溪流潺潺，清澈见底，让人想到"清泉石上流"。当走到一座小木桥的桥头，对联写着："一桥小路通南北；两边凉亭望东西。"看对联知方向，终于到了山庄。

首先映入眼帘的是"惬意山庄"四个大字。走近一看，有一副草书对联："山庄最贵台亭苑；我寨极佳画酒茶。"

从门里出来一个学徒说，师父去讲学了，一周后才能回来。这里有7个学徒，其中三男一女是中国人，还有三位分别来自新加坡、马来西亚和泰国。他们来学习油画，想提高一下自己。

吴一和张有财跟学徒们同住了几天。

第八天，吴一和张有财又问主人回来没？学徒说，师父去亲戚家办丧事，需要三天后才能回山庄。

张有财跟吴一说："我们不会是竹篮打水一场空吧。""不会，不会。"吴一耐心道。

清早，准备去亲戚家找山庄主人。张有财说："我们可能没有缘分，等了几夜都没有相遇。如果这次我俩还没遇见就算了，不再去找了。""一般来说好事多磨。三国时期，刘备、关羽、张飞三顾茅庐才请诸葛亮出山的。"吴一回话。

两个好友等啊等，等过了白天，等过了夜晚，再次进冲过溪，登山走谷。

功夫不负有心人。虽然辛苦，总算见到了山庄主人。他将吴一二人迎进茶室。谈茶悟道，话茶艺人生；谈画论理，说画艺世界。师傅叫郭华艺，披肩的长发，锐利的眼睛，国字的脸庞，1米8的个子，穿一件土布白衬衣，套一条黑色长裤。他坐在琴边说："学画，从做人开始。说画艺，述人生。只有丰厚的人生，才有高超的技艺。反之，只有高超的技艺，才能为丰厚的人生加分。"

以后，吴一的艺技能进步多少，艺路能走多远？有诗云：

画路加宽走国门，森林茂密找高人。

提升艺术艰辛创，建设慈堂努力拼。

作品描摹歌大业，诗楼铸就写忠魂。

人间善事芳流永，好运东风四季春。

第 11 章

◆

一把火精品毁尽，百家力画楼完成

　　吴一乘飞机离开澳洲抵达香港，晚上入住港景酒店。初次到香港，吴一倍感高兴。从服务处知道，酒店附近正在举行香港国际诗歌之夜。吴一十分感兴趣，也不觉路途劳累，便赶紧往目的地飞驰而去。

　　参加诗会的有德国诗人库尔德、墨西哥女诗人卡罗乔、美籍华人诗人罗中等来自世界各地的著名的国际诗人，以及中国内地诗人杨墨水、中国台湾诗人蒋新、住在香港的诗人阿斯等汉语诗人，共 169 位。主要活动包括开幕朗诵会、诗歌研讨会、诗歌集分享会、诗歌音乐会。他们使用多种语言进行交流，出版诗歌手册。"这是有史以来香港规模最大的国际诗歌盛会，它给香港过于现实的生活带来诗意，拓展正规教育中创造与想象的空间，为香港成为国际性的文化都市增添色彩。各国诗人的交流，擦出更多灵感火花，写下更多更灿烂的诗章。"主持人声情并茂地用英语和中文介绍着。吴一坐在观众席，每一句话，都深深地记在他的心底。每一首诗歌，都像一幅美丽的画卷。"吴一院长好！没想到在这里碰见您，幸会，距咱们上次见面，已经有三年了吧？晚会结束后有空喝两杯咖啡吗？我好久不听您的高见了，现在越来越落后啰。"香港梧桐河书画院掌门人汤真缘邀请说。

都乐咖啡馆是一家内地汕头人开的，老板把内地的风味与香港的情调融为一体，品质上大大提升，色香味俱佳。这里服务好，人缘好，环境好，门庭若市。吴一和汤真缘上到二楼一角，喝了一杯咖啡后，继续神聊画界事宜。下面一楼的客人都散去后，他俩才离开都乐咖啡馆。在馆前，两个有缘人还在依依不舍地道别。"愿您在百忙之中抽空到我的老家或者我的画院走走看看……再见！"吴一握着汤真缘的双手真诚地邀请说。

吴一从澳洲办画展回来后，王中华到南方大都市在崇善画院住了一周。妻子煮饭，丈夫洗衣。妻子画画，丈夫题词。夫唱妻随，恩爱有加。

8月1日清早，"呜哇——呜哇——呜哇！"吴一在产房外听到几声婴儿的哭声。医生微笑告诉吴一："先生您好！一切顺利，是个大胖小子，祝贺您当爸爸了！"吴一抱着初生的婴儿，手牵着妻子，举目看看窗外的月亮。"人逢喜事精神爽，月近中秋风外明。"吴一对着王中华说："这两年，你辛苦了！我没有好好地照顾你。你既要管教学，又要管家里生活，还要管其他很多事务。""不辛苦，什么辛苦都是暂时的。只要我俩好，我觉得很幸福！"王中华微笑答。两个人没有说话，互相看着对方，沉浸在无限的幸福氛围之中。

婴儿出生三天后，吴一和王中华抱着孩子乘火车回高平村老家。

按照侗家习俗，新生婴儿出生后第三天，或第五天，或第七天，逢奇数，要办"三朝酒"。

这一天，婴儿母亲的娘家把嫁妆送来。这些嫁妆包含织布机、纺纱机、盖被、垫被、衣柜、木箱、木桶、木盆，还有鸡、鸡蛋、蒸糯米饭、米酒，另外还加打米机、缝纫机和自行车。婴儿的外婆家房族几十人，或挑或抬着这些东西，形成了长长的吃"三朝酒"队伍。

五十桌饭菜在鼓楼坪里整齐地摆着。南方侗族的房族和北方汉族的亲戚在"牵啦——呜呼，饮啦——呜呼，郁啦——呜呼"的酒令中享受喜庆、祥和和幸福。在房族和亲戚的见证下，婴儿取名为思成，字尚美。思成的意思是，事必三思而后成；尚美的意思是，期望儿子健康成长，有一颗美好的心灵，而且崇尚艺术美。

王中华在家坐满月子，吴一和李娇送王中华去广岭师大。

吴一回到南方崇善画院，画院经营得一天比一天好，老师和学员一天到晚忙个不停。不是画画，就是在那里讨论画画。"师生的生活像芝麻开花节节高。"一个昨天在画展得奖的学生说。

秋季学期如期开学。崇善画院的基础建设与培训工作两手抓，两手都硬。做到两不误、两促进。崇善堂、教学楼、创作室、会客轩位于东南西北四个方向。这个学期，新建的画展厅计划在9月10日教师节前夕举办竣工典礼。

工人们夜以继日，以积极的态度投入到画院建设工作中。竣工前一周，吴一亲自到工地再检查再督促。他在工人们面前说："我在这里特别强调、再特别强调，一定要注意安全，保证质量，确保如期完成任务。拜托大家了，大家辛苦了。"最终画展厅如期竣工。教师和学员紧锣密鼓地策划，三天三夜的努力布展，一个厅靓画美的效果已经完成。

9月10日教师佳节，"热烈庆祝中国第四个教师节暨画展厅竣工仪式"在崇善画院操场隆重举行。世界著名画家郭华艺，著名画家高兴、张有财，知名画家吴一、王中华、廖兴旺、陆长胜、陈有义、黄丹、石艺、周运发，以及相关行业大亨、学员代表和媒体记者共百余人如期与会。高兴主持会议，郭华艺讲话，吴一发言。主持人风趣幽默，讲话者立足实际，真言实语。分析画界，不夸大不缩小。敢提不足，能出建议。追求画艺，不是浮夸。提高画艺，真有办法。发言人发肺腑之言，讲心酸故事。说出了美术画业，聊出了美丽明天。

会后，与会者参观了1万平方米的画展厅，展厅汇集了3000多幅精品画作，这是全国著名画家智慧和汗水的结晶。侗画家的作品是这个艺术园地中的一朵艳丽的奇葩。

天刚刚亮，吴一和画院的老师就来到办公室，翻阅画画理论，看看全国绘画的最新成果。上课的时候，由原来的灌输式教学转为提问式教学。学生的提问越来越多，越来越好。教师不学，就难以解答学生的问题；学生不学，就难以向老师提很多问题。变"放羊式教学"为"开放式教学"。教师品德修养至臻至美，学生学业成绩越来越优秀。

在读师大中文的时候，吴一是王中华的学生。在读美术本科和研究生的时候，吴一是王中华的同学。在体验生活的时候，王中华是吴一的良师益友。他俩是师生关系，有同学之情，含夫妻恩爱。同甘共苦，同行同向。"中华和吴一在教学中收获了爱情，在同学中收获了艺术，在生活中收获了甜蜜。"吴一的同学廖兴旺饱含深情地说。

晚上，吴一再一次思考会议的内容，进一步明确崇善画院的指导思想、奋斗目标、具体措施和教学方式。画院的指导思想是，传承古今文明，弘扬优秀文化；陶冶性情美德，培养审美观点；提高文化素养，培养发展潜能；培养自信、自强的人格；提高记忆力、思维能力；体验人与人、人与家庭、人与社会、人与自然的和谐关系。采取的教学方式是，趣味化、情境化、生活化。使学员具备良好的行为规范、高雅审美情趣、质朴道德操守、深邃哲学思想。

天有不测风云，人有旦夕祸福。高平村上寨屯的石姓人家发生火灾。

吴一父亲吴生、母亲李姣与其他村民们火速提着水桶、水盆、斧头、灭火水枪等工具赶到现场，积极投入，救火声响遍全寨上空。青壮男人在高处泼水，老人家和妇女连成人梯，从下面到上面一个接一个地供应救火水。有的人用斧头劈木板，开通防火墙，形成防火通道。火烧得越大，风也吹得越大。全体村民都用尽自己的力量，在这样非常危急的关头，整个寨子的人都想尽一切办法，心往一处想，劲往　处使，全力保护自己的家园。

最终，石姓人家的三间房子，烧了一间，其他两间得救了。临近石姓人家的"高平画苑"中的一间房子，也被熏得像木炭一样黑。村民来救火倒下的各种水从三楼滴到一楼，流进排水沟、流入鱼塘。这家祖孙三代6口人被污水淋得全身湿漉漉的，像落水的鸡一样。

救火后，村老人协会会长与村民在议论，当初要求石姓人家的鱼塘要长期蓄水，他们坚决反对蓄水，一意孤行要种菜种豆。通过老人协会的耐心动员、用心工作、用情协调，最后一致同意，鱼塘蓄水，养鱼又防火。

发生火灾的邻居非常感谢乡亲的救火之恩，在自己家和"高平画苑"附近，摆了若干桌饭菜慰劳大家，给大家压惊。

到高平画苑吃饭的群众清晰地发现，画苑的1000多幅画作全部被熏黑烧坏，令人痛心。

第二天，寨老站在鼓楼前庄严宣布，石姓人家被惩罚的东西是一头猪和1000斤稻米。把这些东西煮熟，全村人在鼓楼坪集体吃一餐。按照"款约"办事，发挥震慑作用，以教育后人。寨老特别强调，大家一定要时时注意防火，处处不忘防火。一定要保护好乡亲的生命和财产，把乡亲的生命和财产放在第一位。

"高平画苑"是家乡的文化大事，吴一时刻关心着。他思来想去，不知不觉又到了凌晨两点，他一整夜都处于半醒半睡状态中。

次日拂晓，一个新的方案《新建高平画苑实施方案》出来了。设计图纸、选择地址、建设材料、经费预算、投工投劳、工程师，他胸有成竹。建筑材料还是用当地的杉木，投工投劳要依靠群众的大力支持，捐钱献物出力者的姓名都将刻在乐捐榜上。

想到这里，吴一就回到了高平村。

到高平村后，直接去跟小学校长和村老人协会会长商量，得到了学校和村里的一致支持，吴一更有信心和决心，当场从背包里拿出3.6万元赞助款交给老人协会会长潘兴财。潘兴财把钱转给出纳，并交代出纳和会计，各司职责，管好账务。

开画院地基，到山上砍伐木头，整理瓦窑烧瓦。

准备工作做了整整3个月，最终选择在12月18日这个吉日良辰开工建楼。全寨人出力。先套5个柱子在第一排，前柱两根、中大柱一根、后柱两根。六块穿枋直套，几块小穿枋再套。

套的办法是，用大小木槌打或绳子拉。第二排、第三和第四排柱子套完后，首先，立第一排柱子，几十个人一步一抬，抬到地基左边线，用10多根杉木两边支撑立稳。其次，立第二排柱子，用同样的方法抬到距离第一排4米的位置，再用10多根杉木两边支撑立稳。第一排与第二排柱子之间，横穿直套，锤打绳拉，第一间两排柱子雄立地基上。第三排与第二排柱子之间又穿再套，第二间第三排柱子再雄立。第四排与第三排柱子之间最后穿套，三间四排五柱的新房子建立竣工。

在侗族地区，根据不同的地形地貌，采用榫卯结构，横穿直套，不用一颗铁丁，建造的侗族木构建筑，俗称吊脚木楼。吊脚楼干燥耐用，稳固长久，适宜人们居住，通常情况下，可百年不朽不倒。

当天酉时，举行比较隆重的上梁仪式。

在高平村，一家建房百家帮。不管建造寨里的公房，还是建造亲戚的房子，大家的积极性是一样的。上梁仪式上选两位人丁兴旺、德高望重的男士，分别站在房顶中间两排中柱上，一是拉梁上去，二是散发钱币和糍粑。大梁中间用一块侗布包着三枚银圆、一支毛笔、一本历书，还捆着三把糯谷穗。木工师傅念念有词："宝柱朝天天赐福；吉梁盖地地生财。人财两旺；富贵双全。人人顺意；户户平安。"

大梁在鞭炮声中从地往天缓缓而上，到房顶之时，两位男士安装稳好，从房顶上发银赐财，发糖赐甜。祝愿财源广进，生活像蜜糖一样甜。

妇女们打油茶慰问木工师傅和所有在场的建房乡亲。油茶、猪肝粉肠以及蒸糯米饭的香味，香飘四方，乡亲喜悦万分。

12 月底，安装柱础，用竹丁钉椽子，盖瓦、镶房和安窗，所有木工事务圆满完成。

高平画苑的画家们夜以继日地画画，加班加点整理。画山画水，画村画户，画人物，画花鸟。邻村的画家和画画爱好者也不甘示弱，更是一百倍的努力，各村学员终于完成了画画的既定任务。广岭、湖南、贵州的各大村寨共提供了画作 1440 幅。画家们仔细装裱、布展。挂画、检查，个个环节不漏，个个细节做好。

元旦，公历开头，新年头，新面貌。当天，举行简单的庆祝挂匾仪式。"高平崇善画院"在一串鞭炮声中挂成。这六个字是老人协会提议，由乡贤杨五福老师书写。同时，撰写挂贴一副对联："崇德行善芳百世；尚艺有神惠千村。"以铭记吴一为家乡乐捐的善举。

以后，画楼办得怎样，吴一团队发展如何？有诗云：

宽植艺树写人生，作品千幅绘众亲。

大火糊涂烧美画，高屯智慧献丹心。

学堂旧貌迎新貌，画院凤英继凤英。

两事耕读一辈悟，书香溢过稻茶村。

第 12 章

采茶叶采来画笔，耕稻田耕种文园

　　三水县扶贫开发办公室在考察全县 100 多个行政村后，通过土壤肥沃、土地面积、气候适宜、交通条件、厂房选址、群众积极性等六个方面评估分析，高平村其他条件都好，只是交通条件差一点，公路不通。从林江乡方向来还有一段石山还未开通，从湖南的平昌村过来的路也没有通车。在交通基础差这一项减分较多，但是群众积极性很高，这一项目得分最高。综合考量，三水县扶贫办最后研究决定，送给高平村一套价值 30 万元的大型茶叶加工机械，县里出资金，村民出力量。

　　高平村民委员会和老人协会在鼓楼里集体商量，决定把茶叶加工机械从湖南方向运来。听县里人说，县扶贫办负责把机械从浙江省运至湖南平昌村，高平的村民负责最后一段路程的搬运。

　　第二天，村民们准备好了各种搬运工具，他们有的穿土布、草鞋；有的穿蓝衣、球鞋；有的穿黑衣服、解放鞋。全寨 100 多中、青年人前往平昌村抬机器。

　　刚开始抬时，路略平坦，还比较好抬。每当上坡时，坡陡路窄，物重体大。搬抬的难度非常大，村民们愁眉苦脸。"这样庞然大物，这么多人抬，实属罕见。"过路人议论纷纷。有人说，重是重，体积大，如果路宽点，人这么多，这些困难就能很好解决。实际上，现在每挪动一步都很困难。有一个喜欢思考的人出来说，因为路窄，每个人都抬，没有地方放脚，我们分一拨人在上面和前面拿绳子拉，另一拨人在后面用双手推，中间的大力士努力地抬，还有一部分人在两边扶上。心往一处想，劲往一处使，慢慢地往前移步。12米寿木往前，几千斤机器下沉。村民个子高矮不一，山路凹凸不平。抬机器人每前进一步，各人被压的重量是不一样的。有时一百多斤压在肩上，有时两百余斤压在肩上。有时轻，有时重。身强力壮的村民们，如果平常没有锻炼，没有基本功，就不能胜任这次抬机器的重要任务。他们每移动一步，都要使出九牛二虎之力，双手紧紧抓好扁担的一端，与同一扁担抬的伙伴互相鼓励。双脚向上抬，汗水往下流。头上全是灰尘，鞋上全是泥巴，肩上全是制茶机器的重担。

当夜幕降临的时候，在家的妇女都点着油灯到路边去迎接抬机器的亲人，制茶的庞然大物终于被抬到了高平村。有人在议论，这些机器，难道不能拆下来分开搬运？当时已经拆了一些零件，有人说，如果回到村装不进去，还剩零件，怎么办？谁负责？

时间紧，任务重。村里劳动力多，积极性高，机器就这样靠人力抬来了。

制茶机器到村后，及时安装，很快就投入到正常的制茶流程加工中了。

春风又绿江南岸。高平村采茶的春天到了。春风送暖，桃李争艳，便是采茶的黄金季节。

清早，潘翠叶起床后，洗洗脸，梳梳头，拿着竹篓，挑着撮箕就上山采茶去了。这古树茶绿油油的，高平村遍山遍岭一派繁荣的景象。潘翠叶跟着妈妈比赛着。一个从东岭采来，一个从西坡采来。拇指和食指很灵巧地采摘着，两只手不停地采着，左手采茶，右手放茶到竹篓，竹篓装满了，就迅速倒入大竹筐或大麻袋。这些娴熟的采茶动作，像跟时间老人赛跑一样。春天刚来，采的是一芽茶。春天过后，采的是一芽一叶，也有采一芽两叶。再后来，采一芽三叶。有时候，采的是大叶茶，专门制作茶饼。

　　自古以来，在侗族地区，尤其是高平村，每家每户在自己的菜园一角都种下三四棵古树茶，这些煮茶食材主要用来打油茶。在结婚时、建房上梁时、进新房时和接待客人时，都以打油茶为最佳礼仪。

　　时令在转，事物在变。山村里种植泡茶的品种越来越多。翠叶和妈妈采的是最好古树泡茶。茶园是坡改梯的模式，从上往下看，层层绿叶，像海中波浪一样。母女俩穿着紫红的衣服在茶园里采茶，恰似万绿丛中一点红。在高平村，全寨茶叶种植面积有3000多亩。虽然是刚刚起步，还未到丰产期，但茶农每天可收入几十元甚至一百元。

　　在采茶前，王中和已经跟潘翠叶互通书信。三月初，王中和从南方大都市来到高平村。这天，潘翠叶的妈妈去办其他农事，王中和跟潘翠叶到茶园采茶。开始的时候，王中和不会采茶，后来到地里多了，勤学采多，功到自然成。两人一边采茶，一边说笑。当天雾气蒙蒙，3米之外见不到人。王中和紧紧地靠着潘翠叶，潘翠叶不好意思，又拉开一定的距离。当看见一个陌生人在采茶的时候，很多双眼睛朝潘翠叶茶园的方向看，让她的脸像一片红霞一样。

王中和挑了一担茶叶往家里走去。他平常不太挑东西，总是横着扁担挑，不像老经验的人竖着扁担挑。翠叶背着篓一边笑，一边引路往前走，时不时提醒他注意脚下。

坡上到处有人采茶。有学生，也有农民，有老人，也有年轻人。小学生充分利用早上的时间采茶，到上学时间就去上课。在村小学，上学时间比乡镇和县城学校晚1个小时左右。小学生一个早上，能够采摘很多的茶叶，算是帮家里很多忙了。有个别小学生比老人家采茶还要快。

高平村的学生在农忙时，帮家里干活，采茶叶、要猪菜、讨柴火样样都会做，插秧苗、耘稻田、打谷子件件都会干。画画爱好者，忙时，撸起袖子加油干；闲时，提起彩笔点灯画。

不管是在校读书的美术会员，还是已经步入社会的美术会员，都有一颗共同的心，都想把画画的事情做实做好。用自己的劳动收入来购买笔墨纸砚，不像原来那样只知道伸手跟父母要钱。不管在村边，还是在路旁，都会看见画画人的身影。到山上写生、到邻村交流、到湖南贵州采风，是画友们的家常便饭。王中和问一位画友，画友回答："大家在山坡上增加了画画的知识，在走村串户中积累了经验。我从一位乡贤的言语中感悟画艺，从一位老农民和睦的家庭氛围里提升了自己。"

王中和在吴一家住了三天，白天到高平崇善画院走一走，晚上到潘翠叶家聊北方谈南方。画院工作井然有序，会员的精神饱满。王中和经常跟画友们寒暄几句，便从皮包里拿出三条南方产的香烟放在画桌上，给大家散烟。

第二天，王中和回南方大都市去了。

俗画家

在王中和去高平村期间，吴春燕管理画院的后勤工作。她一个人要做两个人的事，本来非常忙碌，现在更加忙碌了。春节以来，廖兴旺有事无事经常到吴春燕工作的地方来。问问这个，看看那个。一来二往，由相识到相知，再由相知到相恋。

廖兴旺的家里原来做服装生意，后来积累了丰富的市场经验。现在扩大了经营范围，开始经营文化用品项目。经营理念好，对顾客和气，薄利多销，批零兼营。在商海激烈的竞争中，具有"人无我有，人有我优，人优我转"的超前意识，进货比以前更多更优惠，生意越做越红火。正如门前对联说的"生意如同春意美；财源更比水源长"效果一样。

廖兴旺的父亲廖生财是个开明商人，但他觉得儿子的婚姻还是要门当户对才好。假如能攀上南方大都市大款陈粤老板之女，那是最理想不过了。以后，廖家的生意如日中天，辉煌之日指日可待。心里是这样想，在饭桌上，他把想法告诉了儿子。"不急，爸爸，我的事我自己会处理。"廖兴旺说。

在　次出差的路上，廖生财又一次跟儿子说："自古以来都讲究门当户对。我们做生意的，还是跟经商的联姻好。你想想看，陈粤老板的女儿，不仅有文化而且很漂亮，有哪一点不好？你看看你自己，有什么好？年龄也不小了，被人不嫌弃你就不错啰。""爸爸，你不要为我操心了。我的事自己做主。"廖兴旺还是原来话。

廖兴旺的母亲刘晓芝则不同，她想让廖兴旺娶刘家房族的女儿为媳妇，她想着房族那边生意大，本钱多。假如能攀上，亲上加亲，有助于自己的家业。一家三口，各自有各自的想法。

八九次的家庭意见分歧后，在对待廖兴旺婚姻这件事上，他的母亲比父亲更加开明一些。"儿子的婚姻，还是以孩子的意愿为主。"她对廖生财说。

廖兴旺自从认识吴春燕后，心里在琢磨：春燕有男朋友了没有？如果她是单身的话，那就是最好的了。在睡梦中，经常看见春燕的模样，乌黑的头发扎着两根辫子，圆圆的脸蛋，常带一丝笑意，双脚勤劳，两手白嫩。掀开被窝，手一拍床板，睁大眼睛细看，原来是黄粱美梦。

近一个月来，廖兴旺与吴春燕两个人经常在厨房拿砧板、切猪肉，有时挑油，有时抬米，有时运菜。柴米油盐酱醋茶厨房这些事全会管，水泥火电镰锄钳那些活路都会做。两个年轻人，有艰辛流汗的哭脸，也有甜蜜欢悦的心情。

清明过后，吴春燕带廖兴旺、王中和回高平村老家。

晚上，吴春燕邀请姑妈一家和伯父一家等最亲的人来自己家吃饭。王中和前两次去了高平村，房族亲戚都认识他。这回又多一个新的面孔，姑妈就问："这个后生怎么称呼？"吴春燕说："他是我哥的朋友，是画院的同事，听说侗乡好玩，喜欢到我们家乡走一走。""哦哦哦，知道了。"姑妈回话。

在吴一家里住了三天。白天王中和去潘翠叶家干农活，剩下廖兴旺觉得很闷，提出要去田间看看，有什么能帮得上忙没有。吴一的父亲说："带城里人去看看耙田吧。"于是，吴爸爸肩上扛着犁耙在前头带路，吴春燕和廖兴旺在后跟着，往南边的风雨桥方向走去。

到了水稻田埂上，这坵田是靠冲里的井水养护的。井水很冷，从水井的源头经过一段水渠后，才流到这田里。水温提高了一些，适合水稻的生长，有利于增产。高平村人均有半亩左右水稻田。糯谷的产量低，如果每家都种糯谷，一年的粮食是不够吃的。在农村又不可能不种糯谷，所以每家都会留一小块田种糯谷。过年时，舂糯米糍粑，作为喜事送礼。

近两年来，第四生产队的队长李双仁思想很活跃，他发现湖南那边种的杂交稻谷产量很高，就买着杂交谷种来自己的生产队里作为试验。因为杂交稻谷抽穗的时间比以前种的水稻要慢得多，因此当地人称它为"愚谷"。同时，也骂李双仁是"愚人""笨人""癫人"。很多事情都是这样，在怀疑不成功或者是真的失败了时，都会被骂得头都抬不起来。到秋收的时候，第四生产队的几十户人家都去打谷子，第一户挑谷子过秤，亩产 1100 斤；第二户也挑谷子过秤，亩产 1200 斤；第三户又挑谷子过秤，亩产 1300 斤。事实充分证明，杂交稻谷的产量确实高。

今天，吴爸爸耙的这坵田是用来种植杂交水稻的。他先赶着黄牛进到田的右边，然后安装好耙子，在黄牛脖子上捆一根"人"字形的木头，两端系着棕榈绳子，另两端系着耙的两端，最后，吴爸爸左手拿牵牛鼻子一根绳子，右手拿一根鞭子在后面赶，黄牛在前面拉，按逆时针方向，由外而内拉着耙。

吴爸爸做示范后，交给了廖兴旺，让他进去体验。廖兴旺给黄牛猛打一鞭子，黄牛立刻开始奔跑，廖兴旺紧张地在后面追赶。廖兴旺没有掌握牛的脾性，牛一害怕就跑了。吴爸爸就进田去拿了牵牛鼻子的绳子，慢慢地教廖兴旺。廖兴旺一下子紧张过度，泥水与汗水在脸上汇流，像一条小沟的污水一样。

廖兴旺半耙半学，如按他的耙田速度，那坵田要两天才能耙完。最后还是换吴爸爸来耙田，吴爸爸与黄牛有多年的感情，非常地合拍。黄牛不怕辛劳，往前赶；耙田的人不怕流汗，往前追，人和牛像劳动竞赛一样你追我赶。几支烟的工夫就收工了，黄牛自由自在地在田埂边吃着嫩草。

回家的路上，廖兴旺扛着耙子，一边走路一边谈体会。吴春燕提醒说："要小心，这里很陡，有点危险。""放心，我不是小孩子，我们走回家。"廖兴旺话音刚落，人仰耙落，他跌到了三丈多高的田埂下面。有经验的人，脚跟往外，慢慢地往下走，才是最安全的。廖兴旺他是按城里的走法来走乡间路，错位了，摔倒了。吴爸爸扶着廖兴旺起来，吴春燕抹去他脸上和眼角的鲜血，撕开一块侗布包扎伤口。一路上，吴春燕扛着耙子，吴爸爸扶着兴旺。兴旺一瘸一拐，看到这种情况，耙田回家的老乡自发地帮助吴爸爸扶着兴旺回家。

到了吴家才发现廖兴旺不只是眼角受伤，而且，右脚也伤得很重。吴春燕去请村里的骨科医生来看看。罗忠诚医生把了一下脉后说："幸亏来得及时，不然的话，他的眼睛可能就瞎了。"于是打开医药箱，先把药敷在眼角伤口，然后把另一种药敷在右脚上，用布包扎后，罗医生起身告辞："我会抽时间再来看看。"廖兴旺躺在吴家的长宽木凳上，他握着春燕手说："很对不起你！麻烦你和叔叔了。"

吴春燕、潘翠叶、王中和三人坐在廖兴旺的身边，都在安慰他。"我已经打电话跟哥哥说了，他在画院里派人管理厨房的事务，等我们回去后，再做新调整。一切都安排妥当了，你不要想那么多，只管养好伤。只要心态好，病才能好得快。"吴春燕一边安慰，一边把廖兴旺的右脚重新安放好。罗医生按既定的时间到家看兴旺，白天，吴春燕、潘翠叶陪护着，给他换药洗脸。晚上王中和与他同住陪护、换药。

第一周，病情本来在逐渐好转。第二周却病情恶化。罗医生再来时，采取新的疗法。换了一种特效药，这种药风险很大，但如果不用就来不及了。"要不我们回南方大都市，再想想办法！"吴春燕建议说。"不急忙回去，如果回去是这个样子，我父亲会骂死我的，把病治好再说。"廖兴旺说。第三周，罗医生直接住在吴家，给廖兴旺换药、包扎、按摩。罗医生的药到病除，廖兴旺能站起来了，还走路有点不稳。罗医生再用祖传秘方，开了处方，治疗和养生相结合。第四周，廖兴旺就完全康复了。在吴家，吴家人邀请罗忠诚医生共进午餐。一桌韭菜鸡蛋、土猪肉，几杯土茅台，十分惬意。

次日，吴春燕几人到高平崇善画院视察，提出几点中肯建议后离开高平村，往林江乡搭车往南而去。吴爸爸、姑妈、姑爷和表姐翠叶将客人送到风坳口，挥手告别，望着远去的背影，越来越小，变成一条线，最后成为一个点……

以后，吴春燕与廖兴旺恋爱怎样？潘翠叶与王中和婚姻如何？有诗云：

> 植茶种稻两方收，努力耕读把艺谋。
>
> 种绿添黄藏画卷，登山走寨写春秋。
>
> 一心用在亲民事，四季思于利院周。
>
> 汗水浇来桃李艳，勤劳赶走百年愁。

采茶叶采来画笔，耕稻田耕种文园

第 13 章

流汗水一脚一印，上鼓楼千幅千新

　　吴春燕、廖兴旺、王中和回到南方崇善画院后，吴一在食堂摆了八仙桌，上了八个特色菜，给他们洗尘压惊。席间，大家都在回忆高平的艰辛历史以及崇善画院创业历程。酒过三巡，把话题转到南方崇善画院的创作及作品怎样走入市场。

　　吴一拿着酒杯对大家说："崇善画院要坚持立足当前实际，把握当今市场。培养学员先学会做人，后学会画画。做好今天，做好自己。看好明天，做好服务。一心一意，提高画艺。同甘共苦，奔向目标。在各位同仁的大力支持下，我院各项工作得到学员的大力支持，各项活动得到学员家长的赞助，我们的画画事业正在向好推进。崇善画院的美誉度在南方和北方有一定的知名度，我们要以咱们南方崇善画院为中心，向八方延伸，尽最大的努力，吸收会员，发展画院。来来来，为我们明天更加美好而干杯！"

　　吴一的电话响了，是高平村崇善画院李三思院长给他打的电话："我想着把高平村崇善画院的规模进一步扩大，影响力进一步加大，将鼓楼的空间挂上画作，美观大方，把鼓楼打扮成画楼，成为永久的画展。""李老师，很好，很有想法。思路决定出路，有什么困难，尽管说，我能解决的就直接解决。我不能解决的，召集大家商量解决。办法总比困难多。"吴一左手拿着酒杯，右手拿着电话在回话。

次日，李三思把自己的规划想法告诉村老人协会。老人协会完全同意，并大力支持。李三思更加积极，更加有信心和决心。开始打扫鼓楼，扫地面、扫天花板，擦桌子、擦窗户。

晚上，高平村崇善画院学员还在点着油灯绘画，认真创作完成院长下达的任务。

第二天早上，由99个学员共同完成了一幅99米的侗画长卷——《高平晨曦》。

学生们白天在校认真上课，晚上努力画画。农民朋友们合理安排时间，知道哪时种稻养鱼、种茶采茶，哪时培训学习、画楼画寨。

半个月时间，"千幅侗画展"在高平鼓楼开展，在3座鼓楼楼内、楼外分6个部分展出。

立夏时节，在高平村召开广岭、湖南、贵州"三省"侗画发展研讨会。与会的有广岭省高平村等12个村，湖南的12个村，贵州的12个村，共360人。

会上，南方崇善画院院长吴一作《三省侗画发展可行性研究报告》的报告，京都美术家协会主席高兴作重要讲话，广岭、湖南和贵州美术界知名人士作了很好的发言。

讨论，举手，共识。首先在高平、绣兴、平源、宝马、胖陡5个村建设示范性崇善画院。由南方崇善画院院长赞助出资，各受益村献物乐捐，出工出力。为了家乡的一切，上下一心，内外支持。

参加会议的人员在高平崇善画院参观后，又参观了高平鼓楼千幅侗画展。第一展厅为乡村山水篇，第二展厅为花卉虫鱼篇，第三展厅为美丽侗寨篇，第四展厅为楼桥故乡篇，第五展厅为劳动光荣篇，第六展厅为乡贤人物篇。主题鲜明，内容丰富，真是千幅作品，千种风情。千般姿态，千种意境。

广岭"画神"陈行德评论说："让文化融入实际生活，让艺术提高生活品质。"湖南"画圣"刘新青总结说："静静地看他们的作品，在作品里寻找他们灵魂的踪迹，与他们在美妙的艺术世界里交谈，获得无限的愉悦。"贵州"画仙"杨望重概括说："在他们的作品里，农民画家们亲手构建的侗乡风情小别墅，描绘的是他们熟悉的生活。这些生活的场景，是一个平衡、有序、内涵丰富的空间，又是一个平安、美丽、和谐、幸福的家园。"

小满节气，广湖贵三省侗画发展研讨会后，举办"千幅侗画三省巡展"。李三思任主任，到广岭、湖南、贵州三省的36个村寨进行巡展。

第一站到湖南平昌村巡展。平昌村有三座鼓楼，有吊脚楼50多栋，共300多户人家。当天下午在中寨屯鼓楼坪布展，扫地、搭台、钉钉子、挂画，每个环节都做好了。下午，参观侗画展，村里的群众汇集到鼓楼坪观看作品。"画得实在好，跟照片一样。"一个背着孩子的少妇说。"想不到侗族孩子有这样大的本领。"一个站着喂奶的妇女说。一个老奶奶走近画前，认真地端详几个人物画像。"你是哪里的孩子，这么好看。"她在画前站了半天，久久不愿离去。"画得太好了！"老爷爷走到山水画展前，用手轻轻摸着画，赞叹有加。李三思与邻省的老师和画家坐在鼓楼里交流侗画艺术。畅谈绘画创作的心路历程。一条长木凳上，一排画家的脸上写满了实践的艰辛和收获的喜悦。

夜幕降临。鼓楼中的客人在平昌村群众热情拉客氛围中被拉走。主人拉着客人，从鼓楼坪出发，走过石板路，走过风雨桥，走过巷道，到了主人家。主人端着洗脸盆和洗脚盆到贵客面前，崭新的毛巾，温热的泉水，使客人倍感温馨，像到自己的亲人家一样亲切。吃饭喝酒，谈天说地。唱歌增乐，"多耶"添趣。

晚上，在戏台举行联欢活动。画展组先表演，演唱《侗画之歌》、表演《新时期画家》，还有侗戏和独奏侗笛。平昌村文艺队出演芦笙踩堂、大型"多耶"舞和侗族琵琶歌。8点半开始，演出到12点，大家还意犹未尽，有人把李三思推上前台，她唱了一首自己作词并作曲的新歌《侗画，我的好友》。新创的歌词，情意绵绵，像山里流出来的泉水一样清新，又像森林里的百灵鸟鸣叫一样悦耳。"这是天籁之音。是侗族地区最美的曲子。宁愿不吃饭，也想听这歌。"当时有观众评论说。

"侗画巡展"小分队到湖南的卯寨和南寨，以及贵州的梨寨、李寨和杨家5个村，一天走一村。李三思感悟颇深，时间在增加，酒量在提高。路程在增加，经验在累加。交流在增多，感情在加深。画展在继续，内涵在丰富。

巡展结束，李三思和吴一同一天回到高平村。吴一这次回家的任务是发放崇善画院建设的赞助款。他把来意跟李三思讲后，准备第二天到各个村去落实到位。

吴一和李三思先到绣兴村。老人协会负责人都集中在中心鼓楼里，吴一召集他们商量，主要是议一议绣兴村画院的建设。杨正直会长首先发言："我们早都听说高平村崇善画院是如何建造的。很羡慕邻村小学和画院，尤其佩服和赞叹吴一院长的善举，也希望有哪一天能赞助我们村建造画院。谁知梦想今天就变成了现实。"

三间三层四排五柱的房子，作为木工师傅，多年的丈量木头、点墨定线，胸有成竹，同事也尽量用绣兴村的材料搞建设。

吴一和李三思都同意绣兴村老人协会的建议。在鼓楼现场，吴一从皮包里拿出 36000 元现金交给杨正直会长，杨正直把钱转交给出纳，并指导会计和出纳如何管账，如何务实公开公正办事。

接下来，吴一院长和李三思老师走访了平源、宝马和胖陡 3 个村。用同一模式开会，用同一办法乐捐，3 个村的老人协会会长都很高兴。能为家乡办一件实事好事，是他们一辈子的心愿。

这不是一件容易的事情。吴一的乐捐善款，相当于一个普通劳动力 20 年的工钱。

李三思说："吴一啊，你前次赞助我们画院购买笔墨纸砚，我就不谈了。单说这次 5 所画院建设，你赞助了 18 万元善款。在农村，36000 元已经是天文数字；18 万元更是多得不得了。你是真有这么多钱，还是捡来，或者是借来的。如果有点余钱，志愿为家乡做点事，这个没有谁说闲话。如果捡的话，也要归还失主。如果是借钱办事，那就更难理解，你为什么要借那么多钱来办这件事？"

吴一被这一连串的问话搞懵了："李老师，我跟您说，我小时候家里很穷。父母克服了很多很多的困难，历尽艰辛，才把我拉扯大，有养育之恩。老师耐心辅导，培养我成才。这有房族亲戚同乡的感情，同时又有老师的感情。我的钱，每角每分都是用自己的汗水换来的。在南方大都市，是中国改革开放的前沿阵地，上级政策好，人们理念好。我在那里多年，努力打拼，在收入上比内地略高一点。我就是沾了改革开放的光。我白天思夜晚想，钱财是有限的，但是，崇德尚艺，为大众文艺服务是无限的。我要把有限的赞助款用于无限的为大众文艺服务工作中。我的一点善款、一些善行，微不足道。但愿李老师一如既往地关心、支持和帮助我，把我想做的事做得更好。"

李三思一直在点头，脸上写满笑意，她为有这样的优秀学生而骄傲，同时也为有这样慈善画家而自豪！

绣兴、平源、宝马、胖陡4个村的村民你追我赶，多快好省地做好画院建设的一切材料筹备事务。

平源村紧锣密鼓地投入到建设画院公益事业中。他们实施分组负责制，分了柱子组、木板组、椽子组、檩条组、瓦片组、综合组六个组。综合组负责协调和督查，查缺补漏，完成其他组不能完成的任务。

柱子组28个人进深山老林去砍伐木头，经过晾晒，有点干了，才抬回村里。老人协会会长陈同志说，这些杉树高而且直，让人看了觉得很舒服。用它来制作画院的大柱，像量身定做一样。他们分两个小组，每小组14个人。每小组抬一根大木头。先砍去木头的尾部，然后，用7根绳子捆好木头，每两个人管好一根绳子和一根扁担。从山冲里往上一步一步地拉，后面的人在用力推，到了略平坦路上，就用抬的方法。大家齐心协力，终于把两根大柱子顺利抬到鼓楼坪中间。

第二天，28人的柱子组继续抬木头。虽说陈同志会长已年过

流汗水一脚一印，上鼓楼千幅千新

半百，但他力大无穷，精神抖擞。拿挑担子来说，有的年轻人还不如老人家。陈同志经常不穿跑鞋，连草鞋也不穿，光着两脚，从山脚到山梁在碎石山坡上挑 150 市斤的谷子，而不流一滴汗水。有时，带刺的杉树枝树叶一大捆一百多斤，他也能光着膀子扛着。

在准备抬木上山时，大家在清点人数，坡上有 27 人。"冲里有没有人？"坡上的人在喊。"冲里没有，我在山腰里大解。"陈同志在那边山坡大声回话。坡上的人已经做好一切抬木前的工作，就等陈会长一同抬木。第二小组抬木上坡了，第一小组继续等着，其中有一个村民在木头堆上伸了个懒腰，此刻恰好陈同志从山腰走进冲里再转上坡，此时一根木头往下速滑。正在这刻，在田下面找猪菜的小姑娘往冲上走来，"救命啊——救命"小姑娘吓得大声喊叫。陈同志听见了喊救声，看见了危险，他箭像一样的速度过去推开小姑娘。小姑娘被抛到一丈多远的草丛中，陈同志却躲闪不及。村民们三步并作两步，连跑带滚，直至冲下。一看陈同志，头破血流，惨不忍睹。大伙用毛巾擦干他脸上的血，用衣服盖着他，把他抬上了路边。陈同志舍身救人，令人感动。被救的小姑娘叫吴练，她在责任田里捞浮萍做猪菜，挑东西上来时，不幸遇到这样的事。事后，她在草丛里很伤心地哭了，哭了很久很久，谁去哄她也不听，最后伯伯们帮她挑东西，叔叔背着她回家。

在平源村，举行"陈同志追悼会"。陈同志的妻子和孩子都哭成泪人。村老人协会副会长主持仪式，村委主任致悼词。陈同志是我村的老人协会会长，一辈子善良本分，忠厚老实。孝老爱亲，团结邻里。热心公益，热情办事。舍命救人，是我们学习的榜样。我们要学习他一心一意为村民服务的精神，学习他热心公益事业的言行，学习他忠孝两全的品格。

陈同志的丧事，以村里最高规格办了，平源村负责所有费用。村民们帮陈氏家属把孩子抚养成人，责任田村里帮耙，谷子村民帮打，其他事务村里操心。

吴一专门到陈家吊唁。他把1000元现金交给陈同志的妻子，推拒几回后，最终收下了。吴一对着嫂子说："通过这件事，我看到了村里的希望。有这样好的家庭，有这样好的会长，有这样好的协会，有这样好的村民。我们的公益事业一定会越来越辉煌，我们的明天一定会更加美好！"

准备出门的时候，吴一又说："从现在开始，孩子读书费用由我负责，我会一直赞助到他大学毕业、步入社会。"

端午节后，4个村都按时按量按质建楼垫础，搭檩定椽，盖瓦镶房，造台安窗。

立秋时节，4个村子的崇善画院全部竣工。各个村寨为了感谢吴 的善举，都诚挚邀请他到自己村寨庆贺画院竣工。四村商量好，错开时间，连续4天，每村开一天庆功会。第一天的百家宴在绣兴村举行，往后依次在平源、宝马、胖陡村举行。各村村民都从自家拿出糯米饭、酸肉酸菜和米酒，在鼓楼坪上摆起百家宴来。

绣兴村鼓楼坪摆着50多桌，桌面上有杨家腊猪肉酸猪肉，有谢家的酸鸭酸鱼，有吴家的鲜鱼鲜肉，有石家的糯饭米酒，有陈家的红薯芋头。"祝我们的画院越办越好！"老人协会会长敬吴一说。"祝慈善事业发扬光大！"村委主任敬吴一说。"祝我们的画家走得更远！"妇女主任敬吴一说。后面一群小姑娘一边敬酒，一边唱歌。虽然酒量是不一样的，但是感谢的诚心是相同的。村民都来感谢这位画艺高深的慈善家吴一。

以后，各村崇善画院画艺怎样，规模如何？有诗云：

常流汗水换清新，侗寨英姿美善真。

大鼓楼中歌盛世，仙坡岭上唱甜音。

一年四季谈农事，六路八方赞画人。

注重言行和孝义，村屯百姓进福门。

第14章

话交流越来越好，行善事愈做愈多

时至秋分，高平、绣兴、平源、宝马、胖陡各个村的画院院长李三思、杨做、陈路、罗献、吴勤集中在绣兴村召开崇善画院发展座谈会。主要议题是"开展绘画工作，做好公益文化事业"。

高平村画院李三思首先发言："我们5个村画院都是吴一一个人赞助建造，其共同点是，行善为先，做好画艺。不同点是，各村有各村的具体做法，有自己的特色。你们说说自己的看法。"

绣兴村画院杨做一边比画，一边说："我们村的美术学员做到耙田、采茶、画画三不误。"

平源村画院陈路很幽默地说："我们村搞好'白好、黑好、白黑好'。就是说，白天把农事做好，夜晚把画画弄好。"

宝马村画院罗献接着说："我们村在做好原来规划的同时，还想把这个画事再做更大更强。比如说，不能等、靠、要。要办有特点的画院，同时，要建好自己的画艺商店，还要了解实际的市场需求。"

胖陡村画院吴勤最后说："我们的画院，第一要会画，第二要画好，第三才讲到卖出去。我们的困惑是没有出路。现在也画了一堆放在屋角，也不知道好还是不好。我是这样想的，不能卖出，就是废纸，能卖得钱就是大宝。否则，我们放在床底下那么多东西，有用吗？"

绣兴会议后，各村画院的追求目标、办院思路更加清晰，出路更加宽广，画画爱好者的积极性更高。

白天做农活，晚上画侗画。成为广岭周边三省农民的生产和生活习惯。

中秋前夕，李三思等人相约去了一趟南方崇善画院，画院通过3年的建设，不断扩大规模，不断完善硬件设施和软件建设，已经有模有样，并向好的方向发展。

画院的前面是一个小湖，湖面平静得像一面镜子一样。后面是一座小山，山不高，但十分秀丽，确实是"山不在高，有仙则名。水不在深，有龙则灵"。

画院有5座大楼，分别是崇善堂、教学楼、创作廊、展示厅、会客轩。刚到画院，吴一就和4位老师在门前热烈地欢迎老乡。在会客轩小憩片刻，热情邀请大家到八仙亭吃饭。吴一跟老乡们讲了一些有趣的故事，欣赏了一下师生的最新画作，推杯换盏，聊到深夜。

第二天，吴一带老乡到南方大都市地王大厦走了一趟，还到南方最大图书市场逛了逛，买了书。

第三天，吴一和老乡登上院后小山，在那里能够远望前面的湖水。

突然，船上有个人看风景太专心了，照相很投入，却失足掉进湖里。船上人都很焦急，有的拉手，有的拿杆，落水的人却离

侗画家

船越来越远。吴一见落水之人就在山的底下，于是火速飞跑下去，脱下衣服，跳入湖中，游到了落水者的身旁。左手抓住他的右手，右手用力往岸边游。在岸边的人赶紧拿一根竹竿递给吴一，吴一用左手紧抓落水者，右手抓紧竹竿，双脚往后使力，慢慢地向岸边移去，一步一步地游近岸边，最后上岸。全场一片欢呼！大伙把落水者的双脚抬起，头朝下，倒出了很多的湖水。放下后，吴一做了紧急施救，终于，落水者慢慢地睁开了眼睛。在现场，紧张的氛围瞬间变成欢笑的场景。吴一拍着落水者的肩膀说："以后搞摄影工作，要注意安全。做到安全第一，艺术一流。"后来了解到，落水者就是沈阳新明村王家的王新明，做了点小生意，腰包鼓了，来美丽南方旅游。

吴一和老乡回到画院，在八仙亭聚餐。叙旧讲古，谈今议后，不亦乐乎。在谈到画院的后来发展时，大家非常感兴趣。尤其是谈到"成立南方崇善艺术基金会"这件事，大伙听得更加认真，也思考得更加认真，提出更加认真的想法。畅所欲言，效果很好。乐善好施是传统美德，成立基金会十分必要。

吴一说："关于成立南方崇善艺术基金会，我想了很久，这件事由我来牵头，本人先捐款 100 万元。其他人如方便就捐一点，如暂时不方便，以后再捐也不迟。我有三点体会：一是崇善。自古至今，成功人士，都注重修身养性，提高自己的品德。二是尚艺。作为艺人，要立足实际，深入生活，努力提高自己的画画创作能力。三是为群。贴近群众，切实提升服务群众的本领。"

当日，南方崇善艺术基金会成立，同时设立了南方崇善艺术基金会理事会，通过提名加选举，李三思任会长，杨做当会计，陈路任出纳，罗献、吴勤任总监。

在成立基金会期间，先拨给高平、绣兴、平源、宝马、胖陡5个村级示范性画院各3万元的启动资金，用于购买笔墨纸砚以及最紧要的费用。

重阳敬老节前夕。广岭、湖南、贵州的36个侗画家代表集中高平村，举办"重阳敬老，享受美好——399幅精品侗画展"。此展分三个板块，一展孝顺老人；二展老人爱幼；三展和谐家园。399幅作品，幅幅是精品，笔笔含真情，情景像天堂一样美好，画作似鲜花一样美丽而逼真。

当天，在庆贺的现场，一个美籍华人不仅购买399幅画，还让一位画家火速跑到高平画院取回一幅侗画交给买画人凑个整数。美籍华人廖思华将画款交给李三思，李三思把画款小心翼翼地放到自己装画笔的大包里。然后李三思与廖思华在五福鼓楼前开心地拿着一幅侗画代表作合了影，又与参展的画家合影留念。

高平村崇善画院采买来笔墨纸砚。按照指标分配，学员们领到了宣纸等文具，该画画的画画，该写生的写生。这次画展得了一些收入。高平村崇善画院把卖画得来的收入，拿出一部分来作为善款，量身定制了100件棉衣，送给100位70岁以上的老人。

绣兴、平源、宝马和胖陡村都以不同的方式，做各种好事实事，为老人服务。同时，也给村里买了篮球、乒乓球、羽毛球，还买了木炭，提供给鼓楼的老人用于烤火。

湖南和贵州村屯的群众到广岭省各村崇善画院参观学习。他们不甘落后，在公益文化事业上也做了不少的好事，成立了村级文艺志愿服务中心，切实为老人和幼儿服务。

办好了崇善画院，群众得到了实惠。《广岭教育报》的资深记者覃学好到高平村采访，她首先采访了李三思，还采访了画院的学员、村中老人，体验了崇善画院的创作室、教学楼、展示楼。回省城后，在《广岭教育报》头版头条刊载了她的文章，题目为《崇善画院，幸福乐园》。高平村崇善画院的知名度和影响力迅速提高，临县的六个分管教育的副县长带队到高平村考察，李三思跟他们介绍高平崇善画院的教育培训模式。该模式简单来说是，崇德尚艺为群。经验概括为九句话：学员主体，教师主导，立足实际，深入生活，行善积德，传承优秀，创作精品，提高画艺，服务群众。但是，要做好这件事，需要很多年才能完成。

学员带动，群众参与。高平、绣兴、平源、宝马和胖陡村的公益文化事业蓬勃发展。村屯琵琶歌队、"多耶"队、芦笙队、侗戏班、桂剧班、彩调班像雨后春笋一样涌现出来。

冬藏时节，高平村进入侗戏排演黄金期。编剧一边编一边导，演员一边请导演排练，一边请服装师傅缝制戏服。早餐在杨姓家里邀请编剧、导演和裁缝师吃饭喝酒，晚餐在潘府厅廊邀请戏班的编剧、导演和裁缝师指导。中午时，在吴门的画画爱好者送饭到排演现场，以这种模式，来尊敬我们的老帅。大伙在快乐氛围中排练，在和谐氛围中学习。不管是文化艺术知识，还是各种生活经验，大家都有不同程度的提高。

除夕之夜，大家在戏台前的两根柱子中间位置捆两根铁筒，铁筒里有若干细纱捆成的大灯芯，点着煤油，比家庭的煤油灯亮得多，戏班在那里表演。用大鼓、大锣、侗笛、琵琶、芦笙、二胡组成乐队，大闹正是演出的前奏。开台、演出、谢幕。主角艺高，鼓掌不断。丑角幽默，笑声不绝。台上是本村人，台下也是本村人，敲起锣鼓人看人。

正月初六，以公定胜为队长的高平村文艺队五十多人到湖南、贵州侗族村寨开展文艺交流活动。第一站去湖南的东寨做客。到了东寨，主寨在寨门外拦路唱歌，客寨要是对得上歌，就能顺利入寨。如果客寨对歌输了，最后主寨也让客寨进去，但客寨会很没有面子。在场的，都争取战胜对方。

主寨先唱："你们来这几多步？你们绕过几多村？你们敬过多少神？过桥走过几多墩?"

客寨唱答："我们来这步连步，我们绕过村连村。我们敬过一'萨神'，过桥走过三五墩。"

客寨唱，主寨答。你唱我答，我唱你答。最后，不分胜负。路两边摆开两排芦笙队，男士吹着芦笙，妇女点着油灯，迎接贵客入寨。

主寨引着客寨客人到鼓楼坪上。客寨吹起芦笙，先吹一曲《入寨曲》，歌颂主寨村靓房丽，山美水美，人意更美。再吹一曲《生活美》，后吹一曲《前程亮》。

主寨男女老少都到鼓楼坪来盛情邀请贵客到自家吃饭住宿。杨家拉一两位，潘家拉两三个，吴家拉三四名。瞬间，几十个客寨的贵客全部拉完了。李家再拉客人却没有了，立即到杨家和潘家讲了很多大道理，才分得一个客人到自己家。在热烈的气氛中，主客互尊互敬。交流频频，情意浓浓！

主人引着客人到自己家后，立即端着洗脸盆和洗脚盆到客人面前，用白白的脸巾，洗去一路的灰尘。再端一碗古树老茶水敬客人，清甜而爽口，主客进入"煮茶论道，品茶论艺"的悠闲意境中。

晚上，酒足饭饱后，主人和客人都来到鼓楼坪。主寨的村民在台下看表演，客寨的演员在戏台上展现无穷的艺术魅力。乐队队员在吹侗笛、弹琵琶、拉二胡，演员在台前演唱，导演在幕后提示。

表演的主要节目是《刘金刘妹》，描述刘金两兄弟心地不善、懒惰不劳，对自己的妹妹无情无义，将刘妹推下悬崖。刘妹大难不死，得救后流落他乡，乞讨为生。再后来，刘妹定居在一个村，辛勤耕耘，靠自己的双手过上了好日子。刘金兄弟败落后，恰巧讨饭到刘妹生活的地方，刘妹不计前面的仇和恨，请刘金兄弟进家吃饭，还送他们衣物，教育两个哥哥要有一颗善良的心，用自己的双手创造幸福的生活。兄弟姐妹血浓于水的感情深深地感动了在场的观众，无不流下眼泪。

当表演到高潮的时候，主寨用燃放鞭炮的形式助阵添乐。有乐捐者送侗布，也有乐捐者赠侗帕，甚至有乐捐者送红包。戏台前面和左右两旁，满是乐捐的布、帕和红包。这些大红大紫颜色，增添了喜庆的氛围。乐捐的东西不同，乐捐的数量不一样，但大家捐献的心思是一样的。

演出接近尾声，主寨的歌师带着自己的团队上台去"多耶"。这种踏歌而舞、时而手牵手、时而手搭肩膀、一人主唱众人和的民间歌舞艺术形式广受群众的欢迎，主题大多是歌颂客寨的山水美、村寨丽，艺人多、贤人众。

演出闭幕。主人引着客人回家，女士谈针线活，男士聊大戏曲，各人都有自己聊法。吃夜宵的时候，有几个说话很投机，那就是久逢知己千杯少，喝两三杯米酒，饮三四碗茶，不知不觉地进入了梦乡。

以后，戏师和画家发展怎样，前途如何？有诗云：

> 交流艺术侗乡行，种善收福好运门。
> 大业宏图耕者望，新朝凤愿画家成。
> 勤能获取丰收果，俭可迎来致富经。
> 梦里乘鹤摘月去，欣骑宝马赴都城。

第 15 章

◆

母亲含泪归西去，儿子捧函赴北来

深夜，吴一夜不能寐，躺在床上，两眼看着天花板，翻来覆去，无法入睡，索性起来坐在沙发上思考问题。从工作到学习，从学习到生活。从亲人到同事，从同事到朋友。想得最多的是家里的父母，特别是想念着母亲。母亲做事认真细致，考虑问题周全，心地善良，仁慈办善，在村里寨外，无人不知。身体健康时，一心行善，哪怕身体虚弱时，也会克服重重困难，把善事办好。母亲的善行，得到祖上的真传。祖辈有训，尚勤俭，崇礼让。勿以恶小而为之，勿以善小而不为。行善积德，厚德载物。前两天，在村里乐捐建造井水亭，母亲乐捐最多。她平常有点感冒总不吃药，靠身体顶着过去，她总说，在做好事中出出汗，身体就好了。母亲虽然没有机会读书，但是她懂得很多很多的道理。话语不多，却做了很多很多的好事。助人为乐，帮了很多很多需要帮助的人。为人低调，做好事不留名。母亲给儿子和女儿上的第一节课就是，要想万事顺利，一生平安，就要遵纪守法，孝顺行善，立志、立德、立功、立言。吴一越想越觉得自己母亲是多么的高尚，更想到天下母亲的伟大！吴一再想想自己，自己是多么的渺小，孩子相对于母亲，像一滴水相对于大海一样。总感觉自己做的好事实在是太少，需要做的实事实在是太多。

吴一想念母亲，又思念父亲。母亲主内，父亲主外。父亲从早到晚，日出而作，日落而息。春种夏耘秋收冬藏，虽然辛苦，但是快乐。子女平安，就是父亲最大的快乐。父亲与母亲同劳动、共行善，一起唱戏，为人处世，众人皆赞……

吴一觉得一直漂泊在外，不能在父母身旁尽孝，突然泪如雨下，跪在地板上，面朝老家方向，向父母磕了三个响头！默默念着：不孝儿子祝父母一切顺利，一生平安！最后，祝愿父母健康、平安、顺利、快乐、长寿！

未来的日子里，吴一带领着团队一直往前走，不管风吹雨打，总是想着办法克服困难。他相信"办法总比困难多"。南方崇善画院越办越好，已经闻名遐迩。他们所做的一点一滴，都考虑到利众惠民。有朴素的想法，有具体的行动，有实实在在的效果。吴一想想这几年做的一些事，对得起自己，也对得起别人。一个人活在世上，就要这样。只有这样，才活得有意义。

吴一一边看两边的景色，一边走路前行。登上了后山，远望湖面，思绪万千。他在思念妻子、孩子，挂念家里的母亲和父亲，想念大妹吴英，于是给吴英打了个电话。

吴英以优异的成绩毕业于东方师范大学。她在学校每年都领到奖学金，给家里减少了很多压力，没有给哥哥添麻烦，是一个懂事、勤奋、好学的大学生。毕业后的吴英被分配到柳河市高级中学任教，柳河高中每年有不少学生考上京都大学，这是广岭省升学率最高的高中。学校以学生为主体，以教师为主导，在德、智、体、美、劳等方面得到全面发展。吴英对于能在这所高中任教而感到满足、自豪和骄傲。"一个农村女孩能在市里一流的高中教书育人，是一件多么幸福的事啊！"吴爸爸说。

秋季学期开学。吴英在语文教师办公室备课，正在聚精会神写教案的时候，突然被电话响声吓了一跳。"妹妹，你的工作还顺利吗？我画院这边，工作和生活的环境都不错，你有空的时候，可以来走一走。"吴一打电话跟吴英说。

"哥哥，工作一切顺利，生活很好！学校安排得井井有条，学校老师与学生也很融洽。你放心吧！"吴英回答哥哥。兄妹俩聊了一会儿就挂了。吴一刚走下山，吴春燕与廖兴旺两人从下往上走，在山腰里相遇。吴一早就听说小妹与自己的同学谈恋爱，觉得有点尴尬，一声问好，各自忙去。而廖兴旺和吴春燕更觉得不好意思，两个人的脸都红得像天边的红霞一样。

吴妈妈有时去广岭师大王中华那里照顾孙子，有时回高平村做些农活，经常往返于城市和村屯之间。村里人很羡慕她惬意的生活。吴妈妈跟邻居打油茶、唱侗歌、跳"多耶"，非常地快乐。有时候，她和邻居们在鼓楼外面聊天，聊孩子、孙子，聊生产、生活，聊种菜养猪，无奇不谈，无话不说。

有一天，吴妈妈从中寨鼓楼跳完"多耶"回来，她跟吴爸爸聊了一些家常后，进入梦乡。第二天早上，她告诉吴爸爸说，昨晚得了一个奇怪的梦，梦见自己骑着黄鹤向太阳落山的地方远飞而去。

第三天清早，吴爸爸照常去菜园里干活，尽量把事情做完好赶快回家吃早餐。在高平村，实行家庭联产承包责任制以后，每家基本上都在早上最阴凉的时候做农活，中午最热的时候在家休息，或到鼓楼去听讲故事。

吴爸爸肚子饿得咕咕响，一边坐下来一边喊吴妈妈："他妈妈，吃饭啰！"喊了第一声，没有回应。"他妈妈，吃饭啰！"喊了第二声，仍然没有回应。喊了第三声，还是没有任何回答，家里静悄悄的。吴爸爸感到奇怪，有种不祥的预感，于是走上三楼，临近床铺便看见吴妈妈双目紧闭，面如黄蜡，一下子全明白了。此时家里只有他一个人，他最先想到的是亲哥哥吴忠，于是火速去找哥哥，又派房族的人去村委打电话给吴一，告诉吴一转告两个妹妹。

吴一得知母亲去世的噩耗，如同晴天霹雳，立刻晕倒过去。他身边的同事，把他扶到沙发上坐下。他泣不成声，同事安慰他，叫他节哀。眼前最重要的事是，想办法尽快回老家高平村。

于是廖兴旺开着车带着吴一和吴春燕直奔广岭师大王中华的家。在路上没有谁说话，只有吴春燕哭泣的声音。

到了广岭师大，王中华已经准备好了行李。她右手抱着一岁多的孩子，左手牵着自己的母亲，迅速上车。连平时喜欢哭的孩子，到车上也不哭了。

7个小时以后，车子开到了高平村的泥沙路。这条路刚开不久，还未完工，有500米是泥泞路。他们便把车停在那头，几个人走路回家。

一进家门，大家就看见吴妈妈安详地躺在床上，用寿布盖着，他们围在床边，用双手抚摸着吴妈妈的双手，哭声不断。"妈妈，我对不起您！您用勤劳和善良，培养了我们兄妹，付出了很多很多。我们难以报答您的恩德！"吴一哭着说。"妈妈，我

母亲含泪归西去，儿子捧函赴北来

小的时候调皮，不听您的话，使您生气了。对不起，妈妈！"吴春燕哭着说。"妈妈，我是不孝的媳妇，对不起您！给您上香来！"王中华一边说，一边烧香烧纸。

"李姣这一辈子很值得，培养了两个大学生，成人成才。尤其是吴一的善行事迹，在侗族地区家喻户晓，崇善画院成为侗族地区一张亮丽的名片。在南方，影响力很大，美誉度很高，在全国乃至世界华人中具有一定的知名度。李姣的一生，是勤劳的一生，是善良的一生，更是俭朴的一生。她用自己的言行诠释了一个侗族妇女的仁慈和奉献，在平凡的人生中，做出了不平凡的事迹，母爱因平凡而伟大！"一位读过书的亲戚说。

家里正在哭哭啼啼的时候，大女儿吴英及其未婚夫杨心宽从柳河高中赶到老家。

吴英和杨心宽走到一楼就哭了。到二楼临近母亲身旁，紧紧握着母亲的双手，越哭声音越大，越哭越悲伤。她擦干眼泪，跟房族亲戚寒暄几句后，就到第三楼吴一的房子商量办母亲的大事去了。

兄妹三人听家里人说，母亲没有一点病状，前一天还在唱侗歌，第二天晚上就没了。伯父说，吴妈妈是愉快地离开人间的，坊间说这是安乐离世。虽说她在世才活 46 岁，但已经享受过子女的孝顺。吴一常寄好吃的东西回来，吴英也寄过耐穿的衣服回来，吴春燕也经常给母亲带回礼物，吴妈妈该得的都得了，该享受都享受了，愿她安息！

吴妈妈的丧事按照村里的习俗，办得既简朴又隆重。入土为安。吴一家再次邀请房族的人吃了一餐饭，处理完所有事后，大家各自乘车回到单位上班。

吴英大学毕业后，被分配在柳河高中任教，她的同学杨心宽分配在共青团柳河市委员会工作。杨心宽的父亲杨宏儒在广岭省当领导，原来想把一个省领导的女儿介绍给儿子，计划了几次相亲活动，却总被儿子以各种理由推辞。刚开始杨宏儒还有些生气，后来也慢慢想通了，便不再干预孩子的婚事。

有一次，杨宏儒到柳河市调研，在市教育局的办公室从侧面看见了未来的媳妇吴英。只见那姑娘头发乌黑靓丽，眉目俊秀养眼，脸庞白净耐看，身材苗条曲线有度。给他留下了一个很好的印象，从那次以后，在家庭会议上，总催杨心宽尽快办婚事。

"他爸，你现在不提那位领导的女儿当媳妇了？又不是讨给你，你那么积极干啥？孩子长大了，他自有主见。他的事他自己定。"杨妈妈说。杨妈妈名叫罗飞凤是省中医院的一名外科医生，她医术高明，那把手术刀救了很多人，人称"罗一刀"。杨心宽哭笑不得，只好打圆场："爸、妈，您俩都为我好，为我付出了很多很多。我感谢您俩！不说什么了，饭菜都做好，快来吃饭。"

回到单位后的吴一接到京都寄来的一封信函。信函的内容是：

吴一同志：

特聘您为京都师范大学高级讲师，聘用时间为从即日起到退休年龄，特此致函。如您见信后，不管是否同意，请回复。

祝春安！

京都师范大学，1990年2月

吴一自大学毕业后，在三水县中学任教一年，停薪留职"下海"近四年。无论是教书，还是走市场，都努力向上，追求一

母亲含泪归西去，儿子捧函赴北来

流，争取做到最好，并得到了很好的回报。收到这份重要的信函后，他想了很久。如果不去，怕失去一次很好的机会。如果去，南方崇善画院怎么办？刚刚打好基础，事业进入又好又快的发展时期。这时，吴一的心乱如麻。

一般来说，吴一有什么困难的事，总要跟王中华商量一下，征求一下她的意见，多面探索，多角研究，多方咨询，多边论证，很多事情才能办得相对妥当。于是，他拨通了妻子的电话，把情况说明后，妻子建议他去上任，这样更胜一筹。王中华认为同是搞教育教学，多在一个地方任教，就能多一些阅历，多一点见识，多一条经验。她说："况且京都师大不是谁想进就能进的大学，别人去求，未必准入。如你去求，尚不一定获聘。现在是大学需要你，你就不要骄傲。万一到京都后，情况比现在更好也未可知。至于南方崇善画院的事务，可以暂时聘请一个副职，把画业向前推进。不管在南方还是在北方，把行善画画事业做好，就是吉方。"

听了王中华的一番话，他陷入深深的沉思中。经过三天的思想斗争后，吴一最后决定去京都走一趟。他立刻准备好行李，携王中华同往京都。

吴一到了广岭师大，首先映入眼帘的是师大门前的对联："学高是范；身正为师。"

王中华母子俩早在教师宿舍等候，自从1985年大学毕业后，参加工作近五年。回到学校感觉既熟悉又陌生。广岭师大的花草树木更多了，教学楼、活动室也更多了，学校更加美丽、内涵更加丰富、实力更加雄厚。

吴一在广岭师大住了一夜。第二天，把小尚美托付给王中华的母亲，吴一和王中华就乘上了去往京都的列车，29 个小时后到了京都火车站。把行李放在宾馆后，直奔京都师范大学。

两人进了校长办公室，左墙上挂一幅山水画，右墙上挂一幅侗寨画，办公桌对面墙上挂一幅狂草书法，写着："学高是范，身正为师。"颇有王羲之的风格和神韵，而落款的小字却有颜真卿的味道和风骨。

京都师大的陶心正校长站起来欢迎两位远道而来的客人，请他们喝茶。陶校长言谈举止给人的印象是高帅睿智、谦虚谦和、和蔼可亲，一看到他，就让人有在这里干事创业的年头。陶心正校长还带两人逛了逛校园，介绍了学校的办学理念是："崇德、博学、多才、奉献。在发展中创新，在创新中发展。"

"这里比我任教的学校规模大得太多了。"王中华赞叹有加。"王老师您学什么专业的?"陶校长问。"我毕业于东方师大，修的是中文和美术双学位。"王中华回答。"这样子，如果你愿意，下学期秋季学期有一位教授要到美洲去当访问学者，刚好你可以接替他的位置，来我们学校任讲师。"王中华十分开心，感谢道："感谢陶校长的信任!"

办完学校的事，吴一向陶校长致谢后便同王中华回宾馆了。

一路上，夫妻俩聊了很多，最佩服的是京都师大的办事效率。这位校长领导的这所高校，以创新卓越的办学理念、争创一流的办学思路、扎实奋进的办事风格、雷厉风行的办事效率，获得了全国学生及其家长的广泛好评，被评为世界十佳名校之一。

到了火车站宾馆，稍稍休息，看了一下京都新闻。外面很热闹，里面很宁静。俗话说得好，在热闹市创业，在安静处修身。

以后，吴一在京都任教怎样？王中华在学校前途如何？有诗云：

娘亲地府去安息，赴北孩儿任教祺。

一片真心研绘艺，八方画室引新迷。

学生是主圆宏志，教授为之建善基。

墨水增添荣彩院，踏实向上创奇迹。

第 16 章

◆

添墨水重登巨厦，踏实基再上高峰

春季学期，吴一如期到京都师范大学任教。

吴一教学科研工作已经进入了常规化，他主要研究方向是国画及侗画理论研究。这学期，他的《当代国画及侗画创新研究》等 3 篇论文在国家权威刊物发表，并刊载于《全球艺术论坛》。

有一天下午，京都美术家协会主席高兴突然来到吴一的办公室。高兴说，美协拟在京都美术馆连续举办个人画展，每半个月开展一次，全年共 24 展，在全国选 24 个画家的作品入展。他代表美协邀请吴一入展，让吴一整理好 100 幅作品，写好规格和姓名，送到京都美协统一装裱。

在研究画什么、怎样画方面，高兴提出了几点要求，让吴一逐点记下。

离办展还有 10 天时间，50 幅国画早就整理好了，50 幅侗画的任务还要画 5 幅，于是吴一更加努力赶工。白天，正常上课。晚上，加班加点画画。这次画侗画，吴一感觉自己在以前经验的基础上有所提升，包括主题的提炼、意境的提升、用笔的轻重、调色的深浅等方面都有多角分析与综合考量。

画完之后，他把 100 幅作品摆在桌子上、走廊里和大院里，仔仔细细检查每一幅画，觉得满意后再卷成两卷，捆好，亲自送到京都美术馆。

暑假第一天，"崇善国画侗画精品展"在京都美术馆举行。这一天，京都美术界的领导与同仁、京都师大爱好美术的老师和学生、听说有活动的群众以及媒体记者等 3000 多人观展。

吴一的作品既有中国传统的艺术美，又有时代潮流的创新美。在侗画艺术上，既有侗族的生活元素，又有民族优秀的艺术韵味。多家主流媒体专门报道了此次艺术盛宴，有艺术报的记者要进行追踪报道，多次预约采访，吴一都因时间难以错开而不得不一再推迟。

秋季学期，王中华被调到京都师大学任讲师。夫妻俩在同一高校教书，早出晚归，工作顺利，生活甜蜜。

吴一一边上课，一边自学。吴一通过三年的刻苦努力，终于用汗水浇灌出了博士研究生的硕果。这一周，是他近年来最兴奋的一周，可叫作"惬意周"。这一周，每餐一瓶酒都是高度酒，一饮而尽，一醉方休。

一夜好梦加好梦，一周美画添美画。

吴一的博士文凭得到手，教学优秀奖拿回家。很多学生慕名前来拜师求学。

一个星期天的下午，有六个中文系的学生到吴一教授的家里，送了他一面锦旗："师德高尚"。大字是隶书，右上边一列行书是赠"吴一老师纪念"，左下边一列字是"杨李祝等学生敬赠"。

师生在客厅里喝了两杯茶后，杨李祝说："我们今晚的来意是拜您为师，万望请教！"

吴一觉得很奇怪，说："你们已经是我的学生，我已经是你们的老师了呀。""您是我们的老师，是千真万确！今晚的意思是，恳求您当我们的美术老师，可以吗?"杨李祝等六位学生齐声恳求。"可以，完全可以！愿意，十分愿意！愿教学相长，师生情意浓。干杯!"吴一答应，并敬学生一杯酒，把好菜夹给学生。"这是酸鱼、酸鸭，你们尝一尝。"原来，吴妈妈在王中华那里带孙期间，腌制了一坛酸鱼，后来王中华也喜欢吃酸鱼，搬家时便把酸坛带到了京都。慢慢地，王中华也学会腌制酸鱼、酸鸭了。

吴一经常与学生打成一片。在课堂上，进行提问式教学，要求每生每节课提出三至五个问题，由他当场解答。在课堂外，进行创新式教学，要求学生在常规的基础上，开创性地思考问题，把事情做到极致。在社会实践中，吴一带领学生到农民家里去，深入生活，深入实际。

暑假期间有一次，师生到广岭省平源村做田野调查。进村入户，进校入堂。与校长谈，与老师谈，与学生谈，与家长谈，与村民谈。在救人英雄陈同志的儿子陈三喜家，他们向歌师请教历史文化渊源、建筑技艺和侗族大歌唱法。"人们很喜欢吴老师，是因为他平易近人，谈话幽默。知识丰富，解惑答疑。"杨李祝对老师说。

在田野调查中，从陈三喜那里了解到群众的性格和需求。陈三喜说："农民最老实本分，群众是最务实求真的，得到实惠是群众的具体需求。"

在回学校的路上，吴一提议大家乐捐一些衣物和文具以及图书给新寨村小学，学生们全部举手同意。京都师大的师生们共捐出3千件衣物、3千件文具、2万册图书，以及3万元善款，全部寄到了新寨村小学。校长举行了一个收受善款捐物仪式，将衣物和文具发给学生，善款用于建设图书馆，把收到的图书全部放在图书馆。

两个月后，图书馆竣工，名叫京寨图书馆。建设善款余下的一点钱，全部用于购买图书。把新旧图书整齐地摆放在图书馆里。学生们都喜欢在课外活动时间，跑到新建的京寨图书馆阅读。

清晨，同学们愉快地走进校园，校园里书声朗朗，学生们有的在阅览室读书，有的在励志亭读书，有的在伞形的桂花树底下读书。一阵清风过来，就想到："风声雨声读书声，声声入耳；家事国事天下事，事事关心。"

天空无云，愉悦有情。吴一再次到新寨村小学调研，校长龙远见陪同，他俩到学生家家访。一个学生的家住在这一片最高的山上，从下往上看，一座三间三层吊脚楼全在凹凸不平的石头上。不用一钉一铆，依山而建，没有破坏自然生态，雄伟壮观。吴一不断地赞叹侗族建筑技艺的高超。

进了学生的家，学生的奶奶在照顾曾奶奶。曾奶奶93岁，患有严重的白内障，已经到了失明的地步，有三年了。详细了解情况后，吴一提供车费和食宿等费用，带老人家去三水县医院做白内障手术。真是无巧不成书。广州医院眼科医生一行人正好到三水县做对口帮扶工作，杨德胜是眼科界名医。他观察了老人后说，可以通过白内障切除手术，可以把问题的根部切除，使患者能恢复视力。手术非常成功，老人家很快又重见光明了，他们一家都十分感谢吴一的帮助。

吴一与龙校长面对小学的现状，规划着小学的未来，有针对性地采取有力措施，二人真是"英雄所见略同"。下午课外活动时间，在京寨图书馆里，龙校长主持召开教师座谈会。会上，吴一作了精彩的演讲。他在特色办学方面有独特的见解，他认为，侗画是侗族民间美术的重要组成部分，侗族民间美术是中华美术的一朵奇葩。只有民族的，才是世界的。有作品才是硬道理，希望我们小学的学生能够全面发展，成为对社会有用人才。

会后，吴一把一个大信封交给龙校长，里面装着3.6万元的善款，用以建设新寨画院。龙校长代表全校师生向吴一表示衷心的感谢！"这微薄事，不可张扬，不用感谢！这是我喜欢做的事，也是我应该做的事！"吴一对着龙校长说。

吴一与龙校长边走边聊，绕过励志亭，走上望远亭。远望，重重山峦，潺潺溪水，层层稻田，垄垄茶叶。近看，密密木房，高高鼓楼，长长福桥，新新井亭。不过一支烟工夫，便到了新寨鼓楼。在那里吴一和龙校长听一位老人家谈侗族历史文化，讲古代侗族神话故事，他叫公定胜，是戏师，也是"耶"歌师，又是二胡演奏家。

吴一同新寨村的戏师潘时斌到他家里。厅廊洁净，茶几干净，窗户向东开着，西侧有个通往三楼的楼梯，天花板下吊着电灯和煤油灯。潘时斌从三楼拿来一沓泛黄的本子，其中一本是侗戏《梨园画师》，吴一对这本书产生了浓厚的兴趣，翻了又翻，问："潘老师，我想借这本书拜读一下，可以吗？""可以，拿去吧！我全记在心里。"潘时斌爽快地回答。在来之前，

添墨水重登巨厦，踏实基再上高峰

吴一曾听人讲过一个关于潘时斌故事。有一年冬季，潘时斌去稻田村导演侗戏《梨园画师》，刚到村里，演员们大摆长桌宴，邀请他共进晚餐。酒足饭饱后，到戏台去排练，有个新演员问："老师，您剧本带来了吗？""带来了啊，剧本在大脑里。"潘时斌微笑着回答。接着，他陆续写出主角和配角等角色的分剧本交给新老演员。在导演的过程中，有些演员忘记台词，潘时斌却能够马上精准对上来。由此可见他对剧本的烂熟于心和对侗戏的热爱。

《梨园画师》描述了画师韦喜多曲折的人生故事，谱写出一曲主人翁热爱画画、热爱生活、奉献社会的赞歌，展现了侗乡自然秀丽、人文精美、生活多彩的广阔画面，歌颂了人间的真善美。故事情节曲折，语言精练，每场演出都能收获观众好评。

在稻田村赴柚子村进行文化交流期间，稻田村的演员们非常受到欢迎，被柚子村主人邀去做客，手臂都被拉长了。到这个村演出，再到那个村唱戏。一村接着一村，一屯连着一屯。以戏会友，以艺传情。《梨园画师》每次演出，都会获得掌声、侗布和红包。

吴一与潘时斌在艺术交流中，相谈甚欢，相见恨晚。最后告别时，潘时斌将吴一送到吊脚楼下，再送到鼓楼坪，依依不舍，最后握手告别。

吴一坐火车回到京都师大那天，正是儿子吴尚美满五周岁的生日。王中华早已煮了一个猪头、一只土鸡、一条草鱼、三个鸡蛋，备好五个酒杯和九根香。一家人在简易的神龛面前祭拜，不忘祖德，牢记先恩。行耕读事，做忠孝人。祈万事顺利，祷一生平安！

"爸爸妈妈，我要鸡蛋。三个都给我!"吴尚美撒娇道，他平时很喜欢吃鸡蛋。"只要你喜欢吃，三个都给你，祝宝宝健康成长!"吴一和王中华开心地说。吴一与王中华不管是工作还是生活，都从来没有埋怨谁，他们相敬如宾，结婚以来，一直互相鼓励、互相帮助。是一对模范夫妻。

吴一调研结束后，撰写了一篇题为《中国侗画新思考》的论文，在全国美术界引起了很大的反响。随着国际学术的广泛交流，吴一在一次国际民间美术研讨会上作了发言，并且在民间美术方面，吴一获得了两个金奖。

京都师范大学出版社社长吕品找到吴一，准备策划出版了一套新时期最新教学科研成果系列丛书，吴一的论文作为第一卷首先出版发行，首先是作为师大教材，其次是在全国各地书店上架销售，销量可观，受到了业内人士一致好评。

以后，吴一画业怎样，前景如何? 有诗云:

> 增添墨水上高楼，脚踏实基莫怨愁。
> 后辈奇才三世用，前程美景百园优。
> 师生喜谱新希曲，校寨欢收硕果秋。
> 画院学员齐向上，追寻艺术到源头。

添墨水重登巨厦，踏实基再上高峰

第17章

◆

收弟子观心观面，下功夫有种有果

吴一吃过晚饭就到书房看书，他有不动笔墨不看书的习惯，每当有疑问，就找大量的资料，分析综合，直到解决问题，解决不了的，就第二天通过电话咨询自己以前的导师。当月亮的银光洒向书桌时，吴一心知应该休息了。到了夜深人静之时，他躺在床上，身在梦乡，睡得很香。

上课时，一个学生问，"老师，这张画，我是凭感觉而画，现在画出来，思来想去，不知取什么题目好。""这是一幅非常美好的图景，红红的太阳从东方冉冉升起，前面是秀丽的山河，再前面是柳绿花红。如果我画，题目应该是'江山多娇'。"吴一画家回答学生。又有另一位学生问："吴老师，我学了这么久的画，在一定程度上，取得了一些进步。家里爸爸说我学画没用。""有用，肯定有用。画画是一门艺术，通过努力可以学好。达到'学好'有几个层次，有世界一流的、有国家一流的，另外，还有其他一流的。只要你达到一流以上的水平，就有用处，也就是说，有饭吃了。其他二流及以下的水平，也有用处，但是用处略小一点。看待问题，要相对分析。针对这一边是强一点，针对那一边又是弱一点。你的画画水平提高了，达到一定的程度，总会有相应的人跟你买画。你可以凭画来养家糊口，也可以凭其他的事业来生活。比如说，我吴一就是凭着画画这个事业来生活。在生活之外，还可以做很多的好事实事。"

几年来，吴一在学历上得到提升。因材施教，获得了教学奖。刻苦画画，开阔思路，画展增加了若干场次。与妻子携手并肩，克服了困难，取得了成果，收获了快乐，得到了幸福。

在大学里，吴一对学生说得最多的话就是，先做人，后绘画。在校外，吴一的家就是辅导站，他对刚刚进校的学生说："画画，从做人起步，从拿笔开始。一步一步来，不要急。""心急吃不了热豆腐。"他耐心辅导学生，循循善诱，像呵护自己的孩子一样。

吴一因材施教，效果好，美誉度高，在校外一传十，十传百。上门恳求吴一收自己当门徒的学生也越来越多，以赵学绘为首的北峰画画爱好者专程到京都师大恳请吴一收自己为弟子。吴一说："学画最重要的是，喜欢画画，真心画画。不是写在嘴上，而是画在手里，画在心中。"又跟他们讲了很多道理："心正则画美。只要有恒心，铁棒磨成针。是不是门徒，不重要。重要的是，要有一定的格局，加上百般的勤奋，才能画出一流的画作。有好的想法和好的行动，一定能走向成功。每一个人都有自己的理想，要实现自己的理想，有很多条路径可以走。有的走弯路，有的走捷径，有的走半弯半捷的道路。里边有很多的奥妙，可用很多的办法。我们要做的工作是，找出最好的办法。这个最好的办法可以用智慧来获取。这个智慧可以通过自学得到，也可以在老师辅导下得到。我要说的是，当弟子求学问容易，有好品行难得。"

秋天的一个星期六，天空是瓦蓝瓦蓝的，几朵雪团一样的云朵，慢悠悠地随风飘移着。吴一登上一座山，远望湖水，湖面平得像镜子一样，他坐在一根横木上仰望天空。这时，一只雄鹰高高地盘旋在湖面上，它的翅膀几乎不用扇动，仅靠气流和高超的滑翔技术，就足以翱翔在这片天空。

吴一在想，鹰的眼睛很利，嘴和爪子也很厉害，能以最快的速度抓到狐狸。如果狐狸做坏事，总是逃不脱鹰的魔爪。如果在牧场旁边有鹰的巢穴，那么，羊群就不会得到安全。

吴一又想，燕子是吉祥鸟。人们都喜欢它在自己的家里筑巢。在当地，燕子筑巢的家庭，都是殷实的家庭。

吴一在那里呆如木鸡，想这想那。任何事物都没有绝对的好，只能是相对地好。人也一样，人无完人。人们都希望吉祥如意，期望自己一辈子没有一点点厄运。

不要胡思乱想，要脚踏实地。吴一在那里全神贯注地写生。正在这时，一群男孩和女孩爬上山来。这帮孩子有好奇心，又有一颗诚挚的心。无论吴一走到哪，都跟着他。他们不约而同地爬到山上来找自己崇敬的老师，追寻画道，历尽艰辛。从学校找到家里，从家里找到书屋，从书屋找到山上。目的就是恳请老师收自己为徒弟，让自己的画路走得更宽，走得更远。

吴一停下手中的画笔，收拾画具等行囊。学生跟着老师回到家里。首先映入眼帘的是，墙壁上挂着全家福。形象逼真，生动传神。这幅画像是世界顶尖级的摄影师拍摄的作品一样。

在客厅里，八仙桌边围着赵学绘等六个学生和吴一、王中华两个主人，小朋友吴尚美在客厅里摆弄着自己玩具。师生共聚，主客同欢。学生崇拜老师的绘画，老师针对画画展开评论。把酒言欢，每一杯酒都有浓浓的真情。赵学绘借花献佛拿着酒杯向吴一、王中华敬酒。李丹心双手拿着酒杯，唱着敬酒歌："敬您一杯酒，老师把徒收。敬您两杯酒，跟您四方走。敬您三杯酒，美画天天有。敬您四杯酒，更上一层楼。"大家欢声笑语，满堂喜悦。

吴一、王中华送学生们到楼下，聊了十多分钟，握手告别。

王中华回到厅里，坐在沙发上，喝了一杯茶后对吴一说："从刚才几个学生的言谈举止来看，当我们的亲传弟子是合格的。不过，以后怎样难以预测。事物是发展变化的。一个人在不同的时期，不同的地点，不同的地位，其言行是不一样的。假设我们收关门弟子，其品行一定要放在第一位。艺术可以慢慢地提升。如果品行不好，艺术就不会好到哪里去。书法界有一句通俗的话：'人正则字正。'我认为绘画也是如此。"

"我们是做'以文化人，以文育人'的工作。尤其是美育工作，按照时代特点和要求，对那些至今仍有借鉴价值的内涵和陈旧的表现形式加以改造，按照时代的新进步和新进展，对民族优秀传统文化的内涵加以补充、拓展、完善和发展，让民族文化展现出永久魅力和时代风采。"吴一说。

"传承弘扬民族优秀传统文化，要推动传统文化与现实文化相融相通。深入挖掘和开发民族文化讲仁爱、重民本、守诚信、崇正义、尚和合、求大同的时代价值。"王中华越说越有劲。两人移步到阳台，远望校园的古树。古树参天，一派茂盛。他俩前几年在宿舍旁栽的六棵白杨树，现如今都是亭亭玉立，像卫士一样正直强壮。古树与新花和谐共生，老师与学生和睦共处。

王中华对吴一说："他们这帮孩子各方面都是可以的。如果我们不收他们为徒，反而是我们的不对。他们是学习，以求进步。我们当老师的，传道授业解惑，也是应尽的责任。"

秋末。赵学绘、李丹心等六个学生从北方到南方找到吴一老家高平村。

恰巧吴一和王中华及学生一行人在南方调研，吴尚美暂且由王中华的母亲照顾，夫妻一同外出。以三水县为中心，在林江乡、仙山乡和银峒乡三个乡开展采风和写生活动。他俩到三水县的乡下已经10天了，还剩3天时间可以回老家看看父亲。

当吴一夫妇俩回到高平村时，正好与学生们遇见。学生们跟吴一和王中华聊了很多画画的心得，谈国画、聊油画、讲水彩画、说侗族画。话题越来越多，趣味越来越浓。吴一邀请学生们留下来吃饭，学生们主动做起了家务，有的淘米，有的洗菜，有的烧火，挑水、煮饭、炒菜。他们有的说侗话，有的讲汉语。南北语言相通，师生感情交融。准备晚餐，一片繁忙。房族每家都拿来自家的糯米饭、酸鱼、韭菜会聚三大桌，连接起来，摆成合拢宴，接待远方的贵客。主客错开座位入座，族长站起，双手拿酒碗，口念祝酒词："客至我开怀，侗乡寨门开。一生好运到，四季幸福来。干第一碗！"大家一饮而尽，碗底朝天。主客寒暄，谈一些习俗。吴爸爸又唱敬酒词，"贵客新新到，房族个个笑。但愿人人俏，长生永不老。干第二碗！"主悦客欢，笑意写满了喝酒人的脸上。

同学们一起拿着酒碗到族长和吴一父亲面前敬酒，再敬其他房族和亲戚，又到吴一和王中华面前敬酒，并说了很多很多的真心话。

"两位老师，如果您不收我们当画画徒弟，那么我们住在高平村就永远不回去。"六位学生说。

"好啊！你们就留下来当我们的姑爷和媳妇！"在旁边有人调侃道。

"不说什么了，今晚我们的重点是喝酒。谈酒文化，讲侗族文化。喝酒是侗族饮食文化的重要组成部分，饮食文化是侗族厚重文化的一个部分。我和你们同干。"吴一一边答话，一边敬酒。六位同学和两位老师同时碗底朝天，各位回归原来座位。吴家人都夸赞他们北方人酒量真不错。

学生们从吴一家喝酒出来到村中心戏台与村民联欢，主题是"师生情——民间艺术绽放"。赵学绘的快板《大山凤凰》、李丹心的独唱《师生情深》、钱有余的二胡独奏《梁山伯与祝英台》、张红青的《秋之舞》、孙知恩的《找恩人》、王利群的桂剧《穆桂英》选段，出出好看，段段精彩。高平村的芦笙舞和大型"多耶"，把联欢会推向了高潮，现场响起雷鸣般的掌声，惊醒了寂静的山村里的夜，宁静的山村变成了欢乐的世界。一个多小时的演出结束了。观众觉得不过瘾，要求再加节目。盛情难却，赵学绘当场画画，李丹心演唱《山村之夜》，钱有余伴奏。画作美、唱功好、乐曲妙，给山村送来了艺术，带来了欢乐。当晚闭幕后，亲戚们争先恐后拉着贵客去自己的家吃夜宵。

第二天，主人带着赵学绘等客人去山里劳动，体验侗族山村的耕耘劳作。赵学绘扛着锄头，李丹心拿着镰刀，钱有余背着竹篓，各人都背着柴刀。在劳作过程中，他们汗流浃背，却不喊苦，不喊累，仍然坚持着，感受到了农民们劳动的艰辛。

"城里人领略了秀丽的自然风光，了解了侗族地区厚重的文化底蕴，探寻到丰富的旅游资源，感受到了南方少数民族，尤其是侗族的热情好客。"李丹心深有体会地说。

　　回到吴一家中，学生们又向吴一提出愿做弟子的恳求。这时，吴一亲切地跟他们表态：他十分愿意做他们的老师，愿互相学习，教学相长。

　　吴一带着大家到飞山庙，纪念民族英雄杨再思。在庙内，六位学生和两位老师都上了香三根，再鞠躬三次。

　　第三天，客人离开吴一的老家。房族亲戚各位乡亲吹着芦笙将客人送到风坳外。

　　在学校里，吴一和王中华继续忙着备课，讲究因材施教。学生在不同的时段，学习不一样的内容。国画基础打好了，又继续学习和研究民间侗画。"我们听吴老师的课，从来不感到疲倦。"赵学绘说。

　　以后，吴一和王中华发展怎样，前程如何？有诗云：

　　　　师徒愿意寨中结，更善图云再上阶。

　　　　教授门生求惠众，歌吟地域赞英杰。

　　　　城乡处处通新路，李柳家家享好车。

　　　　五彩山村铺画卷，秋收硕果跳"多耶"。

第 18 章

◆

一门生失去记忆，两老师速来帮忙

赵学绘一边急跑，一边大喊："爸爸，妈妈，快快救我，有人要打我杀我。"赵学绘父母跟在后面："没有谁要害你，都想救你，都想帮你，都喜欢你。"赵学绘跑进超市，左手拿毛巾，右手要糖果，将超市里的商品丢满一地；跑进饭店，左手碰对碗，右手碰对杯，把饭店里的碗杯碎满一地。待赵学绘头脑冷静后，他的父母再到超市和饭店赔礼道歉，赔偿损失。不管是超市，还是饭店，都十分同情这对父母。父母百般耐心，一边给孩子服药水，一边给他讲故事，试图找回记忆。可赵学绘的记忆有时清楚有时糊涂，反反复复。精神时有时无，迷迷糊糊。

看到这种情况，赵学绘的父母，不肯放弃，一定要把自己的儿子治好。赵爸爸对妻子说："握紧拳头，再想想办法，会有办法的。"他们会一点点帮助儿子，由失去记忆到有点记忆，再从有点记忆到有较多记忆，从较多记忆到更多记忆，一直到恢复记忆。这是一个漫长的过程，也是一个艰辛的过程，在这苦涩的治疗过程中，只有父母体会最深。

赵妈妈继续给赵学绘讲故事，孩子有时感觉较好，有时感觉不太理想，但不管怎样，有一点点进步就是对父母的安慰。母亲对赵学绘说："妈妈永远对你好，现在这个样子，你已经对妈妈有信心了，我对你更有信心！"赵学绘不说话，有时点一下头。

　　父母略不留意，赵学绘就跑到外面去。父母宁愿把学绘留在家，不愿他到处乱跑。如果他不小心弄伤自己，作为父母，更是心如刀割。都说孩子是父母的掌上明珠，此时生病的赵学绘更是如此。想到这里，赵妈妈就泪如雨下。雨期已经结束了，她打开东窗，面朝太阳升起的地方望了又望。她擦干泪花，看到了太阳就看到了希望。

　　为了防止赵学绘走失，父母经常从外面把家里的门锁上。赵学绘只认识母亲，认不得父亲。母亲可以正大光明地进门，父亲不行，他每次都是偷偷摸摸地溜进家门，一不小心被赵学绘发现，就要颇费一番唇舌。

　　星期天的晨曦，赵妈妈出去锻炼身体了，赵爸爸不得不面对儿子，反反复复六次被儿子撵出家门。

　　第一次进家，赵学绘把他请出去："你找错了，我不是学绘。"

　　赵爸爸说："学绘，我是你的爸爸啊。"

　　赵学绘说："父亲？我不认识你。"

　　赵爸爸说："学绘，我是你的爸爸，爸爸啊。"

　　赵学绘十分惊讶，说："什么？爸爸居然在外面结婚了？不管妈妈了？等他回来，我要骂他，教育他，要教他如何做人做事……"

　　第二次进家，赵学绘礼貌地说："你找错了，我不是学绘。"

　　赵爸爸说："学绘，我是学校的同学，到家里来约你去学校。"

赵学绘仔细看了看，说："你不是我的同学，也不是我的女朋友。我的女朋友比你漂亮。"

后来赵爸爸又谎称他的同乡，赵学绘还是不信任他。

赵爸爸没有办法，他垂头丧气地到邻居家坐下，跟邻居聊。邻居说："学绘很喜欢画画，你找一个会画画的人来，可能对帮助记忆有用。"

赵爸爸想了很久，有办法了，他想到了学绘最崇拜的老师吴一，可以冒充吴一试一下。于是他在门口喊了一声："学绘，我是吴老师，我来看你了。"赵学绘立即引着"吴一"到家里坐下，并且恭恭敬敬地给老师倒茶。"师生俩"谈天说地，越聊越有味。赵学绘说："吴老师，您永远是我的老师，我永远跟着您！我俩要喝两杯，好久没喝酒了。"

酒足饭饱，赵爸爸说："学绘，外面很吵，我要一间房，静静地画画。"天色晚了，就住在赵学绘家。

如此这般，赵爸爸平安顺利地留在家里吃住了。

赵爸爸左思右想，自己只有饰演吴一，才能在家里待着，不如请吴一老师来家里看看具体情况。

第二天，吴一和王中华来到赵学绘的家。赵爸爸把赵学绘失忆的缘由简单讲了一下。原来是在一次写生中，那天道路很滑，赵学绘脚滑失去重心摔了下去，后脑刚好碰到一块石头上，醒来后就失去了记忆。

赵爸爸演了一整天"吴一"，赵学绘已经习惯喊他老师。现在突然出现两个吴老师，顿时觉得不对，他说："后面的那人不是老师。"

赵爸爸、吴一和王中华继续帮助学绘找回记忆。赵爸爸说：

"学绘，你还记得第一次到吴老师的家里吗？你说，教授的家里画的东西太美了，像现实的花园一样。"赵学绘在那里摇着头。

吴一说："学绘，你还记得我们在山上远望湖面画画的情景吗？"赵学绘还是摇着头。

王中华说："学绘，你还记得我们在京都师大布展的情景吗？"赵学绘的头摇得比原来更厉害了。

赵学绘说："吴老师与王老师只在一起工作，不在一起睡觉。""学绘，不要乱说。吴老师、王老师，对不起。"赵妈妈要拉着学绘进里间屋子里去。"没关系的，你不要责怪他。"吴一和妻子异口同声地回答。

赵妈妈又说："今天你们二位没有被拒绝在家门外，学绘总算是比前段时间好得多了。可是要找回记忆，还有漫长的路要走。"

吴一握着赵爸爸说："慢慢来。只要学绘有进步，我们就会更有信心帮助他找回记忆。"王中华也握着赵妈妈说："我们一起努力，相信学绘很快会好起来的。"

一周后，吴一和王中华再次到赵学绘的家。赵学绘的父母同他们寒暄几句后，就直接进入主题。赵爸爸说："这几天，学绘的情况相对好一点了。学绘后来一直很自责，觉得自己说错话了，十分对不起两位老师。听学绘说话的声音，跟没生病时一样。总之，他的情况时坏时好，总归不是完全没希望了。"

"那就好。我和王老师来，就是来帮助学绘恢复记忆的。"吴一说。

吴一和王中华来到赵学绘的房间，这是一个不到 20 平方米的书房，四面墙壁上分别挂着春、夏、秋、冬四幅山水画。桌面上有鼓楼、风雨桥两幅侗画，用玻璃压着。书桌的左旁立着一尊塑像，就是吴一的同等身高的雕塑，栩栩如生。书桌的右边是一幅竹刻的诗书作品。这些艺术作品，都是赵学绘的原创。不管是书画作品，还是雕塑作品，都是国内一流的。

吴一与赵学绘近距离的交谈，两个人都拿着画笔画画。惯用的姿势都是以前的动作，左手食指和中指夹着一支香烟，再无名指勾着，这是"兰花式"的抽烟法；右手拿着画笔，在吞云吐雾中画画。

吴一和赵学绘师生两个同朝一个方向，分别在两张桌子上各自画画。有时候，赵学绘瞧一下老师再画一笔，或者吴一瞄一下徒弟再加点颜色。师徒俩的画作，怎样看都那么的和谐。这时候的学绘，完全沉浸在绘画构图中，好像没有生病一样。

吴一说："我的作品完成了。"赵学绘紧接着说："我的作品也完成了。"师徒俩动作都很快，像竞赛一样，生怕时间慢了，比不上别人。

又过半个月，吴一和土中华第三次来到赵学绘家。

这个时候，赵学绘的情况比以前好多了。说话思维不太乱，思路比原来清晰，看人也能叫出一部分的名字。以前的情景慢慢在他脑海中呈现，特别是画画的情景，最容易恢复记忆。他和老师、同学下乡采风、外出写生，那些情景更让他难忘。每当谈到画画，他就信心百倍。每谈到吴一，就特别地激动。

赵学绘从书房中出来，向老师们问好。吴一和王中华关心他最近的学习情况，尤其是画画的心得体会。赵学绘虽然讲话很慢，但还算有条理。

吴一和王中华带着赵学绘出门到比较空旷的地方坐下。王中华提议，以吴一为模特，她要跟赵学绘比赛画画，看谁画得既好又快。于是，各自拿着画板，在那里认真地画着。吴一笑容可掬，赵学绘一边画，一边哭泣着。

吴一过去安慰赵学绘："学绘，你怎么哭了？""老师、师母！我对不起你们，给你们添麻烦了。我听父母说，你们为了我消耗了很多的精力，浪费了很多的时间。非常抱歉！"

王中华说："学绘，其他暂时不说，我俩画画比赛完成后再说也不迟。"

大约一个小时后，王中华和赵学绘同时完成画作，他们把作品铺在草地上。乌黑的头发，有神的眼睛，微笑的面孔，高直的鼻梁，帅气的身材，笔直的西装，油亮的皮鞋，好像好莱坞电影里的大明星一样。

月末，吴一和王中华第四次到赵学绘的家。聊天发现，赵学绘已将前次两位老师与他赛画的情景全部忘记。"吴老师好，王老师好！学绘有时记得很好，有时忘记很快。距离完全康复，时间还长咧。"赵妈妈说。"学绘妈妈，不要急。我听一个老中医说，用草药慢慢调理，能使记忆恢复较快。"吴一说。"学绘妈妈，西医与中医结合，取其精华而试用，对恢复记忆有好处。"王中华说。

赵妈妈听了两位老师的建议，用了中西医医生的处方，也试过西医主治医师给的西药，早晨跑步、做体操，早饭后找医生把脉、抓药、煎药、服药，午后针灸、按摩，下午画画，晚上雕刻、写日记，入夜后进入梦乡，赵学绘常在睡梦里喊着吴一的名字、向他请教问题。这正是"日有所思，夜有所梦"的结果。

往后的两个月里，赵学绘一边接受西医治疗，一边由中医的调理。坚持早上锻炼，上午画画，下午雕刻，每天有条不紊地进行着，赵学绘记忆慢慢地恢复了。

他跟父母打乒乓球，跟老师同游泳，跟同学进行长跑，跟画友同写生，在家庭和校园中愉快地度过每一天。赵学绘的父母很欣慰，从这几个月的治疗看来，儿子有点希望了。

半年后，赵学绘完全恢复了记忆。吴一和王中华及学生等18人亲临赵学绘家，祝贺并慰问，送给他了一幅吴一写的"安康是福"的草书作品作为纪念，这幅字写得龙飞凤舞，行云流水，开合有度，苍劲有力。赵学绘双手从吴一教授的手里接着礼物，并向老师、同学们深深地鞠了一躬，表示感谢！然后，大家到客厅坐下，赵学绘和他的母亲给大家倒茶，这些特产是从高平村带来的藤茶。师生品茶的时候，又回忆高平村的鼓楼、风雨桥和吊脚楼，又愉快地聊起路边井亭的一些有趣的故事。高平村的每个井都建有亭子，叫井水亭，井水亭的柱子上常常挂着一些草鞋。路过亭子的客人，草鞋烂了，可以换一双新草鞋，再喝一口清爽甘甜的井水，便可继续赶路。客人走了，往往还会回过头来看井亭上的对联："换一双草鞋，东西南北顺也；饮两碗泉水，春夏秋冬康乎。"

喝完茶，赵学绘带大家参观他新布置的书房，他将原来挂的作品收起来了，现在挂的全部是侗画。四面墙壁挂的是大歌、鼓楼、福桥、亭子。书桌两边摆的是孔子的塑像和关云长的雕塑。赵学绘的每一幅侗画作品，既有古朴的传统美，又有现代的创新美；雕塑作品，都是精雕细刻，工艺精湛，堪称佳作。这些作品，具有优秀传统文化的内涵，展现了侗族的建筑美、立体美与和谐美，融思想性和艺术性于一体。

师生同欢共饮，互帮共励。欢聚一堂，美画一地。

以后，吴一夫妻发展怎样，赵学绘进步如何？有诗云：

门生记忆有失常，教授夫妻速去忙。

父母怜儿人世事，师生举善义篇章。

崇德尚艺一生献，爱画欣音万众康。

日月星辰明作证，中堂美术耀祥光。

第 19 章

学生母家中生病，老师兄岭上采药

从赵学绘家告辞后，李丹心回到学校，久久不能入眠，索性出门围绕着一排桂花树散步。夜，月满星稀，空旷无比，静得连掉落一根绣花针也能听见。

黎明前的黑暗，伸手不见五指，天空像墨水染过一样。正在这时，李丹心的母亲双眼一黑，两脚全软，肚子疼痛难忍。李丹心的父亲用右手在妻子的肚子上按摩，试图缓解一时之痛。大空微亮，叔伯兄弟将李妈妈送到郊区医院。医生开单检查后说："没有什么。只是肝功能有一点小问题，我开个处方，家属去抓几包中药。回去按时服药，多锻炼，就可以了。"李妈妈听医生的话，照处方办事没再出现问题。又过了一个月，李妈妈却在菜园中突然晕倒，被路过的同村人发现，把她送到医院，这次一晕就是 3 天。李丹心从京都赶到老家医院。坐在病床边，看着昏迷的母亲，她握着母亲的双手，泪流不止。李丹心问父亲："妈妈到底是什么问题啊？""医生说从检查看，没发现什么特别的，应该是劳累过度。"李爸爸回答说。

周六晚上，月明星稀。吴一与赵学绘在江景的亭子里坐在长凳上，整个亭子披着银光。"在你失去记忆的日子里，父母为你操心，老师为你担心，同学为你操劳。经历了无数个不眠之夜，你的父母都消瘦了许多。现在看见你的样子，我很高兴，大家很高兴。"吴一感慨道。"大家为了我，真是辛苦了，特别感谢大家。"提到这件事，赵学绘眼睛都湿润了。吴一说："作为老师，最大的希望就是自己的学生有志向、有行动、有成绩，对社会有用。"他俩一边聊画画，一边仰望天空，看看月亮，欣赏美丽的夜晚。"吴老师，我想，可以把我们俩的一些作品合集出版，您觉得怎样？"赵学绘提议说。"好啊！这是很好的建议。刚好我们两人的作品也比较多，单从最近的画展就可选出出版一册。最近我捐了一些款用作赈灾。现在是万事俱备，只欠东风。"吴一回答。"全部费用我出。我在做家教的时候攒了一些，足够出书了。"赵学绘望着老师说。两人一拍即合，就这么说定了。

吴一想了想，决定书名《南方画苑集萃》，总共整理280幅作品，还需要20幅作品。这段时间，师生两人便全身心投入绘画之中。吴一完成最后一幅的时候，他到院子寻找灵感。这幅画的题目已经拟好，叫"水乡江南"。画上一条小船迎面而来，船上的艄公头戴斗笠，身披蓑衣，脚立中间靠前，双手划船，两眼朝前。六只鸬鹚平排在船头。它们听到口令，一下子，全部穿下水底，一会儿，全部跃上水面。鸬鹚嘴巴叼着鱼，再飞到船里，将鱼全放到船中，肚里装的都吐到船里给艄公。

星期天，吴一和王中华到校园外的一座山上，坐在紫藤下的石头凳子上。架上画夹，右手拿画笔，左手抓稳画夹，面对晨曦聚精会神地写生。

紫藤下，有人在那里眯着眼睛拉二胡，一会儿，加入了一阵优美的歌声，隐隐约约中，有笛声飘来。拉二胡的人拉得有劲，唱歌的人声情并茂，吹笛的人全神贯注，观众掌声阵阵。这种静中有动，动中有静的境况。吴一感觉非常美妙，画画恰逢有乐队伴奏，画中有音，音中有画，增添了无穷的韵味。

"吴老师，刚刚接到消息，丹心的妈妈病重，急救住院。"赵学绘打电话过来，吴一两人立即收拾画具回去，第一时间赶到医院。进入病房，他们将带来的鲜花水果和营养补品等东西放在桌面上，王中华握李妈妈的双手说："丹心妈妈，你一定要坚强，早日康复，尽快回家！"

李丹心在病床旁忙前忙后。其他人很认真地咨询医生、商量怎样把丹心的母亲治好。吴一说，以前我听叔公讲，昏迷三天不醒的人要用祖传的中医治疗法，通过服用醒脑汤，再加上点穴位，又按摩双手和两脚，慢慢地就能康复。

吴一和王中华到后不久，赵学绘等同学也到医院看望李妈妈，给她送上鲜花、营养品，安慰伤心的李丹心。

中医说，有一种草叫仙草，生长在泰山山巅，三年长一棵，能够治疗各种疑难杂症。于是赵学绘等一干同学决定去泰山为李妈妈采药。

有仙草的地方，通往那里的路径都是布满荆棘的。赵学绘在前面掰开荆棘，踩着杂草，慢慢地走出了一条简单的新路，其他同学跟着一步一步地往上爬着，克服七七四十九重困难，个个都累得汗流浃背。

仙草的生长之处看似很近，实际上还有三分之一的路程才可以到达目的地。这个时候，赵学绘不小心被紫藤绊倒，摔了一跤，嘴巴磕到了前方一节树干上。后面的同学赶紧上前，钱有余把他扶起来，发现地上还有两颗带血的牙。"疼吗?!"张红青担心地问。"只要能治疗同学的母亲，这点痛算什么?"赵学绘坚强地回答。

此时，他们看到了前方的仙草。这棵仙草，非常的茂盛，像一兜大叶子韭菜一样；从远处看，绿油油的，像要滴油一样；从近处瞧，似黄金闪着亮光。从不同的角度看，颜色不尽相同，形状各不一样。

到了悬崖，大家将棕榈绳子的一端捆着赵学绘的身子，另一端拴着一棵松树。四个同学拉着，赵学绘双手抓紧绳子，缓缓地从上往下移动。终于，找到了一个适合的位置，能够放下双脚。赵学绘弯下腰，左手抓绳子，右手采仙草，他将草药放在口袋里，大喊一声："药采到了! 拉我上去!"

突然，赵学绘踩到了一块松动的石头，石头滚下，差一点就跟着石头摔下山崖，拉绳子的同学们吓出一身冷汗，用尽全力奋力拉着他，才没让他摔下去。但装着草药的口袋却掉下去了，没入山下的滚滚河水中。

刚得到的仙草又没了。赵学绘懊恼着自己的不小心，他只好再看看周围，发现下面一点有第二株仙草。

赵学绘很小心地往左边移步，上面拉绳子的同学也往左移步，终于摘到了第二株仙草，他把仙草放在衣服口袋里，把扣子扣好。虽摘得了仙草，但是，爬上去比下来更难几十倍。他心里想，难也要克服，一定要克服。

在上面拉绳子的王利群姑娘特别焦急，趴在悬崖边接应赵学绘，赵学绘怕仙草再次掉下悬崖，于是先把仙草拿出来交到王利群手里，用尽最后一丝力气爬上了悬崖。此时的赵学绘已经大汗淋漓，累得一点力气都没有。

但几个人不敢有丝毫耽误，稍休息后就迅速赶回去。

到了医院，中医将仙草捣碎敷在李妈妈的头部和四肢。到了半夜，月光照在病床上，明月好像挂在天边的一个玉盘，突然，病床上李妈妈的眼睛慢慢地睁开了。

这是她住院 7 天后的第一次清醒。李丹心见母亲醒了，很高兴地抱着母亲，激动得一句话都说不出来，泪水湿润了眼眶。这是激动的眼泪，又是幸福的眼泪。

经过一周的精心治疗，李妈妈的身体各项指标都恢复如常。

"我到阎王门前报到，守门人拦着我不让我进，说我善事负担还重，做完再说。嫦娥也托梦给我说，要在人间把应该做的好事完成后，我才能商量报到这件事。在那里很闷热，于是，我就回来了。"李妈妈回忆说。大家听说她在月光下醒来，又听她神秘的说法，半信半疑，都目瞪口呆。"这是幻觉，人在发高烧的时候很容易胡思乱想。不管怎样，现在病好了就是好事！"吴一解释说。

"这次疾病的大检查大治疗、健康的大考验，使大家深深地认识到中医的博大精深，进一步了解中西医结合的现实意义，同时，体会到保健的积极作用。"顺利出院后，李妈妈对谁都这样说。

清早，天边露出肚白，李丹心和父母进行小跑锻炼。"爸爸妈妈，在这个世界里，我家最快乐、最幸福！"李丹心自信满满地对父母说。

吴一和王中华送李家夫妇回到老家后，便回了京都师大。

《时代鼓楼》新鲜出炉。同学们闻讯赶来欣赏吴一的新作品。这确实是一幅精美的画作，同学们赞叹有加。从立意选材，再到构图添彩，后到浓墨收笔。挥毫落墨，浑然天成。

　　第二天，吴一和赵学绘等同学再到往日的山上。师生六人坐在六个石凳上，朝六个方向画画，同作同题画《山湖新貌》。不久，6幅新作问世，6种风格，后来都收藏在国家高雅的艺术殿堂。

　　季秋时节，李丹心的父母到京都旅游。吴一等师徒带着李丹心的父母畅游京都，到过皇帝陵、山水名城、天门、御园、学府、诗苑、墨轩、笔庄、画堂等地方。又到吴一的画室观赏老师现场挥毫泼墨，吴一还送了一幅画——《浓浓的乡情》给他们作纪念。"我这辈子，参观天下最美的城市，欣赏最美的画堂。我值得，我要过好每一天！"李妈妈高兴地说。

　　以后，吴一师徒发展怎样，事业如何？有诗云：

学生母病在家中，教授知之救助同。

采药山巅得盛草，行足画圣绘英雄。

离疾去患康途利，创业安家运气荣。

上品师徒传后世，宏图彩苑享昌隆。

第 20 章

◆

大师兄一血救命，小师弟三考摘金

时至 1995 年 8 月，吴一教授的儿子吴尚美刚刚满 7 周岁。吴一、王中华与赵学绘、钱有余、孙知恩、李丹心、张红青、王利群师徒八人去南方崇善画院，并在画院举办简单的庆贺生日仪式。画题叫《尚美》，以吴尚美为模特，8 位画家各画 1 幅人物画。然后，8 位画家共画 1 幅集体画。两位老师画头部，赵学绘和李丹心画颈部和背部，钱有余和张红青画腰部和臀部，孙思恩和王利群画两腿和双脚，共画 9 幅作品，以这种形式纪念吴尚美的生日。大师兄赵学绘即兴赋诗。诗云："吴家本是吉庆堂，尚艺崇德百姓扬。美丽人生添画卷，荣兴世界享福祥。"这是一首藏头诗。"吴尚美荣。好诗！好诗！"大家在赞赏。在庆贺的现场，祝福声声，无限惬意。在八仙亭里、在励志台上，8 位画家和亲戚朋友们喝下无数碗高平村土茅台糯米酒。

一周后，吴一师徒八人到高平村吴一的家里，吴爸爸把他们的行李放到二楼的卧室里。主客聊了一些日常农事、侗乡的生活琐事。接着，他们到高平崇善画院去走一走。画院外，增加了几个花圃,花圃里的花儿争相斗艳。道路两旁和花圃周围的桂花树,像若干把雨伞连接起来一样,又像坚守岗位的卫士一样,呵护着自己的家园。

高平崇善画院有一人名叫杨包喜,从小学一年级开始就喜欢画画,在李三思的耐心指导下,画艺提高迅速。7月中旬参加三水县美术大赛,作品《神奇的侗乡》荣获金奖,奖金3000元。有人说,这次奖金算是近年来最高的一次。杨包喜只花了100元买了两件衬衣给父母,其余的都捐给了高平画院。这件事在广岭、湖南、贵州侗族地区成为佳话。

杨包喜获奖的消息传开,在当地成了特大的新闻。舅父说:"这个孩子很听话,将来有希望。"伯伯说:"这是杨家的福分,是祖先的恩德所致。"村里的杨老师说:"这是杨包喜努力的结果,一分聪明加上九分勤奋等于成绩。"卜包喜说:"这是他的运气,我看他画画一般,怎么就得奖了呢?"乃包喜说:"你不能乱说,得罪了孩子,又得罪了评委。""好男不跟女斗,你说得对,我不说了。"

天未大亮,卜包喜就挑着一担猪粪到菜园。在菜园边、在田埂上、在山脚下,左手拿牛草,右手拿镰刀。看见太阳的肚子,牛草就割好了,装进撮箕,一担牛草挑回家中。耕牛在楼底等待多时,看见主人回来,满脸欢喜,"哞哞"叫着,像演唱着迎宾曲一样。

中午,卜包喜和乃包喜去红薯地里铲杂草。戴草帽、扛锄头、挑撮箕、装井水。因为太阳太大,今天特别多带了1个竹筒装水。几亩地里,有玉米、有红薯、有芋头、有粟禾。在农村,为了种子不绝种,样样都要种一点。卜包喜太累了,全身湿透,抽一斗烟，喝两口水，把水竹筒端给乃包喜。卜包喜在两根扁担上躺一下，脸上盖着一个草帽，休息了一会儿。

卜包喜、乃包喜干活回到家，放好撮箕、锄头，关好鸡笼、鸭笼，喂好猪和牛。乃包喜上到二楼，到厨房烧火、洗菜、煮饭。突然，雷声大作，风卷残云，倾盆大雨。卜包喜关上门窗，又到楼底劈柴。

小包喜不是劳动，就是读书写字，小小年纪非常懂事。在爷爷的眼睛里是好孙子；在舅家的眼睛里是好外甥；在村民的眼睛里是好少年。小包喜不知道别人如何评价，他只知道为父母减轻一点负担，是自己应该做的事。有时候，家人没有回到家，他就已经把家务事做好了，等候他们回来吃饭。

雨停过后，卜包喜去山上劳动了，乃包喜到菜园去。小包喜到厨房去。先到井水亭挑两小桶水，然后在楼底劈柴，把米淘好，烧火煮饭，洗菜炒菜，忙个不停，一件一件办完。伯伯劳动回来，看见侄子，说："伯伯来了，你爸爸妈妈去山上，你有什么要帮助吗？""我已经忙完了，谢谢伯伯！"小包喜回答。伯伯看见小包喜，头发乌黑，皮肤黝黑，显得牙齿非常白净，不禁笑起来。"您笑什么？伯伯。"小包喜觉得奇怪。"我在笑我的侄子，我的侄子太招人喜欢了！"伯伯继续笑着说。

卜包喜刚刚从山上干活回到家，饭还没吃，就坐在木凳上。一会儿，全身软了下来。乃包喜看他毫无力气，在他的眼前虚晃着右手，一点都没有反应，马上叫邻居过来帮忙，他的邻居就是吴一家。

吴一拿搬一张矮桌，村主任砍来两根楠竹，潘翠叶拿来四根绳子，杨旺盛校长捆好桌子。四个房族年轻人抬着卜包喜，后面跟着乃包喜一行人，往林江乡卫生院跑去。到了林江乡卫生院，医生说情况很严重，建议到大医院去才能治疗。于是赶快联系了救护车，把卜包喜转到三水县医院。恰逢柳河市的医学专家罗章根来三水县医院检查工作，卜包喜就由这位专家负责治疗。专家说，其他没有问题，问题是没有 O 型血。恰巧这个时候，吴一和赵学绘师徒赶到医院。赵学绘说："验我的血看看，合不合卜包喜的血型。"

医生验了赵学绘的血说："您的血是 O 型。"赵学绘脸上露出灿烂的笑容，卜包喜有救了。

这个时候，乃包喜忧喜各半。喜的是，卜包喜有希望。忧的是，怕赵学绘有什么万一。万一抽出了血，他自己支撑不了自己怎么办？万一救不了卜包喜又怎么办？只能相信命了。乃包喜两手握得紧紧的。她把心里话告诉了大家。

"不，不能相信命。要相信科学，我们有信心。"赵学绘回答。

血液顺着输液管流进卜包喜的身体里，这是手与手相连，血与血相融，心与心相通。"也是善行慈会，德来福至。"赵学绘自言自语。这个时候，恰巧有一首百听不厌的歌《爱的奉献》从医院的办公室传出来。"这是心的呼唤，这是爱的奉献。这是人间的春风，这是生命的源泉……只要人人都献出一点爱，世界将变成美好的人间。"

卜包喜的眼睛慢慢地睁开了，太阳光从外面照射到他的脸上，微红的脸庞露出一丝微笑。睡了一天一夜以后，他好像从另一个世界来到人间。坐在病床边的乃包喜把怎样救他的先后说了一遍。卜包喜只是点了一下头，没有说什么，好像说话需要很大的力气。在病房里，大家你一句，我一句，最多的一句是，祝卜包喜快快康复！一位白衣天使进来说：“大家安静，病人需要休息。”于是，来看病人的亲戚和朋友嘱咐病人好好休息，便各自散去。

卜包喜在医院里住了一个月后出院。乃包喜和小包喜扶着他上三水至林江的班车，小包喜的堂哥和表哥来到林江乡车站轮流背着痊愈的卜包喜回到高平村。

赵学绘回到京都崇善画院后，从早到晚，不知疲倦地努力画画。两三天画出一幅作品，其中《勤民》《孝子》《耕田》《读书》4幅作品堪称精品中之精品。据一位画家说，曾有京都著名画商以100万元的高价购买这组作品，赵学绘觉得是镇院之宝不舍得卖出。过了三个月，赵学绘不幸去世。根据医生诊断，他是因为元气大伤，劳累过度，突发脑溢血而离去。

亲友们在赵学绘的家乡为他举行了简单而隆重的追悼会，他们怀着沉重的心情为赵学绘默哀，个个泪流满面。“大哥、大嫂，您要节哀！我们要化悲痛为力量。以后，要面对实际生活，要更加有自信，加倍地努力，培养小孩茁壮成长！有困难我们一起想办法解决。”吴一对着赵学绘的父母说，并把赵学绘一岁的孩子赵冀忠抱了起来。

清晨，杨包喜走进高平崇善画院，一画就是好几个小时，他已经习惯了这样的学习模式。准备墨水，再洗画笔，铺开宣纸。立意、构图、落墨。每一笔，都精心细画，浓墨重彩全在心中。他正准备画作参加广岭省美术大赛，这次画的题目是《山村茶曲》。太阳从东边升起，阳光照射在神奇的侗寨，一个美丽的侗家姑娘在吊脚楼上远望绿油油的茶园，茶园层层，一层更比一层美。从茶园里有一条通往山顶的石板路，山顶上建有一座凉亭，名叫"绿园亭"，亭子两侧有一副对联："园栽千载绿；寨享万年福。"

广岭省美术大赛在省师大美术馆如期举行，有来自14个市的140多人参加此次美术大赛。三个监考老师进场了，他们把画纸发给了参赛者，要求根据上面的意思画一幅《山村和谐曲》。大赛时长3个小时。

不到3个小时，杨包喜最先交上了答卷。

下午6点，在师大美术馆举行广岭省美术大赛颁奖仪式，由省美协副主席主持，广岭省文学艺术界联合会主席、省美术协会主席、专家学者出席该仪式。

最终，杨包喜荣获此次大赛金奖，桂新市的吴创新荣获此次大赛银奖。大家以热烈的掌声欢迎他们上台领奖，奖金分别是1万元和5000元。

杨包喜载誉而归，第一时间就去了高平小学的教工宿舍，向恩师李三思汇报了参赛以及获奖情况。他说，这次比赛，他的状态不是最好的。并且向老师发誓，以后要更加努力，以更好的成绩向老师汇报！

杨包喜把奖金其中的1000元送给父母，余下的9000元都捐给了高平崇善画院基金会。人们都时常议论这件画坛美事，看到杨包喜都向他投以赞许的目光，祝福他走得更远，前途更灿烂！

杨包喜在教室里认真学习，在课外积极参加乒乓球训练，同时也不忘练习绘画。他只要有时间，就画画。有时在地上坐着，用一根树枝在那里描来画去；有时到家里，用火塘的柴灰作纸张，以火钳当画笔，一幅简单的素描一下子就画出来了。对杨包

个
画
家

喜来说，大地就是纸张，锅灰就是墨水，树枝就是画笔，脚下是画室，心中有画魂。

吴一得知杨包喜荣获金奖并把奖金的九成乐捐给高平崇善画院，于是写了一封信给杨包喜以示祝贺，鼓励他再接再厉，争取更好更大的成绩。

杨包喜初三毕业了，他以全县第一的总成绩，考入柳河高中。林江中学的石卜机校长到高平村参加升学宴。"高平村的学生是林江中学的榜样，德、智、体、美、劳全面发展。考取柳河高中后，有一边脚已经进重点大学的门了。这所市高中是广岭省一流的高中，每年有十几二十名学生考上全国重点高校。学校教风正，学风好。祝贺您的儿子身体健康，学习进步！"石卜机校长端着牛眼酒杯敬卜包喜说。

杨包喜读高中的时候，阅读了很多课外书。每个学科都是优秀等次，每个学期都获得了最高的奖学金。

星期天，杨包喜认真阅读《全国美术大赛启事》。晚上自习后，他继续加班画画，终于画成了一幅自己满意的作品《我的农民父亲》。这幅画参加了在京都美术馆举行的全国画展并摘取了金奖，奖金2万元。举办方把奖金和荣誉证书寄到杨包喜家里，杨包喜把荣誉证书藏在家中，把2万元全部捐给高平崇善画院。"杨包喜你为什么那么傻，你家并不富裕，用钱的地方很多。要捐也不能全部捐出，留一点在家。"有亲戚跟他说。"这是我的一点点感恩，说起回报学校，我还差得远。"杨包喜回答。

杨包喜2001年参加高考，以全省文科第一的成绩考上了自己梦寐以求的大学——京都师范大学。

"杨包喜在升高中考试中，取得全县第一。在全国画展中，拿到金奖。在全国高考中，荣获全省状元。实践证明，天道酬勤确实是真理。"高平村一位乡贤声情并茂地说。

　　以后，各地崇善画院发展怎样，画家前途如何？有诗云：

> 师兄一血救亲人，小弟三元及第名。
> 臭汗流来回报厚，生宣绘上获得赢。
> 南来北往恩深重，夏管秋收院大成。
> 省市连心描画苑，晴晴雨雨总关情。

第 21 章

◆

百位谈三乡画意，全心铸万众师魂

　　季夏时节，吴一和两个学生在广岭周边的三乡四水做田野调查。首先进入广岭省李寨侗族文化寨。寨主以最高礼仪接待了他们。寨门两旁是迎宾的芦笙队和侗歌队。主寨歌手先唱，"贵客你来几百步，你是走桥是走路？问你走桥几十座，问你行船过几渡？"吴一和学生们站在那里搔头抓耳，一时想不出要对歌。主寨歌手高喊："再不对歌就算输了。"这时，吴一硬着头皮唱，"贵寨我来百万步，既走桥来又走路。我们走桥九九座，我们行船过九渡。"吴一唱完，赢得了寨子里村民的喝彩。

　　吃了拦门酒，喝了迎宾茶，主在前，宾在后，走进了寨里的鼓楼。

　　这座鼓楼有七层瓦檐，四根主柱，八根辅柱。梁上雕刻八个大字"风调雨顺，国泰民安"，瓦檐上画着飞鸟虫鱼，顶端立着精美的葫芦。

　　李戏师请吴一师生到家做客。他们走过"李寨风雨桥"。桥头的对联是，"两岸桃李寨；八方涧溪桥。"桥下溪流潺潺，桥上村民往来。桥边的长凳上坐着八九位百岁老人，抽着土烟，烟雾缭绕，像神仙一样。

李戏师家是一栋3间3层5柱的吊脚楼，从颜色上可以看出，这是一栋改建过的房子，据说这栋房子从建造到如今已有30多年了。李戏师的妻子从厨房出来，端着一盆水，盆中放着一块崭新的白脸巾，吴一和学生们简单地洗一下。

而后，陆续有人拿着篮子或挑着篮子来到李戏师家，他们是房族亲戚，专程来陪客的。篮子里装有酸鱼、酸肉和米酒各种美食。在侗家，不管谁家有客人，房族亲戚朋友会自觉来陪客，吃合拢宴，喝"转转酒"，唱敬酒歌。

次日，吴一一行离开李家村，来到了邻湖南南部龙家村。龙家村有180多户，1000余人。龙家村人全部姓龙，不管是娶进来的，还是嫁出去的，都要与龙姓以外的姓氏通婚。三天前龙家村有一户人家结婚，娶的是贵州一位姓吴的姑娘。他（她）们俩在南方打工认识，缘分让他们成了伴侣。今天是送新娘回门的日子。在鼓楼边、福桥旁、大路上、井亭外……到处挤满了来看新娘的人们。

"新娘来了!"有人在喊。新娘走在送亲队伍的中间，右手拿着一块精制的侗帕，头顶戴银花，脖戴银项圈，双手戴银手镯，腿系绑带、脚穿绣花鞋，身着刺绣婚服。走起路来，不快不慢，婀娜多姿，像西施再世一样。八九十人的送亲队伍从东往西而去，逐渐消失在看热闹人的视线中，看热闹的人们也逐渐散去，各自回家。

第三天，吴一一行又去到贵州的潘家庄。潘家庄是在半山腰上，是一个著名的工匠之村。有银匠、铁匠、木匠、竹匠，还有弹棉花制棉胎师傅，估计世间所有的工匠，全都能在这里找到。吴一和学生们一同去拜访潘家庄有名的木匠潘师傅。了解得知，潘师傅不仅懂木工，还会做竹编，再会编歌唱戏吹芦笙，是个全能型人才。吴一和潘师傅边走边谈，一斗烟的工夫，便来到了潘师傅的木楼。这是一栋3间3层5柱的房子，里面住着潘师傅兄弟两家。坐西朝东，弟弟住在北边，潘师傅住在南侧。房子的厅廊里，摆满了鼓楼模型、福桥模型和吊脚楼模型，以及竹笔、墨斗、竹尺、锯子、斧头各种木匠工具。潘师傅名叫潘喜楼，从懂事开始，就跟木头有缘，他亲自设计制造的桥楼亭多达100多座。

潘喜楼师傅在建房的同时，还喜欢编侗戏。他的侗戏代表作《木匠》的主人公木匠石上梁在外打工养家糊口。一个星期天的黄昏，一个乞丐乞讨到他的住地，乞丐两天没有吃饭，木匠给乞丐100元钱。后来，乞丐回乡后，努力养殖，发家致富。在一次偶然的机会，相逢在浙江一个旅游山庄，木匠与乞丐陈好运成为最好的朋友，并合作成立上梁好运建筑股份有限公司。上梁好运公司服务一流，生意红火，业绩攀升，扶危济困。

经过几天的调研，吴一和学生们有感悟、有收获，但他们仍未停下脚步，继续朝着下一个目的地前行。刚走没多远，就看见前面有个在半山腰的村寨。村寨的下面是层层梯田，上方是翠绿的竹林，左边是茂密的松树林，右旁是郁郁葱葱的杉树。看样子要翻过两座山才能到寨子，估计走过去要一两个小时。吴一和学生们挂着木棍，一步一步往上攀登。

2001年秋，国际侗画研讨会在广岭省柳河市三水县隆重举行。来自澳洲等国画界代表，以及广岭、湖南、湖北和贵州等画家代表106人参加会议。

这些参会人员是，京都美术家协会主席高兴，南方崇善画院院长吴一以及院士王中华、陆长胜、陈有义、黄丹、石艺、韦乃戏、萨桑耶、黄卜寨、公卜村、杨卜灯、卜培屯，陈行德、湖南刘新青、杨望重，广岭省高平崇善画院院长李三思，绣兴崇善画院院长杨做，平源崇善画院院长陈路，宝马崇善画院院长罗献，胖陡崇善画院院长吴勤，北峰山水画派女画家李丹心，东岳国画派画家钱有余和女画家张红青，西苑侗画派画家孙思恩和女画家王利群，县级、省级和全国美术大赛"三连冠"画家杨包喜，京都师范大学出版社社长兼总编辑吕品，京都美术评论家杨论，广岭图书出版集团总裁韦稿，华夏书店总经理谢书，崇善画院书店店长吴春燕，南方文房四宝董事长廖兴旺、京都画艺总经理张有财、画家世界总裁郭华艺、澳洲画天下董事长华远行。还有，广岭省侗画学会会员 30 人、湖南侗画学会会员 20 人、贵州侗画学会会员 20 人。

会议主题是研究、传承和发展优秀传统文化，做大做强民间美术，切实做好侗画创作，进一步拓宽侗画艺术市场。会议由南方崇善画院院长吴一主持，京都美术家协会主席高兴作重要讲话，与会的广岭、湖南和贵州三个代表畅所欲言。研讨会最后决议，提高画家素质，壮大画家队伍，管好用好崇善艺术基金，一心一意传播绘画艺术，做大做强崇善画院，又好又快促进画业发展。

会议现场，与会者乐捐善款总 2600 万元，其中吴一院长乐捐善款 600 万元、南方文房四宝董事长廖兴旺乐捐善款 500 万元、京都画艺总经理张有财乐捐善款 500 万元、画家世界总裁郭华艺乐捐善款 500 万元、澳洲画天下董事长华远行乐捐善款 500 万元。

三水国际侗画研讨会后，九州崇善艺术基金会又收到全国的乐捐善款 8000 万元。"只要是做好的，都有人支持和帮助。崇善画院，是惠民利众的美术事业。崇善艺术基金会，是推动美术事业发展的根基。功在当代，利在千秋。我们一定要再接再厉，做得更实更好，走得更宽更远！只有这样，才能对得起大家。"吴一感慨说。

　　中秋佳节，林江乡举办侗画艺术节，周边及远方的游客慕名而来。各种侗画旅游产品被抢购一空，特别是画有侗画图案的斗笠、簸箕、布袋和茶具等旅游工艺品备受青睐。画家和商家对市场进行了进一步的调查和研究，大趋势下，懂艺术、会管理的画家越来越多。

　　侗画在侗族地区是一个美好且家喻户晓的名字。在外地，美誉度和知名度也很高。李三思带领高平和绣兴等侗族村寨画画爱好者，将侗族文化和侗画产业结合起来。农户在农闲时画画，把作品交到崇善画院，有人负责收集、管理、销售，开辟了一条侗画策划、创作、装裱、展示、推介和销售一条龙的脱贫致富路子。

　　潘康健既是高平村主任，又是画画爱好者，经常处理村委事务后就进画室画画。在耕耘时，起早贪黑；在绘画时，披星戴月。充分利用每分每秒，完成每一幅自己心爱的作品。他的作品《农民、耕牛与稻田》曾获得全国年度画展一等奖，他把 1 万元奖金分成了三份，一份留给自己，一份送给村里的五保户，一份捐给九州崇善艺术基金会。他用自己的那份钱到林江乡供销社买了给父母两床被子，"父母对儿子的爱，儿子一辈子难以报答。"潘康健在父母面前说。潘康健是一个坚强的、不是随便流泪的汉子，但在母亲面前，他依旧是个孝顺的孩子。父母几句温暖的话，他激动得热泪盈眶。

潘康健与邻村的谢卜用是画友。在画画中，经常互相提出意见、交流经验，画艺很快得到了提高。

有一次，一个澳洲人从林江走到绣兴村参加新建凉亭竣工仪式。参与人多，积极性高，场面热烈。好客的谢卜用带着客人到自己家吃油茶，他家的角落都堆满了画纸画笔和画作。这位客人眼睛很利，马上看到角落处的画画作品。客人问谢卜用："这画卖吗？"谢卜用答："没有卖过。如果你买，我就卖。贵客您说个价钱。"客人说："3000元可以吗？""可以！"谢卜用回答说。

谢卜用卖画后，妻子乃卜用很高兴，这是她嫁到谢家以来最高兴的一天。家里上有老下有小，谢卜用不能远到外地打工赚钱，粮食是够吃，但是，红白喜事需要的费用很多，钱包不鼓，说话都不能大声。谢卜用常常为没有钱这种事跟老婆吵架，都以自己失败而告终，还嘴硬说，好男不与女斗。话是这样说了，实际看他的脸已经红到耳根了。

这次卖画赚钱，夫妻俩把以前的不愉快通通忘记了。

侗画的研究、传承和发展，从实际看，发展态势越来越好。侗画的特点是浓烈的色彩和近似涂鸦的夸张手法，它的内容反映了侗族的人文风俗。当地的画画爱好者们，结束了一天的劳作，画画成了他们的消遣方式，侗族鼓楼、风雨桥、吊脚楼、婚礼、节庆、耕田、抬木、唱歌、跳舞等特色建筑和日常生产生活被他们画在纸上，日常与夸张的碰撞，民族与艺术的交融，使侗画在全国民间艺术中独树一帜。

深夜，吴一又在继续沉思着。他思考的问题是，画家的灵魂是什么？如何铸造画家的灵魂？

一幅画作，无论多么精细，如果没有思想，就是一幅失败的作品。一个画家，仅有画技是远远不够的。一幅画作，没有思想就没有灵魂。没有灵魂的画作，何谈有生命、有价值呢？画技可以通过反复地临摹和练习而获得。可是思想，它是综合素质的升华。仅仅多读几本书，多走几步路，显然是不够的。只有通过深刻地思考，才能有思想。所谓思想，就是客观世界的独到见解。作品的灵魂就是最好的见证。

杨包喜的成长过程，是一个铸造画家灵魂的过程。杨包喜的故事，是画家心理和灵魂渐渐成熟的故事。卜包喜给年幼的杨包喜讲神话故事，引出主人公一系列心理思想的流动。从前，在一个很美妙的时刻，有一个老人在路上慢慢走着，后面有一个小孩也跟着走，他们的目标是一致的，都要到飞山庙去祭祀。老人端着茶和苹果，突然，有一个苹果落到地上。小孩把苹果捡了起来，送到老人面前说："爷爷，您的苹果掉到地上。"继续往前走，老人跌倒了，小孩马上把老人扶起来。他俩同时到达飞山庙纪念民族英雄，祈祷风调雨顺，国泰民安。

吴一一边走，一边思考着。因为一心想着问题，当走到一棵桂花树的时候，头碰到了树干，右手摸了一下头，又继续前行。一会儿，就到了下乡调研住宿的地方。

在田野调查中，吴一收获颇多，包括经验的积累、画艺的提高和思想的升华。7天后，吴一回到了京都师大。

吴一把《百名侗画家作品精选》图书出版发行策划、编撰等实施方案交给京都师范大学出版社社长兼总编辑吕品。吕品认真审阅后说，很好，按照此方案实施。有什么困难，我社鼎力支持和帮助。

从全国1000名知名侗画家中收集画作共1万多幅，通过层层筛选，最后精选百名侗画家300幅作品汇编成书，由吴一主编。于2001年12月，京都师范大学出版社出版发行20万册。吴一在华夏书店新书签字销售仪式上，现场销售3万多册，创造了全国美术图书当日销售超3万册的记录。当京都日报社记者采访吴一时，吴一的最深感受是，签字的手酸了，但收获的心是甜的。

"爸爸，我长大要当画家！"一个孙家的孩子左手拿着刚买的书，右手牵着大人的手说。

在京都华夏读者亭中阅读时，经常传着孙家孩子的佳话。

《百名侗画家作品精选》的出版发行，标志着侗画艺术又上了新的台阶，书店门口挤满了购买画册的读者。研究、传承和发展优秀文化成为一种新的时尚。

第二年初春，吴一著作《真善画艺》由广岭图书出版集团出版发行，共发行30万册。3个月内销售一空，成为年度畅销图书，并荣获国际精品图书奖。

吴一走到哪里，都有人认识他。遇到吴一，就像遇见贵人一样。吴一的出现，象征着学高为师、崇德尚艺、行善为民。

以后，崇善画院发展怎样，事业前途如何？有《西江月》词云：

> 百位集谈画意，三江铸就师魂。
>
> 千秋彩卷赞国民，下笔如同有神。
>
> "萨老"支持绘院，青年建设农村。
>
> 崇德尚艺育新人，善美真能固本。

侗画家

第 22 章

◆

二师兄砍树加瓦，七团寨捐钱建校

　　吴一做学问，既重视实践又重视理论。他到过乡村，也到过城市。既在国内搞过田野调查，又到境外做过理论研究。注重综合性研究，不被偏见所蒙骗。他相信，百闻不如一见，百见不如一做，还相信少做不如多做、熟能生巧。吴一跟学生说，他最不喜欢吹牛皮的人，尤其不喜欢喝三杯酒后什么事都能做，而过一夜什么事都不去做的人，最讨厌当面是人后面是鬼的人。最喜欢和最崇拜不说大话却做出惊天大事的人。

　　吴一和他的学生边爬坡，边聊天，边攀登，边鼓励。不知不觉就到了一座村庄，从路边竖着的牌子看出，这个村叫林田村，寓意是林茂田肥之村。

　　林田村的村路是一条通往南北的泥沙路，宽三五米，从村到乡行政中心约 10 千米。走了半天，没看见一辆车，只看见五六个挑撮箕的人到地里去干活。他们到地里去跟村民们聊天，然后帮做一些力所能及的活。前些日子大风刮、大雨淋，庄稼东歪西倒，今天是村民去护理庄稼，还有铲草、施肥。

"你们不去村中屋里休息，不去鼓楼听故事，到这里来晒大太阳干啥？"一个胖高的村民问。"我们到实地考察调研，才能得到第一手材料。"一个学生回答。"这里有什么好的？我们没有办法，没多少文化，为了生活才来到这里干活。"另一个村民说。

　　村民中有一个叫林木森，当过老师，生了第三胎，超生了，违反计划生育政策，被开除了。夫妻双方是少数民族的，可以生两胎，但是之后必须去结扎。林木森听父母的话，他这辈是独子，他和妻子商量后要了第三胎，他愿意被罚。林木森除了干农活，还做一些木工，制作沙发、床铺等各种家具，还在村里当电工，补贴家用，生活还算可以。另外，县里文化馆要编一些侗戏，找他约稿。虽然稿酬不多，但是自己爱好，自娱自乐，图个长寿。"林老师，您最小孩子多大呀？"吴一问。"最小的正在读广岭师范大学大一。他叫林超志，学中文的，以后毕业出来，咱父子俩可以搞个文学社。"林木森回答。"祝愿林老师您的愿望一定能实现！"吴一握着林木森起茧的双手说。

　　夜里，吴一和他的学生住在林木森的家。生活的艰辛，岁月的流逝，逐渐洗去了林老师远去的旧足迹，却留下了林老师向往文学的新气象。林老师坚定文化自信，坚持文学创作，有30多部原创侗戏剧本，其代表作为《木楼新梦》。"它的思想性和艺术性，已经达到当下基层文艺的最高水平，含故事性、趣味性、知识性和收藏性。戏剧的手抄本在侗族地区超过1万本，复印本超过3万册。"

　　林木森在当地是个传奇的人物。他会木工、懂电工、知竹编、晓编戏。上知天文，下晓地理，还通药理。他读过祖辈留下来的一本旧旧的书《本草纲目》，上山下地，他留意观察，会顺手采一些草药回家。村里和比邻省村寨的人找他拿药，他都不收钱。他也常给村民们看病、开药，吃过他的药的病人很快就痊愈了。后来，大家会主动给他一点点辛苦费，他都坚决不收。"我尽义务，我修阴功，助人为乐，图健康，望长寿！"林木森对着患者说。

比邻村李家人李石头是一个多年躺在床上的病人，大家叫他"李石躺"。他听说有名医林木森，感觉自己有救了。李石头求哥哥陪自己去看病，哥哥背着弟弟步出寨门，绕过邻村，穿过草丛，爬过山坡，涉过溪水，跑过田埂，走过福桥，踏过石板路，到达林木森家。这是一座非常普通的木楼，陈旧而微黑，在李石头的想象中，林医师应该是住在高楼大厦里的。李石头继续想，林医师是个木工、电工、竹编、编剧、行医、教书的多面手，在比邻省村寨中很难找第二位。"他有一些收入和积蓄，但人各有志，他都用来做善事去了。在改建新房这件事上，跟妻子有不同意见，妻子要先建房，后做慈善也不迟。林医师坚持自己的观点，一边做慈善，一边建房子，一举两得。"李石头的哥哥说。"原来这样，难得有这样的好人！"李石头感叹。兄弟俩上了二楼的厅廊，林木森正在为一位患者把脉。那位患者眼睛黄黄的，没有一点生气，全身无力，气息奄奄，一动不动。林木森把脉后又仔细观察了下这个患者，最后开了一方草药，要求连服一个月，之后，再配其他药物和保健养生食品，预计两月后痊愈。李石头唯恐影响医师诊断，在那里一句话也不敢说，等前面的患者取药离开后，才说了几句客套话。林木森请李石头和他的哥哥坐下，问病情、把脉、观察脸色、查看气色。略思考片刻，开了方子。说明了哪些是服用的、哪些是敷用的，不能混淆，要区别清楚。

李石头把药钱放在桌子上，林木森把药钱退给李石头，一来二去，最终林木森还是不收药钱。"我师父教育我说，当医师的应该救死扶伤，以一心一意研究治好患者为快乐。没有这个理念，就不当医师。"林木森对李石头说。

这种类似例子难以计数，感动了无数病人。患者眼含泪水，告别医师而去。那些患者康复后，加入了林木森慈善堂，慈善队伍不断壮大，慈善事业越做越好。

大家都尊敬吴一，很羡慕他的为人和善举。吴一的行善积德行为和文艺惠民形象，已经家喻户晓，吴一成为文艺为民的具体符号。"我长大后要成为画家，像吴一一样。为家乡添砖，为社会加瓦。"一个学生对自己的妈妈说。

钱有余时时想起他的大师兄赵学绘。赵学绘的善良、勤奋和奉献的精神永远活在自己心中。一天晚上，钱有余在睡梦中喊出了赵学绘的名字，大师兄的光辉形象还历历在目。钱有余觉得自己还要做一些很具体的事。

夜深人静的时候，钱有余久久难以入眠。起身点烟，在黎明前的黑暗，烟火的微光感觉特别明亮。直到抽完一整包，他不知不觉中进入了梦乡。

第二天，钱有余得到了一个非常好而且切实可行的方案。他很感激昨晚的梦。这个梦是引导他如何办事的指南。他自言自语："砍树加瓦，捐钱建校。可行，切实可行。"

有计划，就要有很好的实践。钱有余在绣兴村读小学一年级的时候，父母承包了100亩责任地亲自种杉树。现在，自己长大成人，杉树也长大成材。钱有余把自己的想法告诉父母亲，父母二话不说，答应下来，立即行动，兼伐大树，留下小树，补种杉苗。

个画家

杉树砍下后，先选最好的做栋梁，剩下的一部分做木板，一部分做方条、檩子和椽子。所有建筑材料准备齐全，选择吉日良辰，动工建造新画院。

钱有余家捐木、村屯出力，全村村民出动。奠基、树柱、上梁。通过横穿直套，总指挥措施有力，村民齐心协力。最重要的仪式是上梁仪式。梁上有乡贤书写的"风调雨顺，国泰民安"八个行书，挂上村里心灵手巧绣娘的吉祥花。在这个上梁仪式上，站在柱子高处的两位青年人在那里念念有词，"糖果发，年年发。糍粑发，户户发。油茶佳，人人夸。建大厦，走天下。但愿大家发、个个发、屯屯发、寨寨发！""是啦，发发发！"大家异口同声附和着。

一栋三间三层的木构建筑即将落成。有人算了一笔账，这栋新房子价值约等于一个普通劳动力 24 年的收入。

在"千人善举，万古流芳"石头光荣榜上用楷书刻了钱有余的名字，钱有余在整个募捐中占六成多，村民为了纪念他的恩德，画院的名字叫"有余画院"。钱有余募捐杉树建立"有余画院"的善事传遍了远近的村屯。

到过七团村的人都知道，七团人互相关心、互相帮助。楼里屋外，整洁干净。粮食生产，岁岁丰收。生活愉快，村民长寿。逢年过节，演出颇多。在七团村的鼓楼里，老年人讲故事，中年人下三棋，青年人唱侗歌。走进七团鼓楼，一块"五好村屯"匾牌悬挂在中堂墙壁上，客人问老人有哪"五好"。老人一边烧烟，一边回答："民风好、环境好、生产好、生活好、文娱好。"另一个客人问："您老人家贵庚？""83 岁。"老人继续回答。第三个客人问："家里还有谁？""还有妈妈，昨天是母亲 103 岁的生日。

今天，她老人家觉得没事做很悠闲，就到院子旁边采茶，当作锻炼身体的活动。"烧烟的老人不厌其烦地回答。

在闲聊之余，谈了一些正事。

七团村老人协会会长提议，七团村要传承乐善好施的传统美德、弘扬当下的良好精神，把家乡建设更好更美一点。

村民都说，办这样的大事，要有牵头的人办，而且这个人要非常得力。

清明节后，七团村乐捐建校筹备委员会成立了，老人协会会长任主任，然后，选出几个责任心强、积极性高的村民任委员，从委员中再选出做财务的人。

筹备就绪，在鼓楼坪中央摆着募捐桌子。一块红布盖在桌子上面，写着"乐捐建校"四个大字。坐在椅子上的是乡贤潘卜老，桌子两边是会计吴卜真、出纳罗乃姣。村里人纷纷乐捐，村民最高有捐到2000元。每当善士将乐捐款放到募捐箱，工作人员就送给他一份荣誉证书，以此纪念。其他村也有善士像乐捐建立鼓楼和福桥一样积极，乐捐善款最高者达1000元。

乐捐一个月，总共收到善款145万元。善款的收支情况在村务公开栏张榜公布，做到公开透明。管好用好善款，每角每分都用在刀刃上。"在实际工作中，只要发动群众，没有办不成的事。"老人协会会长杨卜亮对着村主任说。

乡贤潘卜老说："按照经验预测，收到这笔善款，加上群众投工投劳，尽量节约开支，应该能完成这项建校工程。现在，万事俱备，只欠东风。东风就是吉日良辰。"村屯有这样的习俗，拜访上知天文、下晓地理的先生选个吉日良辰就可以动工了，以期平安顺利。

立夏当天，全村人投入到建设学校的热潮中。你抬，我扛，大家运。在大侗寨，以蓝天为幕布，以绿地为舞台，以劳动工具为乐器，以村民为演员，演奏一曲惊天动地的"乐捐建校"赞歌。

吴一知晓七团村乐捐建校的新闻后，他慷慨捐出了自己近年创作的 12 幅画作和 1000 册著作，把这些画作挂在七团画院，将著作藏于七团图书室。两个月后，七团图书室在三水县文联和书店联合举办的"书香天地，收藏是宝"评比活动中，以"藏书多、读者多、管理好"总分第一的成绩，获得一等奖。

七团村以乐捐建校好、图书管理好、全面发展好而闻名遐迩，学校老师和学生以及村屯的农民朋友，在画画方面也不逊色。七团人在走路的时候，显得更加有精神，在各种公益文化交流活动中，倍受人们的欣赏、嘉宾的羡慕、百姓的尊敬。

在七团村，喜欢画画的农民干活回来就到学校来借书，同时，还画一些鼓楼、风雨桥和井水亭。喜欢画画的老师和学生充分利用节假日进行采风、写生，增加乐趣、增长知识。周边村寨画画爱好者看见别人有了奔头，自己也想有奔头，也想提升自己一下。在广岭和湖南及贵州相邻的村寨，经常看到三五一群，在那里专心致志地写生。每当晚霞出现，加上画画风景，像是一幅自然景观与人文景观相融合的美丽画卷一样。

每当夜幕降临，七团村文艺队与邻村的画画协会联合演出，有静态美，也有动态美。村里寨外的观众蜂拥而至，村里就像过节一样热闹、祥和、平安。"七团寨右上邻村，画家歌师两创新。美好生活融大戏，和谐世界唱金声。"儿童放学回家的路上，都唱着七团村老人卜新戏新编的歌谣。

吴一捐画献书后，还想为七团村做点什么，不仅在物质上有所奉献，还要在精神上给予鼓励，这样七团村才能更上一层楼。

二师兄砍树加瓦，七团寨捐钱建校

于是，吴一将一封《致七团画院同仁》寄到村里的学校。第一自然段内容大意是：

尊敬的各位同仁：

你们好！

你们是仁人志士，是农民画家，是歌师舞者，是文艺志愿者，是乡村建设者，是文明传播者。七团是美丽的家园，是和谐的村寨，是幸福的故乡。最近，砍树加瓦，捐钱建校。齐心协力，兴办画院。为振兴乡村，推动公益文化事业发展，促进当地精神文明建设，做出了突出的贡献。村屯因你们而骄傲，村民因你们而自豪。在此，我向你们致以崇高的敬意。

吴一
2002 年端午节

旭日东升，朝霞洒满七团村的百姓人家。卜老实在鼓楼坪扫地，乃真更在戏台上彩排，小喜仔跑上学校台阶旁画太阳，有两个年轻人提着井水进鼓楼，老人一边烧烟，一边讲故事。

以后，画院发展怎样，事业前途如何？有《临江仙》词云：

岭岸村屯多艺苑，清溪映射长虹。

厅堂建立念头龙。

高山添秀丽，侗寨展新容。

耄耋孩童皆喜绘，迎来惬意春风。

一群志向尽相同。

崇德办善业，铭刻画图中。

侗画家

174

第 23 章

◆

三师弟见义勇为，八协屯雕塑雄立

吴一受到很多人敬仰，无论他走到哪里，都会得到很多人主动支持和大力帮助。

某日，吴一带着学生写生，他们都扛着画板背着大包，一路跋山涉水，走一走，看一看。看到好的景色，就用画笔记录一下。突然，乌云密布，狂风猛吹，大雨倾盆，塌方的落石堵住了前行的道路。虽然说有雨伞，但风雨太大，一行人的衣服还是全被淋湿了。气温不断地下降，几人冷得缩成一团。正巧遇到了一个当地村民，把斗笠和蓑衣给了他们，又给了尼龙雨衣，带他们一同回到西坡村。

提到西坡村，无人不晓，这是个著名的瓜果之村。家家种果，户户植瓜。果有柑子、柚子、杨梅，瓜有西瓜、南瓜、黄瓜。屋后房前见果，寨南村北逢瓜。瓜果西坡有副对联说得好："爽果八方运；甜瓜四海尝。"

进村后的吴一与他的学生摆好画板，拿起画笔，心情愉悦，专心画画。路途遥远，虽有疲劳，到这个时候却全都忘掉了。看看前方，涂涂画纸。描描美景，蘸蘸丹青。几个学生有时围在老师周围学习，有时自己独立画画。一会儿，一幅精美画完成了。吴一沉思片刻，在画面上方中间写上"瓜果西坡"几个字，偏左的地方书上自己的名字，最后写上时间。吴一用画作诠释了瓜果西坡的绝美对联。

吴一把这幅画送给西坡村的寨老，寨老代表全村人向吴一致谢，并将画悬挂在西坡鼓楼中堂。

招待客人的地点就在西坡鼓楼。这座鼓楼建于清朝光绪年间，5层瓦檐，4根主柱，顶立葫芦，雕梁画栋，寓意幸福，现实吉祥。鼓楼对联为阳文行书："春夏秋冬祥云寨；西东南北瑞气楼。"落款是"杨孙撰并书，光绪二十七年孟春"。吴一把鼓楼内外看了两次，欣赏对联和书法，尤其对民间绘画更感兴趣。吃百家宴时，坐在吴一两旁的是寨老和一个喜欢画画的村民，他们谈村的历史，聊村的地理，议村的现状，论村的未来。吴一对村子的未来充满了希望，他告诉寨老和村民："我画院想在这个村设立创作基地，以后会有不少的学生到村里进行采风活动，把热心公益文化的精神宣传出去，把民族文化传承下去，把村子的甜蜜瓜果推销出去，把村民俗旅游搞上去，把村民的幸福指数提高上去。我和我的学生来来去去，你们有没有兴趣?"全楼里的村民都举起双手站了起来高声呼应："我们有兴趣，非常有兴趣!"

饭后，他们启程向邻近的东风村走去的时候，西坡村画家过来邀请吴一师生一起到他家吃一碗油茶再走。吴一说："谢谢!我们心领了。时间不早了，我们还要赶路。""才 2.5 公里，半个小时就能到，我陪您去。"村画家太盛情了，吴一师生只好同意到他家坐片刻再走。

这位画家叫廖纪实，他从开始画画到现在，已经超过1万幅，年过半百，每年平均画200多幅。有20本厚厚的线装本，每本有500页左右。有一半被烟熏得有些黑，最近画的还散发着墨香。吴一拿到手里都大致翻阅了一下，从素描到水彩，再从农民画到国画，还有油画，廖纪实都画。"廖老师真的不简单，看着他的画，像大学美术系的老师画一样。系里的老师论实力谈功夫，有的还不如村级的。有句话说得好，高手在民间。"吴一对学生评价说。说是给学生听，其实也是给廖纪实听。廖纪实很感动，得到知名画家的肯定，既是鼓励，也是动力，便给他们讲了他在村里画画的故事。

最开始画画的时候，廖纪实用柴刀背刮锅底的锅灰当墨用，再用竹笔蘸墨水，在白纸装订的自制作业本上画画。起初画铁锅、画凳子、画饭桌，再画树木、画花草、画虫鱼，后来画鼓楼、画福桥、画井水亭。原来画得根本不像，老人家鼓励他说："画得不错，如果写正一点，会好看一些。"这些鼓励的话语，让他天天画，天天有新的内容。昨天画猪、狗、牛、羊，今天画田、地、山、坡。画来画去，一天比一天进步。廖纪实越画越有劲，画出来的东西放在木楼的一角。有一天，一个外地人到村里休闲观光，他到廖纪实家要水喝，看见一幅刚刚画的画，觉得很好看，便问主人："这幅画卖吗？""从没想过要卖画，只是作为兴趣而已。"廖纪实回答。"我想买这一幅，多少价钱？"客人问。"随你给多少，无所谓，你喜欢就好。"廖纪实回话。"我象征性给你100元，算是交个有缘人做朋友。"客人说，然后把钱放到廖纪实的手里，这是廖纪实第一次用画换得的钱。这幅画以鼓楼、戏台、福桥、吊脚楼作为背景，主景是鼓楼坪上、凉禾架上、空地山都晒着的一把把糯谷，一眼望去，遍地黄澄澄，像黄金撒满大地一样。

尝到甜头的廖纪实，一天比一天更努力，夜以继日地画画，画作一天天堆积，逐渐变得厚实起来。由原来的随意画，到后来的有意画，是一个由数量到质量的提升。俗话说"机会是给有准备的人的"，夏日的一天晚上，一个法国游客到西坡村，在客栈里住了一宿，从客栈主人那里了解到廖纪实喜欢画画，次日他赶到廖纪实家买了一张画就回国去了。客人给廖纪实的价钱是600元，廖纪实从来不讲价，给多少钱算多少。如果廖纪实自己标价，可能价钱更低，60元都不到。

在画画过程中，廖纪实有了一些觉悟和提高。他觉悟是民族的东西是有希望的，提高是画的构思要巧妙，画艺要高超，另外，侗布做底，场面喜庆，客人更喜欢。

廖纪实有了想法，便有了做法。在家里，他看对面的笔架山，就画笔架山，配上3户人家，家门前有小桥流水，一幅《笔架山下人家》定格侗布里；在山上，看侗寨秋景，就画糯谷架、玉米架、红薯架，一幅《五谷丰登》跃然纸上。

晚霞满天之时，廖纪实从山上劳动归来，刚走过福桥，桥左边的长凳上坐着一个陌生人，这位陌生人是听人介绍来到这里。通过一番交流，廖纪实邀请客人到屋里做客。这个夜晚，两人一见如故。谈天说地，无所不谈。当夜深人静的时候，客人跟廖纪实说："我邀请你到一个地方去画画，要画1个月，按每天200元算。你愿意吗？""可以，这段时间农事稍闲，下个月刚好是农忙时节。"廖纪实回答。客人就是南方市南方县南山山庄的老板，叫李金山。他选了若干人去画画，却找不到合意的人选。后来，经熟人介绍才到西坡村来请廖纪实。

南山山庄坐北朝南，一条大路通南北，沿路有一条河，这条河叫南山河。河岸两边是层层的梯田，梯田上面是茂密的森林。靠近山庄，映入眼帘的是"南山山庄"隶书牌匾，对联是行书："东南西北山山美；春夏秋冬苑苑安。"入庄第一景是"春华苑"，在苑前看瀑布，正有李白《望庐山瀑布》"飞流直下三千尺，疑是银河落九天"之意境，一步一景，景上有景。入庄的第二景是"夏爽苑"，南风吹来，凉爽宜人，正是旅游的胜地，避暑之吉方。第三景是"秋丰苑"，稻谷满仓，玉米满房，薯类盈库，麦子满家，大豆满地。第四景是"冬暖苑"，亭亭温暖地，个个温馨人。"每到一处，就能看到美丽的景色；每到一苑，就能看见做好事的人群。"廖纪实一边移步，一边赞赏。

廖纪实的祖辈都是农民世家，跟太阳同起床，与月亮共被窝。脸朝黄土，背朝蓝天。春耕夏耘，秋收冬藏。廖纪实育有一子一女，正是儿女双全。在别人眼里，纪实是一个守本分、懂生活的人。嫁给他的女人最幸福。说曹操，曹操就到。"最幸福的女人就是我，我来也。我端油茶来也。老师，您好！请吃油茶！接着双手端茶给学生，依次而来。"廖纪实的妻子吴梨花一边端来油茶，一边兴奋地说。她说："这油茶用的是本村最好的古树茶，再用最纯净的山泉水煮开，加上当地饭豆、虾米、韭菜，还有猪肝粉肠，就是上等的美食。老师你们刚刚吃过百家宴，俗话说，吃百家宴，纳百家福，成百样事，享百年寿。祝老师和学生顺利到东风，如意得春风！"

吃过油茶后，一行人到达了东风村。

东风村一条弯曲的道路同一条清澈的溪水并行向东边延伸，

三师弟见义勇为，八协屯雕塑雄立

179

道路两旁古榕树参天，路中间有一位老人挑着一担柴火回家，后面跟着一只黑狗。溪岸两边垂柳浮水，溪里头有八只小鹅排成两排向前游着，后面跟着鹅的主人。

吴一一行人走过一座风雨桥的桥头，再步行过三个鱼塘和六条田埂，后到一座长廊里面坐下。在长廊中，有几个耄耋老人在下棋，中年人吹笛子，青年人唱歌，少妇闲聊。从他们脸部表情看得出，大家生活都很惬意、很平安、很幸福。生活的美味弥漫着天空和大地。

东风村山清水秀，森林茂密。桃花盛开，梨花争艳。潺潺瀑布，处处亭廊。房前屋后，整洁干净。生活在这里的人们，像在画卷中游览一样。

一个卖杂货的人一路叫卖，后面跟着一帮叽叽喳喳的小孩。卖货的到戏台前的鼓楼坪停下，孩子们也不走了，他们融进观看杂技的队伍中。

观众是东风村和邻村的村民，表演者是北方省城的民间杂技表演队。表演完"尖刀顶上人撑人"的节目，表演队里的一个女孩端着一个盆子到观众面前"邀功请赏"、收观赏费，这时，一个牛高马大的醉汉把她的盆子打落在地。表演队队长出来说："我们村受灾后，出来是为了讨口饭吃。如有不敬的地方，请好汉多多包涵！""包涵什么？你们这点雕虫小技，在这里撒野骗人。再演一场，方可给钱。"牛高马大的一口的酒气说话。"好，只要大家喜欢看，我表演队随时随地表演。"表演队队长回答。

"观众朋友，刚才我们表演的是'上刀山'，现在表演的是'入火海'，请大家欣赏。"地坪上全是烧得旺旺的梨木火炭，从这边走到那边有 50 米长。三个赤膊赤脚的表演者依次走过，表演十分顺利，掌声十分响亮，尖叫声不断。那女孩再端盆子到观众面前讨赏钱，牛高马大者又把装钱的盆子打落在地上："你们再次表演后方可给钱。""好，我们表演。好与不好，观众说了算。给不给钱，各人自愿。"表演队队长说。

这时，吴一的三徒弟孙思恩闻声去到表演场地，看了这一幕。听周围的村民说，是牛高马大者无理取闹，并把前因后果跟他叙述了一遍。孙思恩靠近牛高马大者，说："别人是为了讨一口饭吃，我们就不为难别人了。"于是，孙思恩双手把 20 元钱放到小女孩的盆子里。牛高马大者觉得不舒服、不顺眼，把盆子里的 20 元钱收到自己的口袋里，跟表演队的人说："你们再表演再给钱，包括这 20 元钱也给你们。"

"为什么要为难别人？把 20 元钱还给演员们。这钱是我给表演者的，你没有资格乱收我的钱。快点拿出来，交给他们。否则我告你是偷钱。"孙思恩跟牛高马大者理论。"啪，啪啪，啪啪啪。"牛高马大者当即给了孙思恩六记耳光。孙思恩知道吃亏了，却忍着。因为小的时候，他就听爷爷说"小不忍，则乱大谋"。牛高马大者不放过他，抓着孙思恩的衣服领子说："你小子不要管闲事。"举起右手给孙思恩的左脸又是一拳。孙思恩还是让着他，并跟牛高马大者好好说："打架不能解决问题。我建议你不要再捣乱了。听听好话把钱交给演员们。我认输，算你赢。"

牛高马大者觉得用拳头打别人不痛快，又抓起一根扁担就朝孙思恩猛打过来，孙思恩眼睛很利，在扁担接近脸部瞬间，他已经把牛高马大者的右手一拉，用左手把他的后背一推，在他将倾倒瞬间，再走过去用右脚用力一踢，那人在一丈远的地方倒下，刚好碰到一个石凳，两颗门牙和两颗虎牙同时掉落，满口是血。

众人立即把牛高马大者送去医院，检查后，医生说一条右腿残废了。

后来，牛高马大者状告孙思恩。孙思恩在当时现场观众和表演队的作证下，获得胜诉。孙思恩还是主动地给牛高马大者一些医药费，还给他一些营养补品。"我的错，我活该。善有善报，恶有恶报。我是活的教科书。"牛高马大者不好意思地讲一番话。

大家继续前行采风，孙思恩到了东风村的邻村八协村，是广岭省笛子之乡，又是生态文化村，各种荣誉贴满鼓楼的墙壁。进到八协村的文化名人梁卜文家里，梁卜文会编戏、知绘画、晓吹笛、懂吹笙、弹琵琶、拉二胡、演奏牛腿琴，是"吹牛"实力派。倍受群众喜爱，赢得了远近好评。

春回大地，春风送暖。孙思恩的到来给梁卜文家门吹来了满楼春风。在吊脚楼厅廊的八仙桌上，摆了"侗乡三宝"（酸草鱼、酸猪肉、酸鸭肉），加上一碟韭菜，总共十二菜。主客陆续地喝足吃饱，离开饭桌，剩下孙思恩和梁卜文继续研究饮食文化和侗家习俗。两个文人，一双画家。米酒下肚，无话不说，真是"酒逢知己千杯少"。一碗酒，一个故事。两碗酒，两首诗词。三碗酒，三副楹联。

酒足饭饱，孙思恩和梁卜文又到茶坊喝茶。这是本地的老树茶，其色鲜、清香、甜润，堪称佳品。他俩还品尝了野生藤茶，此茶甜味持久，口感极佳，是送礼的佳品。梁卜文又带着孙思恩到他的书室参观。门上小小牌匾是"卜文书室"四个草书，是梁卜文自己书写，对联是行书："室内乾坤大；书中世界宽。"苍劲有力，文如其人，字如其人，大气、大方、大度。

孙思恩在八协村连续住了三天。在这些日子里，除了采风写生，就是喝酒品茶，余下的时间，看看村里的文艺队的表演。这支文艺队，农忙时耕田耘田，农闲时唱歌"多耶"，自娱自乐，十分满足。

走到八协风雨桥的时候，孙思恩细致看了"建桥芳名榜"，被这些善举所感动。在感动之余，又想做一些力所能及的好事。他的思路清楚了，把这个做好事的想法告诉梁卜文。梁卜文拍着大腿，连说："好、好、好！"孙思恩的想法得到知音赞同后，愉快极了，像孩子得到父母的大奖一样。

梁卜文把孙思恩乐捐建鼓楼的实施细则讲给老人协会会长杨卜玉和大家听后，所有人无不欢喜。村里的人觉得有大贵人、大福星的恩惠，是非常幸福的大事。

八协村乐捐建鼓楼筹备委员会成立，会长杨卜玉、梁卜文，副会长、会计和出纳所有人选全部到位。

第二天，全体村民都出工出力。砍木头，备柱础，烧瓦片……木工、泥工、小工全上，奠基、立柱、上梁、盖瓦、镶房，一片繁忙。

中秋佳节，八协村鼓楼顺利竣工。孙思恩个人乐捐 16 万元，加上投工投劳，总投资 24.89 万元。在老人协会的倡议下，一定要给鼓楼取名为"思恩鼓楼"。一是纪念募捐者孙思恩，二是以此楼为传统美德教育基地，弘扬行善积德、努力向上的精神。梁卜文还提议，在鼓楼坪建造一个孙思恩塑像，永远站在那里，激励后人，积极有为，团结奋进，为建设幸福家园而不懈努力。

这些良好的建议和可行的倡议，都得到全村民的拥护，并积极参与。

三师弟见义勇为，八协屯雕塑雄立

中午摆了 60 桌的百家宴，这是本寨和邻村村民共同庆贺"思恩鼓楼"竣工的宴会。大家吃百家饭，喝糯米酒。这个敬一杯，那个敬半碗，杯杯米酒敬恩人。孙思恩半醒半醉，半倒半立。口吃棉花，酒醉心明。当他走到梁卜文饭桌旁时，梁卜文在那里指指画画，规划孙思恩塑像。孙思恩说："不要张扬。我乐捐一点点善款，不值得一提。""太值得提了。我村得到您的支持和帮助，村民万幸万福！更重要的是，功在当代，利在千秋。弘扬前贤，激励后人。"梁卜文激动地说。

不巧不成书，吴一等人刚好这个时候到现场祝贺。饭后，大家邀请吴一和孙思恩等人跟全体村民照一张合影作为纪念，大家站在新鼓楼前，"咔嚓，咔嚓"，合影永远定格。

"鼓声万响，思路宽广，同享好运；楼画千般，恩情厚浓，共添新福。"对联与吴一等画家永远定格在相框里。

以后，画院发展怎样，事业前途如何？有《鹧鸪天》词云：

见义行仁勇士兄，八协塑像立英雄。

群民纪念弘扬善，广场雕铭赞颂功。

山敬仰，水推崇，岭上村前万物荣。

农闲画苑抒情厚，绘写东西南北中。

第24章

男女老少齐绘画，乡村上下共立园

清晨空气格外清新，村民扛着锄头往山上干活去。大家争取在日头毒辣起来之前干完活，挑着担子回家。吃过早餐，老人在鼓楼里一边抽烟，一边讲故事。本村的说书人讲完了第一个故事，一个外村的贵客进到鼓楼，也随意讲了一些奇闻轶事。讲到精彩处，鼓楼里的掌声不断，笑声不绝。恰逢午餐，村民便邀请说书人到自己家吃油茶，好客之情溢于言表。洗手洗脸，主客就座。两三碗米酒下肚，在饭桌边再聊一些乡村趣事。说来说去，又讲到画画的那些事。"在侗乡，高平村画画最出名，画众之多可赞，画艺之高可扬，团队精神可嘉。在其他村是很少有这种境界。所谓一方水土，养一方人。这种良性循环，画事越来越好。"客人随意地说。

夕阳西下，红霞满天，这个时候山村的景色最美。画画爱好者在山顶上遥望美丽的山村，聚精会神地画画。《山村晚霞》《美在山村》《金色高平》……精彩画作不断再生又产。

夜幕降临，高平妇女就到鼓楼坪演戏，她们把最新要宣传的主题编成侗戏。正在演的是《慈善家》。主人公杨卜道一辈子做慈善，带领人们做慈善。人们的儿女做慈善，儿女传至孙子，孙子传给曾孙，子子孙孙慈善永远。妇女们是一支最具活力的画画队伍，其实就是在芦笙队的基础上发展壮大的。能歌善舞会画，是她们的特长。原来她们只会唱歌的时候，都能吸引无数追星人，现在她们增舞添画，更加具有吸引力和影响力。虽说是排练，但观众也是里三层外三层。

"在高平村崇善画院里，有老年人、中年人、青年人和少年。他们尊老爱幼，互相帮助，和谐共处。画艺提升，文艺繁荣。传播正能量，弘扬主旋律。""农民画家们经常开展采风和写生活动。有时走出去，有时请进来。美术活动已经走上常态化、规范化的道路。在鼓楼边、在风雨桥畔、在井亭外、在茶山上、在果岭下、在田埂间，到处是画家写生的足迹。画家们所到之处，帮助农户干活。晚上，给寿星和乡贤画肖像，每当画完的时候，模特们都乐得合不拢嘴。这件文艺惠民的事广受群众的欢迎。"这是《广岭日报》头版头条的报道。

随着《广岭日报》的广泛宣传，到高平村的游客顺势增加。有的喜欢感受侗族村寨，有的喜欢体验侗族风情，有的喜欢欣赏侗族画画。"南方侗寨，一楼一景，一桥一景，一亭一景，一步一景，好看极了。"一个黑龙江的客人到过高平村后说。"高平侗寨，景丽人好。载歌载舞，歌甜舞美。笛声悠扬，芦笙洪亮。琵琶歌情深，牛腿琴传奇。"一个海南的旅客亲临侗寨得出的心得。一个川西的客人说得有趣："到过高平，在侗寨画院里，既能看到侗族姑娘群体的敬酒欢乐场面，又能欣赏到全国各地的画家的作品。既让你大饱口福，又让你大饱眼福，像进入全球一流的艺术殿堂一样。"

一传十,十传百。高平村客人多了,公共厕所少是一个大的问题。"厕所革命"就是最大的建设。高平村的老人协会会长建议说:"还是找吴一院长。因为一直以来,他都是有求必应。""百事都找吴一院长,显得我村具有很大的依赖,'等、靠、要'的思想仍然严重。"妇女主任说。

高平村不想麻烦吴一,从初六开始,就在鼓楼摆开募捐桌子,桌子旁边写着"乐捐建造公益厕所芳名榜"。募捐至月末,得到善款 10 万元人民币。离预算还差 10 万元。村里有人通过王中华把消息传到吴一那里,两人商量了一下,第三天,10 万元通过邮政局寄款至高平村委会。高平村一片欢呼,百事顺利。

高平村的善男信女,热心公益事业,捐钱捐物,投工投劳。在一个月的时间里选地、平基、抬木、挑瓦、运石、树柱、上梁、镶房,18 间公益厕所如期完成。木质结构的亭、廊连成一体,为村寨下游又增添了一个美丽的景观。高平村民自觉拿出饭菜酒果到对面平地上举办庆功宴,村委给吴一院长打电话汇报竣工。吴一得到消息后,与妻子一起在家里同吃庆功饭。"村里的老人,理念求实,为人朴实,办事扎实。村里的中青年,服务第一,时间第一,效率第一。特别是妇女,能顶半边天。煮饭神速,干活神速,排练神速。真的很佩服村民积极参与公益事业。"王中华面对丈夫赞叹说。

"我以为这里是客栈饭馆,原来是公益厕所。这是村级最好的厕所,也是村寨最讲究卫生的地方。"一个刚参加工作的乡干部到高平村调研时说。

插秧后,稍微有空闲,李三思便邀请邻村的戏班来本村演

男女老少齐绘画,乡村上下共立园

出。夜幕降临，两个村文艺队进行联欢，你方唱罢我登台，双方互相欣赏，交流经验，互相勉励。

到第二天，两个村的画院举办联合画展。画展的内容是展示当地生产、生活习俗，一些关于春插、夏耘、秋收、冬藏的画面比较多，老年人过重阳节的画面倍受群众喜爱。

这些活动的开展，经常有外地的客人来游览，村里地上被打扫得干干净净，房前屋后整整洁洁。"如果经常开展这样的活动，我们村的清洁工程将会更好！"几个村民在议论。

吴一常回家看看父亲。一来孝顺老人，二来看看画院。在昨天晚上已经到达高平老家，他到村的时候，正好赶上看到两村表演的最后一个节目。

太阳刚刚升起，吴一就到村后的山路散步，一来锻炼身体，二来找找绘画灵感。与其说是散步，不如说是跑步。他走得很快，一袋烟的工夫就走到了甜泉岭上的观景亭，在那里远望重重的山峦。"祖国秀丽的自然山水，家乡美丽的人文景观，是画家写不尽、画不完的资源。"吴一赞叹万分，自言自语对自然说。

吴一回到家里，房族亲戚和画友们聚集家里厅廊聊家常、谈农事，在火塘边，一边煮着老树茶叶，一边茶油炸阴米。吃侗家油茶，喝侗家米酒。又听听最有趣的画坛故事，再侃侃最近家乡的新闻。

当天，林江乡中心校校长吴卜铁到高平小学指导工作。工作结束后，到吴一的家中拜访。吴卜铁建议说："把平江乡画院做大做强，是当前的重要任务之一。""乡里有您和您的同事这样关心画业发展，我很欣慰、很放心。我对三水县美术事业的发展充满信心，但愿县、乡、村携手并进，共同发展和繁荣。"吴一说。

在老家高平村，一份《三水县乡村携手绘画同心建园实施方案》草拟完成。吴卜铁在将这份有主题思想、有追求目标、有具体措施、有组织机构、有经费筹集来源、有预期效果的建设性实施方案，呈送至三水县教育局、三水县文化和体育局和三水县文学艺术界联合会三个单位。

一个月后，三水县教育局、三水县文化和体育局、三水县文学艺术界联合会联合下发《三水县关于做大做强侗画产业的意见》的文件，形成"主管部门主导，民间团体主体。上下联动，左右协作。同行同向，共同发展"的繁荣发展共识。

在两个月后，讲做结合。以规划、实施、措施、效果四个重点环节，作为检查、督查和考核的重要指标。在这次落实落细中，高平村立足村屯，拓宽思路，对三水县文件精神贯彻得十分到位，受到政府的嘉奖，得到荣誉证书，又得到以奖代补资金20万元。这是高平村有史以来得到奖金最多的一次，是一件户户开心、家家满意的家乡大喜事。

在高平画院的会议室，通过集思广益，精心谋划，最后决议，一个新的计划《高平村画园设计与建造方案》圆满完成。资金来源是高平村最近获得的奖金20万元和吴一的赞助款20万元。吴一在一次跟画友吃饭时说过："高平村在年度参加画展、画赛或笔会，获得荣誉并获得奖金。得多少，我同时奖励多少。"一言既出，驷马难追。吴一说话算话，言行一致。

高平画园建造筹备委员会成立。资金到位，人力到位。地址选定，建筑材料准备齐全。重阳佳节，高平画园建造竣工。

"高平画园建造并竣工，标志着高平村公益文化事业又上了一个新的台阶。它集研究、传承、创作、展示、推介和发展为一体。在三水县乃至柳河市，甚至在广岭省美术史上添加了崭新的一章，在全国美术园地里是一朵鲜艳的奇葩。"在竣工仪式上，吴一发言道。

高平村的画画爱好者，一只脚在田园，一只脚在画园，这是高平村生产和生活的真实写照。潘康健既是带着泥土气息的农民画家，又是新潮时尚的画家农民，还是村委会的主任，一身多职，全年多获。

2005 年，来高平村参观的人都是走着山路来。2006 年，到高平村参观的人是开着轿车来。车来人往，络绎不绝。"高平村很美，山美水美人更美。高平是诗境，高平是仙山，高平是画园。"中国新闻社广东分社的一位记者说。

走过石板路，对上拦路歌，吃过百家宴，饮罢糯米酒。在欢快的芦笙声中，手牵手跳起"多耶"……走进高平村，好客的侗家人那诚挚的热情扑面而来。这里，民风淳朴，民俗神秘，毗邻村间和睦，人与自然和谐，置身其中，犹如置身桃花源。

这个和谐的侗族山寨村民世代代居住在傍山而建的木质吊脚楼里，村寨远离县城，居住着 400 多户人家，寨子里吊脚木楼林立，古井古亭特多，寨子周边山清水秀，井水清爽、甘甜，松杉茂盛，翠竹环绕，摇曳多姿。站在高处，俯视侗寨，古朴的吊脚楼那深黑色的屋檐透着一种别样的风情。寨子中心，有一处白色的院落，那是目前三水境内发现的保护最好、规模最大的飞山庙。站在高处往下看，深黑色的侗寨屋檐中透出的那一抹白显得那么抢眼，却又透出无法言语的和谐。茶场上，清纯无邪的高平小美女，犹如一群快乐无比的小鸟，灵巧的小手在茶树上飞动，构成一道流动的风景。夕阳西下之时，那金色的余晖把侗寨染得金碧辉煌，令人百看不厌。暮色将至，侗家村寨炊烟袅袅，如梦似幻。

　　高平村最具诱惑的魅力及最大的优势就是景观独特且拥有多姿多彩的民俗文化。一年四季，除了春节、中秋节等传统节日外，还有名目繁多且极具侗族风情的节庆活动，月月有"节"，是三水的"多节之村"。比如芦笙节、乌饭节、新米节、斗牛节、吃冬节以及独具特色的侗族文化艺术节——谷雨韭菜节和各种歌会等。每到谷雨韭菜节之际，姑娘们就忙开了：白天，他们去溪边捞虾；黄昏，她们到男青年（意中人）的菜园里割韭菜（这一天，谁家的韭菜被割得越多，谁越有面子）；晚上，她们便三五成群聚集在某一家打油茶，谷雨油茶配有猪肝、粉肠、韭菜、黄豆、花生、虾子，香甜可口。而男青年则成群结队走门串户品尝油茶，然后对唱情歌，欢声笑语，其乐无穷。

　　这天还有"多耶"、吹芦笙、唱侗族老歌（大歌）、"讲款"（即讲村规民约民俗）等活动。"耶"就是"耶歌"，侗族最古老的一种歌种，演唱"耶歌"，侗语叫"多耶"。演唱时，男的围成圆圈，互相攀肩边走边唱；女的手拉手围成圆圈边唱边舞。"耶歌"的内容很多，一般分为六大类，即祭祀耶、祝福耶、赞颂耶、礼俗耶、对答耶、猜谜耶等。其演唱方式有一人领唱众人和以及众人合唱两种。

　　入夜，寨子中心的五福鼓楼灯火通明，在五福鼓楼前的空地上，一堆篝火熊熊燃起，寨子里的男女老少围成一圈，在这里唱歌跳舞，等待着贵宾的来临。客人如期而至，迎宾的百家盛宴在楼里或鼓楼坪上开席，宾主欢聚一堂，不亦乐乎。

　　在三水侗乡，摆设百家宴是侗族人民招待客人的最高礼遇，

男女老少齐绘画，乡村上下共立园

191

也展现了侗族人民勤劳勇敢、热情友好、团结奋进的精神。百家宴又称合拢饭、合拢宴、合欢饭，是一种集体备设的宴席。百家宴不是常设的宴席，只有村里遇到什么大喜事或是来了共同的客人以及在春节"月也"，也就是说村与村集体做客、开展文化交流活动时才会摆设的宴席。

传说中，古时候一个侗寨遭到洪魔袭击，眼看稻田被淹，房屋即将倒塌，侗民就要被洪水吞灭。这时，一位从天而降的英雄用他的力臂斩断了洪魔的脊梁，侗民得救了。村民都想请英雄到自家吃饭以表谢意，但英雄第二天就要走了，不能一一到侗家去做客。这时，寨老想出了一个主意，全村的人每家出几道菜，在鼓楼前摆起长长的宴席款待这位英雄。从此以后，侗族人每逢村里来了贵客或遇上大好事或者族人聚会，都会摆起长桌设宴款待，一直沿袭下来。只要寨老告诉一声，家家户户都从自家端出饭菜酒水，有侗族特色的酸草鱼、酸猪肉、酸芥菜、重阳酒等，在鼓楼前摆起宴席来。百家宴有摆长桌和单桌两种，要是摆长桌，客主交叉对坐。如摆单桌，则每桌都有宾主混坐。等饭菜备齐且宾主都入席后，由寨老一声酒令，宾主举杯站起一齐高呼"牵啦——唔呼！郁啦——呜呼！"表示就餐开始了。侗家有种说法是，吃了百家饭，除了百样病；吃上百家饭，享受百年寿。

高平村有几百余户人家，两千多人。这儿的巷道、石板路干净整洁，房前屋后、鼓楼坪上、戏台旁边很少看见乱丢垃圾。近年来村民在传统的水稻种植基础上，大力推广茶叶种植，发展茶叶产业和养殖产业以及其他加工，村民的生活一天比一天好，家庭都购买了彩电等电器，中青年都有了手机，家家户户安装了自来水，一些家庭还用上了电脑。生活富足了，人也注重打扮了。

高平村的妇女们最喜欢聚在鼓楼前的空地上做侗布缝新衣，老年人则坐在鼓楼里或屋边闲聊，共享太平，安度晚年。这里的人们勤劳善良，助人为乐，夫妻恩爱，没有赌博和偷盗等行为，是"路不拾遗，夜不闭户"的典范。物质生活富裕了，对精神生活的需求也日日增长，村里成立了茶叶协会、书法协会、摄影协会、老年协会。村民们还热衷于公益事业，大家总是乐意捐钱捐物，出工出力。侗族人喜欢修建鼓楼，寨子里已经有好几座鼓楼。2005 年竣工的 13 层瓦檐的五福鼓楼是高平侗族同胞智慧和汗水的结晶，这座中心鼓楼建成后，成了高平民间文化交流的中心，是村民们最喜欢的场所。

近年来，高平村以"环境优雅，乡风文明，村容整洁，管理民主，山寨和谐"而闻名遐迩。秀丽的风景，奇特的民居，浓厚的民俗风情融为一体。高平村美丽绝伦的自然及人文景观吸引着大量的摄影爱好者、作家、画家等游客，这里被人们称为"诗境家园"。

高平村越来越好，画家们建设家乡的自信心更加地坚定了。

吴一等画家登上笔架山，再上甜泉岭。他右手一挥，指向东方更远的地方，大家朝着同一个方向望着，都露出灿烂的笑容……

以后，画院发展怎样，事业前途如何？有《忆江南》词云：

> 山村好，
>
> 坡茶岭果鲜。
>
> 百姓崇德尊大义，
>
> 千秋尚艺敬先贤。
>
> 同心建画园。

男女老少齐绘画，乡村上下共立园

第 25 章

◆

百名画家迎贵客，千户茶农贺新春

寒冬来临，寒风袭来，大雪纷飞，高山上的侗寨披上了银装。从远处望去，像白银撒满大地。

吴一的心总是想着老家。他听到家乡人的消息，正好是鹅毛大雪纷飞，到处银装素裹。他在画院的办公室画画，突然想到毛泽东《沁园春·雪》词："北国风光，千里冰封，万里雪飘。望长城内外，惟余莽莽；大河上下，顿失滔滔。山舞银蛇，原驰蜡象，欲与天公试比高。须晴日，看红装素裹，分外妖娆。江山如此多娇，引无数英雄竞折腰。惜秦皇汉武，略输文采；唐宗宋祖，稍逊风骚。一代天骄，成吉思汗，只识弯弓射大雕。俱往矣，数风流人物，还看今朝。"

高兴之余，吴一在画作的上方中间写下这首《七律·雪》："鹅毛大雪落纷纷，大地良田倍有神。百里庄园银世界，三河厂矿玉乾坤。八方六路财源广，万户千家父子勤。富裕门庭凭努力，求实奋进建农村。"

吴一正画画赋诗之际，他的学生进门来告知喜讯："吴院长！

侗画家

您受邀参加'广岭百名画家庆新春'活动，邀请函在这，请您过目。"

收到邀请函的吴一着手做参加活动前的准备事项，尽量考虑周全，做到细致。他做事一向谦虚谨慎，戒骄戒躁，追求完美是他的目的。吴一写了一篇1000多字的活动开幕词，有尊称有礼貌，有内容有重点，有方法有措施，有预期效果。

把这些做完后，吴一才开始画准备送给活动举办方的画。办活动的鼓楼，除了对联外，四壁空空。把画作融入其中，增添了当地的文化气息，也为到此旅游者提供一些趣味的东西。10幅画的标题分别是清洁乡村、生态乡村、美丽乡村、和谐乡村、健康乡村、平安乡村、宜居乡村、宜游乡村、宜业乡村和幸福乡村。

一组画从整体看，是一个"生产发展、生活富裕、生态文明"的社会。从局部瞧是一个"路不拾遗，夜不闭户"的村寨。

吴一的学生看画后，有所心得和体会，他们也效仿老师画画送画给乡村。一是协助老师画画事业，二是为助力乡村文化。90个学生90幅画，3天时间内，全部完成。从形式上来说各种画都有，从内容来说助力乡村文化繁荣，建设美好乡村。

吴一到现场看到90幅画，学生的善举，让他备受感动。他选了其中最好的3幅进行点评，第1幅是《侗寨新貌》，突出道路新、民房新、学校新、卫生室新，都是木质建筑，给人耳目一新的感觉；第2幅是《春耕图》，突出耕牛换铁牛、插秧换机器、秧田是画田，梯田层层、冲田阡陌，给人以春种一颗粒秋收万担粮的感觉；第3幅是《秋收景》，突出水稻丰收、杂粮丰收、瓜果丰收，遍地瓜果，四处金黄，给人以五谷丰登千家喜悦的感觉。学生知道，这是老师的鼓励。越是鼓励，越有动力，越加努力。学生们把自己的画收拾好，集中放到一个画室，期待着庆祝活动的举行。

时令转到 2008 年，春回大地，绿满江南。

春节时期，来侗乡旅游的国内外游客特别多，平源画院挤满了人。

平源村青山绿水像一幅美丽的风光画一样。一座风雨桥状若长龙横卧溪水的下游。一座宏伟壮观的鼓楼耸立于寨子的中央。这个侗寨风光旖旎、风情浓郁、文化底蕴深厚，曾荣获"国家景观村落"的称号。

平源村包括阳寨、石寨、平寨、坦寨、东寨、南寨、北寨、上寨和中寨九个侗族自然屯，是国家旅游示范村，系广岭省和柳河市的新农村示范点，为三水县境内最大的旅游景区，位于境内林江乡，距县城 18 千米。景区延伸至林江河上游各侗寨，每年游客接近百万人。

侗寨的风雨桥很多。风雨桥又称廊桥，还称为花桥或福桥，侗家对风雨桥寄托了许多美好的愿望。据史籍记载，像这样结构的桥，大约起源于 3 世纪初。平源桥位于平源村的下游 50 米处，始建于 1912 年，建成于 1924 年，它是侗乡规模最大、造型最美观、民族特色最浓郁的一座风雨桥，是享誉国内外的侗族木建筑代表，为全国重点文物保护单位。平源桥采用密式悬臂托架简支梁体系建造，两台三墩四孔，长 77.76 米，宽 3.75 米，桥道高 10.70 米。五座桥亭建于墩台之上，与十九间桥廊和谐连为一体，浑然天成，宏伟壮观。平源桥以其高超的木建筑技艺与赵州石拱桥、泸定铁索桥和罗马尼亚诺娃沃钢梁桥一同被誉为世界四大历史名桥。1997 年 7 月 1 日，在欢庆香港回归的盛大节日里，广岭省将这座风雨桥模型作为礼物，赠送给香港特别行政区政府。

寨门是护寨的建筑，多建于进入寨子的要道口。寨门前常设立"泰山石敢当"之类的镇寨石，或设置土地庙，以供香火、祈求平安。寨门内侧多设有井亭，以供来往行人歇脚解渴。侗家的厕所设在水塘之上，粪便可以养鱼，对村寨的环境和居室的空气，不会构成污染。村寨内的房屋一般是一户一栋，若干户连成一片。小楼与小楼之间形成的小巷，在建筑上被称之为灰空间。村寨处于平缓的坡地上，寨子三面环水，水外是群峰叠嶂。三座风雨桥连接着林江两岸的九个自然屯。村寨口的风雨桥下，一座座高大的水车构成一道美丽的风景线。

这些长长短短、宽宽窄窄、曲曲折折的小巷，构成了侗家村寨富有层次和动感的空间序列。穿行在侗家村寨，有一种妙不可言的美感和惬意。侗族村寨和建筑，蕴藏着神秘的民族语言密码，是一座丰富的文化宝库。

侗族鼓楼位于村寨的中心部位，侗家称之为"堂瓦"，意思是公共场所。鼓楼是侗族独有的造型艺术，是侗文化的象征。鼓楼造型丰富，风格多样。飞檐重阁，顶梁柱拔地凌空，排枋纵横交错，运用杠杆原理层层支撑而上。鼓楼的檐口常常采用古典建筑中的人字形斗拱艺术，美观而又坚固。鼓楼的底部多数为正方形，楼内有板凳、火塘。过去火塘由各户轮流供柴生火，常年烟火不断。据说自有侗家，就有鼓楼，鼓楼为每寨必有，有的一寨一座，有的一寨多座，是古代军事的中心，也是现代文化的中心。三水县境内有 200 多座鼓楼、120 座风雨桥，被誉为"世界鼓楼之乡"和"世界风雨桥之乡"。

九寨婚俗是侗族婚俗的缩影。它有四大特色：一是恋爱自由，嫁婆则要通过媒人介绍；二是统一在年三十晚上接新娘，大年初一全村人看新娘挑水，初二吃新郎家喜酒，初二晚上闹新娘油茶，初三送新娘回门，并在新娘家吃喜酒；三是不落夫家，三年上五年下，三五年后才落夫家；四是迟送的嫁妆，待生下小孩后才送去嫁妆。

侗族俗话说："饭养身，歌养心。"侗乡被誉为"诗的世界，歌的海洋"。在侗族歌海中侗族大歌最为著名，它是一种无伴奏无指挥的多声部合唱，是属于民间创作的复调音乐。"大歌"是从侗语"嘎老"音译而来。"嘎老"流传时间已久，其有三个方面的特征：一是要由集体歌队来演唱。二是有两个以上的声部。三是它的正规演唱场合一定是在村寨的活动中心鼓楼。侗族大歌可分为鼓楼大歌、男声大歌、女声大歌、叙事大歌、童声大歌、混声大歌、戏曲大歌等。其曲调悠扬，旋律优雅，多声部和谐独特，演唱技巧极高，在国际上被专家喻为"天籁之音"。已被列入国家级首批非物质文化遗产名录，享誉五大洲四大洋。

三水县把侗族大歌和侗画引进了中小学课堂，让儿童从小受到优秀民族传统文化的熏陶。宾主在酒席上互相敬酒时唱的酒歌，或女唱男答，或男唱女答，比歌才，比智慧。其情融融，其乐也融融，酒有多少，歌便有多少。此外"耶歌"这种侗族最古老的歌种。或一人领唱众人和，或众人合唱。演唱时，男的互相攀肩围成圆圈边走边唱，女的手拉手围成圆圈边唱边走，其场面宏大、热闹非常、氛围和谐。

在学校的教室内外显眼的地方都挂有侗画。这样使校园的环境更加美丽，更有诗意。

侗乡是"百节之乡"，平源九寨正月的花炮节最为出色。正

侗画家

198

月初一到十五，侗族有"拍毽子"的习俗，是男女青年的娱乐活动之一。毽子用公鸡尾毛穿过小酒杯一般大的白瓜皮中间的小孔并配串珠扎紧而成。一般是两个人对拍，有时在对拍的两人中设一人"抓毽"，如若左右两边打来的毽被抓住，便让失落者进中间抓毽。抓住飞舞的毽子，便获得拍毽资格。这种活动十分有趣。正月里，鼓楼坪，村寨旁，青年男女一双双一对对，打毽闹春，十分热闹。平源九寨美丽的田园山水、精湛的建筑技艺和浓郁的民风民俗，人与自然和谐相处，构成一幅独特的风光风情画卷。

平源村的旅游搞好了，来的游客多了，来的媒体记者也多了，来的画家也多了。

正月吉时，来自广岭、湖南、贵州三省，各省选派 36 名共 108 名侗族画家在平源村开展采风和写生活动，恭候来自全国的 108 名画家的到来，这次艺术交流活动的主题是"手拉手共建画院，心连心成就梦想"。

主人 108 人吹着芦笙排成两排，站在寨门前，贵客 108 人拿着画具排成两列，从风雨桥那边朝寨门这边款款而来。芦笙阵阵，热闹非凡。主人唱歌，客人对歌。一唱一答，难分胜负。客人喝了拦门酒，主人欢迎客人到平源鼓楼坪。这是一曲芦笙踩堂曲，曲声悠扬，震天动地，第一次到侗寨的客人觉得非常震撼。伸出拇指，赞叹有余。

一个侗族画家和一个汉族画家两人一组，108 名画家被平源村的 108 家热情地拉去做客去了。

进了主人家，洗脸洗脚。吃两碗油茶，喝 3 杯米酒。酒足饭饱后，主客都出来到鼓楼坪看侗戏。那些内涵丰富的侗剧本、情节曲折的故事和侗家姑娘美妙声音，深深地吸引着画家们。侗族戏师杨平源和画家蔡北方、吴一各喝了3大碗鸡血酒，发誓成为一辈子肝胆相照的好朋友。他仨同年同月生，3个老庚年龄相同，性格和想法都一样。

"今晚一夜无眠，可是三生有幸。"画家谢有心说。

第二天中午，在平源鼓楼坪举行盛大的百家宴。这是平源村新年规模最大的百家宴。主客四百多人共进午餐。侗王的一声酒令："牵啦——呜呼！郁啦——呜呼！嗦啦——呜呼！"碗碗喝干，杯杯见底。主人说："不好意思，没有好菜。"客人说："12大碗摆在桌上，在我们的老家那里，只有喝喜酒的时候，才有那么丰盛的菜谱。"来自京都的客人说："这些酸草鱼、酸鸭肉、酸猪肉，原来只是听说，现在亲临现场品尝，真是色香味俱佳。"

正月中下旬，正是采茶的黄金时节，平源村千户茶农采茶仪式在莽烂坡举行。三水县是全国茶叶生产大县、全国名茶之乡。中国茶叶泰斗陈先生曾说过："三水的茶叶是中国早春第一茶。这里云雾缭绕，土地肥沃，气候适宜，冲坡谷岭都是种茶的好地方。"

国家、省、市和县各级媒体记者聚集三水县的茶园，聚焦千户茶农，力争把侗乡最美的人文景观和自然景观展现给广大的观众。

采茶姑娘的双手灵巧而忙碌，采了这坡又采那坡。善良的村民、勤劳的茶农，集聚一起，参加采茶仪式。场面宏大，气氛热烈。"我们都有一个梦想，立足村情，用自己勤劳的双手去开辟一条脱贫致富的新路，享受健康平安的生活。"一个采茶姑娘回答三水县电视台记者。

你方唱罢我登场。晚上，平源村文艺队演侗戏、唱侗歌、讲侗"款"、跳"多耶"、吹侗笛、吹芦笙、弹琵琶、画侗画。同时，外地的画家同台献艺，台上画画、赋诗、演唱、舞蹈和京剧一一呈现。

"这是一个民间艺人大荟萃的舞台，又是南北艺术家互相交流、共同提高技艺的艺苑。"坐在观众第一席的京都美协主席高兴面对吴一和王中华兴奋地说。

演出闭幕后，京都美协主席高兴、南方崇善画院院长吴一及其妻子王中华、崇善画院书店店长吴春燕、广岭画神陈行德、湖南画圣刘新青、贵州画仙杨望重、画院讲师陆长胜、画院画星陈有义、画院女神黄丹、画院才女石艺、三元及第三连冠画家杨包喜、画祖韦乃戏、老将公卜村、萨桑耶、杨卜灯、卜培屯、黄卜寨、京都师大出版社总编吕品、京都美术评论家杨论、澳洲画天下董事长华远行、画家世界总裁郭华艺、京都画艺总经理张有财、南方文房四宝董事长廖兴旺、华夏书店总经理谢书、广岭图书出版集团总裁韦稿等26人被平源村以妇女主任为代表的一帮姑娘邀去打油茶。

客人先在厅廊里坐着，然后到房里火塘边，侗家主妇架锅头打油茶，先将阴干的糯米饭粒用茶油炸成米花，再用茶油爆炒少量米粒，接着放入三水老树茶叶一起翻炒，最后加适量的山泉水煮成汤，茶汤盛碗后放入饭豆、黄豆、猪肝、粉肠、虾米、花生米、葱花。油茶是一道多味美食，在主人的盛情之下，客人八九碗油茶下肚而不知觉。主客之间边吃油茶边赛歌，主人用侗语唱歌，客人用汉语对歌。你唱我对，我唱你对。"画界神仙到我家，房中摆设乱如麻。如得教授教一手，我是画坛一大咖。"主人唱

百名画家迎贵客，千户茶农贺新春

着。"天籁之音世界夸，我来拜访美大咖。如得妹妹教两首，我是音坛一大家。"客人对歌。吊脚木楼的茶香歌美，构成了一幅极为浪漫和谐的生活画卷。

次日，主人送客人到寨门外，双方都依依不舍，吴一向乡亲们挥手告别，往南方而去。

以后，画院发展怎样，事业前途如何？有《江城子》词云：

毗邻侗寨喜连连，撰楹联，瑞气添。冬去春来，秀水映茶园。四季完成两件事，读好书，种良田。 心中敬爱孝能贤，兴画苑，培画仙。向上直行，画卷无限延。构建人生诗意境，享康乐，胜桃源。

侗画家

第26章

省和省心连着心，村与村画系着画

　　季夏时节，吴英的丈夫杨心宽起得很早，从宿舍出来，到学校田径场绕周围跑了一个小时。在桂花树下背诵诗文，再到食堂吃过早点，直接往教室走。每天都是四点一线。大学四年，长了身体，也长了知识。

　　2008年8月，杨心宽上任京都国家民委副主任。

　　杨心宽自从1989年7月大学毕业，就分配在柳河市任团委副书记。他上任第一天，把自己的办公室打扫一遍，然后把同事的办公室也扫了一遍，然后把报纸整理好，把杂志放到阅览室。进到自己的办公室，跟学校完全不同，这里有自己的工作和学习空间。他的办公桌左上角放着一本《现代汉语词典》和一本法律知识问答。

　　1990年8月杨心宽被提升为柳河市团委书记。他第一天到任是就职表态。他在前一夜，已经把想说的理了一遍，分为5点。主张思想进步，改革创新；争创一流，做好服务；主持公道，廉洁自律。在这些观点的基础上自由展开，一讲就连续一个半小时。"这个领导，人好面善，有口才，是人才。"一个同事会后跟一群朋友说。

1993年8月到基层锻炼，杨心宽任柳河市三水县委书记。第一天上午到三水县，晚上，一个村庄——山冲村发生历史上最大的火灾。千户人家，一半人一夜间无家可归，2000多人没有饭吃。杨心宽第一时间赶到现场，指挥抗灾救灾。原本计划在次日召开三水县领导干部会议，现在灾情严重，通知领导干部奔赴灾区现场，就是开会现场。

1996年8月杨心宽升为柳河市副市长。他是在调茶苗到三水县的路上就职的，当时市委组织部部长是中央组织部派来任职的。组织部长叫陈柳路，他思想好观念新，大改陈旧的套路。他说，只要是对人民有益的事，他都干。任职程序在履行中，按科学办法去做，一切从简。

1999年8月杨心宽晋升为柳河市市长。他第一天就职演说是在柳河市文艺中心开工仪式上举行。把万言演讲稿发给大家，自己脱稿演说，口若悬河。"从经济建设到政治建设，再从文化建设到社会建设，后到生态文明建设，句句实话，段段真理。没有一句废话，没有一句假话。新市长是杨姓的，是我听过的报告中讲得最好的一个。"柳河市文化局长杨兴艺感慨地说。

2002年8月杨心宽调任广岭省省会城市南州市市长。杨心宽身高1米7，头发像墨一样乌黑，眉毛浓密不可透针，而且像一把刀一样，眼睛炯炯有神，鼻梁高且直，脸庞方正。了解杨心宽的同学说，他从开始喝酒的那天起，从来没喝醉过。他双脚勤快，一心忠诚。办事有原则，而且讲信用。有领导的风范，有李白的才华。谈到忠义，像关羽一样。有亲和力，有慈善心。也有人调侃杨心宽有酒仙的酒量。

"吴一这一家真的很幸福。兄妹学习、工作顺利。妻子、妹夫都是强人。只是他的母亲含辛茹苦，早早离世，生活刚好，却不能享受。"高平村的人说。

"这是吴一家积善成德的结果，善有善报。有多少付出，就有多少收获。"绣兴村的人讲。

"吴一家的风水好。运气好，财运通，福气大。其实所谓说的风水好，就是现在的人工作好、生活好，然后就说他们风水好。也就是说，看现在好了，就夸前面风水如何。我们是这么认为，在避开东南风，有安全饮水的地方建房造屋，就是最好的家庭。在这样的地方居住的人家，集中聪明才智考虑问题，用勤快的双手去劳动，都有一颗忠诚的心去发展，可以享受安居乐业的生活。"平源村的人在调侃着。

暑假，吴一和学生到湖南和贵州的几个乡村采风。那边的事办完后，火速回到老家看望父亲。吴爸爸在家乡生活习惯了，其他哪里都不想去。曾经有三次去京都，看看高楼，逛逛商场。走走公园，会会朋友。在吴爸爸朋友圈里，是养鸟和唱戏的多。吴爸爸这一辈子，最喜欢拉二胡、弹琵琶和养鸟这些事，他到京都感受最深的是，城市也没什么的，就是多几个砖头，或者说，砖头叠得高一点而已。他到京都三次后，就不再愿意去了。他告诉儿子和孙子："如果你们有时间就来看看我，如果没有时间，打电话就可以了。"

这次，吴一到高平家里没有看到父亲，就直接往北边的靠近湖南的自留地溜达。这时候，吴爸爸刚好在菜园边逗鸟，在菜园边的花丛中找几只虫。在没有特殊任务的情况下劳作，是多么快乐的一件事。菜花园边有花丛，这是真实版锦上添花，村里人就喜欢过这样的生活。

第二天下午，吴一的妹夫杨心宽也来到高平村。

在八仙桌旁，围着吴爸爸、伯父伯母、姑妈姑爷、吴一、妹夫杨心宽、村委主任、小学校长共10个人。前年，高平村通了泥沙路，今年又通了水泥路。这是三水县实施"村村通水泥路工程"带给群众的实惠。

吴爸爸在自家门前写了对联贴了红纸："村净院美家家富；政通人和路路宽。"

吴一把来意说了，杨心宽把心意讲了，两人不谋而合。大意是，把美术事业做大做强，为家乡做点贡献。两人的笔记本上都写了一个方案的指导思想、具体措施、时间进度、预期目标。这套方案立足村屯实际，面向寨子未来，有前瞻性、有创新性、有可操作性。吴一的姑妈说："要想得周到，能办到，对群众有利就行了。"

吴一决心把广岭省及周边的湖南、贵州比邻村屯的画院办得更结合村情实际，更具有自己的特色，更具有实惠。

在吴一的心里总是想着父亲的一句话："人在世上，能做好事，就尽量做好事。行善积德是侗族的传统美德。"吴一把乐捐款70万元现金交给崇善艺术基金会负责人，希望把家乡画院基础设施建设得更好。

与此同时，杨心宽捐出自己多年来的稿费30万元，吴英也捐出多年从教获得的教学奖和论文奖共30万元。廖兴旺——南方文房四宝董事长得知家里人积极募捐，不甘落后，他和吴春燕夫妻俩共捐60万元，以支持家乡公益文化事业的发展。

广岭省的高平村全体村民，以积极的态度，投入建设家乡的公益文化事业中。

仲秋时节，天高云淡。人们的心情格外好。心情愉悦，办事效率高。初旬，建基础、抬杉木、锯木板。中旬，树柱上梁、盖瓦镶房。下旬，雕花刻字，扫尾补漏。

到了秋末，一座13层瓦檐鼓楼型美术馆告竣。第1层楼至第2层楼可供人们观赏画作，中间的大桌是搞创作用的。第3层至第13层瓦檐，雕龙画凤，还绘有花鸟虫鱼。楼顶中心部位有葫芦朝天，祈求有福有禄、健康平安！

鼓楼位于寨子的莽烂半山腰，与飞山庙同在一个地平线上，遥相呼应，相得益彰。木楼建成后，取名"高平崇善民间文艺馆"，大门两旁的杉木板上刻着行书对联："积德侗寨；创美家园。"

九月九重阳佳节，各村的画画爱好者和"多耶"队到高平村进行文艺交流活动。5个客寨赠送画作300幅，牌匾5块。绣兴村的贺匾是"诗境高平"，平源村的贺匾是"仙境高平"，宝马村的贺匾是"画卷高平"，林江村的贺匾是"福地画寨"，胖陡村的贺匾是"安康画寨"。

白天，走村串户，品侗家油茶，赏村屯美景，评名家画作。讲家乡故事，赞故里英雄。晚上，吹侗笛、吹芦笙、拉牛腿琴、弹琵琶、唱侗歌、跳"多耶"、讲侗"款"、演侗戏和画侗画。主寨唱，客寨演。你方唱罢我登场。吹拉弹唱，跳讲演画。演员乐开了花，观众笑声不断，掌声阵阵。

离别之际，主客同桌共饮，享受着千百年来的侗家最高接待礼仪——百家宴。胖陡村是笛子之村，是"多耶"之村，更是侗戏之村。他们唱着"耶歌"以答谢主寨的款待之情。胖陡村文艺队长吴卜建边拿酒碗边唱着："高平是个富足屯，百姓都知善美真。户户安居观侗戏，人人创业享天伦。"接着，客村都唱着"耶歌"答谢主寨。主唱客答，客唱主答。"耶歌"不断，酒歌不断，米酒不断，欢乐不断。

仲冬时节，高平村新建戏楼竣工。冬末，高平村 6 座新建井水亭圆满收工。

2009 年的春天到了。春风吹绿了侗乡大地。高平村沉浸在春天的怀抱里。大家期待的吉日良辰到了。在这个美好的日子里，高平村六顺鼓楼进场新建。上寨的寨民树柱、中寨的乡亲套枋、下寨的父老上梁，上中下寨的妇女分别负责抬木、挑瓦，一部分家庭巧妇负责打油茶。一场你追我赶的公益好事竞赛在高山上积极展开。最后，六顺鼓楼坐落在寨子对面崇善画院的右边。

高平村的侗族同胞一直以来，有着架桥铺路的光荣传统，有着捐钱献物的公益热心。在吴一一家人的积极带领下，高平村的乐捐献物的人越来越多，公益文化场所越来越多，面积也越来越大。

去赶集的人路过高平村的育英井亭，都喜欢驻足观看对联和井亭序言。对联是："育英荣万代；兴水利千秋。"

《育英井亭序》是：

高平祖先，积善广德，历史悠久；侗乡村屯，学艺精工，文化深厚。三水侗族，团结向上；九屯侗民，智慧淳朴。鼓楼乃侗族文化之精华，井亭是侗乡文明的结晶。

吴英赞助，心宽支持。携手弘扬优秀文化，并肩构建和谐村庄。山村楼外建亭，侗乡锦上添花。诸鲞献策，众善建言。精心测设，努力投劳。人人解囊，个个捐钱。积少成多，集腋成裘。

外事俱备，内材齐全。精选吉日，优择良辰。一锤定音，双墨定线。三斧定位，六础定基。忠厚善男，一心一意；靓丽信女，同向同行。一派喜气，千户仁家。高平侗寨，育英井亭。建言九九句，捐钱六万元，投工三千个，献木两百根。于季冬奠基，在孟春竣工。承蒙上级厚爱，基层努力。仁人帮助，志士支援。毛幼献物，老少捐钱。首士共勉，匠工协力。斯亭福星永照，本寨瑞气长存。

正是：亭立万代，芳流千秋。

是为序！

杨卜撰

"高平村集楼、桥、亭、台、庙于一体，是典型的侗族村寨，其中吊脚木楼 200 多座、鼓楼 6 座、福桥 1 座、井亭 13 座、凉亭 13 座、戏台 1 座、庙宇 1 座，古石磨 50 台、古碾米坊 10 座，还有 3 千米的石板路。北通湖南邻村、西接贵州近寨。这些老祖宗留下来的东西成为高平村的文物，具有很高的研究价值。专家学者、媒体记者和自驾游者愈来愈多。去年暑假期间，100 多名来自香港的中学和大学生慕名而来，挤满了戏台背后杨氏客栈的 3 层木楼。去年寒假期间，英国的学生到高平村体验农耕文化，人数比香港的学生还要多。"《南方时报》记者说。

募捐献物出力建设起来的高平村公益文化样板得到周边村寨的推崇。广岭省其他村屯和湖南、贵州的村屯，也发动乡贤、在外地工作的公务员和教师及南下务工的老乡，争先恐后投入到公益文化建设中，有钱捐钱，有物捐物，有力出力。

2010 年初春，胖陡村在吴卜阳的带领下，全村井亭建设如火如荼。在下寨建成吴氏井亭，在中寨建成毓秀井亭，在上寨建成

省和省心连着心，村与村画系着画

209

感恩井亭，共 3 座。

夏末，胖陡村举办了一个全县笛子文化节。广岭省的 12 个村、湖南的 12 个村及贵州的 12 个村的画家和文艺队 200 多人应邀参加。这次活动规模很大、规格很高、人数很多。在戏台上演奏笛子、表演侗戏、跳"多耶"，在中寨鼓楼坪、两旁的吊脚楼，挤满了里三层外三层看表演的村民。

冬末，绣兴村村民吴卜向捐了 20 万元新建鼓楼，吴卜向亲自当掌墨师，他的两个儿子和房族的堂兄弟当木匠助手，上寨下寨的村民投工投劳，在不到两个月的时间里，一座 19 层瓦檐的鼓楼雄居寨子中心。人们为了铭记卜向的善行，以鼓励教育后人，取名叫"向上鼓楼画馆"。这座鼓楼具有赏画与休闲两个功能，与村寨的福桥和戏台连为一体。不管是公家投资新建的，还是村民集体乐捐新建的，甚至个人乐捐新建的，全村人都像爱护自己的眼睛一样爱护公家的建筑物。

吴一带着京都师大的 40 多名学生到南方实习，顺路到胖陡村和绣兴村参观，又到湖南、贵州的村屯走一走。师生住到农户家里，与他们同吃一锅饭、同住一栋楼、同在一座山劳动。

吴一住在胖陡村吴胜家。吴胜家在山冲底下，旁边有一口井，井上盖着亭子。这个亭子为八角亭，3 层瓦檐，木质建筑，精雕细刻，1914 年建立的，亭子两侧有对联："喝一口水欣凉爽；看百桃园赏美芳。"

清晨，吴一与吴胜到山坡上采茶，吴胜左右手交替，看得人眼花缭乱。吴一只用右手采，速度赶不上。半天过后，吴胜采得两箩筐，吴一只采得两竹篓。"样样有行家，隔行如隔山。如果我跟画家比画画，那也不行呀。今天，妻子有事去娘家，如果她来采茶，我们两个加起来都不比她采得快。"吴胜说。在太阳出来最热之前，吴一和吴胜已经回到家。

吴一铺纸握笔，正在构思一幅《茶乡美景》。以侗寨为背景，以茶坡为主景，太阳从东边升起，金色的阳光铺满绿色的茶坡，有五个采茶姑娘正在采茶，像金土地上正在长着五朵鲜艳的红花一样。

临行前，吴一给吴胜留下了联系方式，邀约吴胜在农闲的时候到南方崇善画院走一走瞧一瞧。吴一刚走出寨门，又转回去与吴胜拥抱，满脸笑意，往南路方向走。

以后，各村画院发展怎样，事业前途如何？有《一剪梅》词云：

> 省界旁边画苑兴。教授专心，学员用心。
>
> 楼桥侗寨美风光，院后佳锦，琴前妙音。
>
> 最是秋收遍地金。八方顺意，万户祥云。
>
> 开颜百姓享宜居，办事真情，创业浓情。

省和省心连着心，村与村画系着画

第 27 章

◆

祖父山中拿画板，孙子寨内授学徒

雄鸡叫了三遍后，吴一的父亲挑着鸡粪去寨后的菜园，菜园里种了葱、上海青、大白菜、韭菜等。他在菜园里浇水后，又到坡上的生姜地里施肥，然后割一担牛草再回家。日出而作，日落而息，脸朝黄土背朝天。日复一日，年复一年。

吴爸爸坐在承包地边沿的一块石头上，一边抽烟一边想着：当了父亲，又当了爷爷，是人生最大的幸福。再说，儿子吴一一直以来做好事办实事，颇受乡亲们尊敬和崇拜，同时被村寨外的人们广泛赞誉，心里感觉很欣慰。参加工作的女儿，工作稳定，生活愉悦。做生意的女儿，也取得了一定的成功，有一些积蓄。对此，他心中感觉很高兴。他每天到山上劳动后回到家吃饱饭，就到鼓楼里跟村里人谈天说地。

吴爸爸半辈子以来，勤勤恳恳，一心一意做好农事。但他总觉得，好像还缺一些什么东西一样。在新米佳节的夜晚，他久久未能入睡。他终于想通了。干活是天天到山上去，农活月月做都做不完。人的生命是有限的，事情是无限的，事情怎么能做得完呢？要劳逸结合。他自我总结一条经验：白天劳动，晚上画画。讲做就做，行动很快，从去年坚持到今天。自我加压，每晚学画，自我感觉悟性还是不错的。跟着时间赛跑，画一次不好画两次，画两次不满意画三次。画作慢慢地增加，技巧好像也提高了许多。有时候，自己定的画画任务晚上没有完成，白天就把画板画笔颜料拿到田埂，在百忙中也要抽空画一下。有同龄的妇女调侃说："你子女都有余钱，你要那么多钱干啥？野草已经长在你的鼻子上，难道要把财物放进棺材里面？""我不是想赚钱才去画画，而是自娱自乐，生活因画画而变得更加美好。"吴爸爸以满面笑容回答她们。

太阳刚刚升起半边脸，吴爸爸就赶着黄牛出去了。到了自家的山场，把牛拴在一棵杉树下一块较宽的草地上，任它吃着嫩草。他这样做，在村里算是特别了。在高平村，自从实行家庭联产承包责任制以来，水田插秧后，耕牛都是圈养的，主人每天早上去山上割草，挑着一担两撮箕满满的牛草回家送给心爱的耕牛吃。

吴爸爸这样做的目的是能腾出一点时间来画画，哪怕是十几分钟，都觉得很宝贵。一寸光阴一寸金。节约出来的时间，可以画很多画。画画对吴爸爸来说，是劳动生活中的重要组成部分。

在自家山场右旁的承包人韦卜喜喜欢开玩笑："你都这把年纪了，还学阉牛。""自己寻找一点娱乐，不图什么。"吴爸爸这样回答。他在回答的声音比较小，也不管他人听到没有，反正自己讲了。也只有他这种性格的人，才能对付那些喜欢调侃他的人。

祖父山中拿画板，孙子寨内授学徒

有一次，吴爸爸挑着一担农家肥去菜园，在扁担一端还捆着画板。这次是装糯米饭出去干活，一是能多干点活，二是能腾出宝贵的时间来写生。他本人喜欢画，又进步较快，被画友支持和被行家肯定，更是他画画的动力。有时候，他隐蔽在草丛中画画，一方面有利于专心画画，另一方面是躲避一些爱管闲事的人。

吴英在柳河市高中教书，他深知父亲在家里干活很辛苦，再加上有画画的爱好。多次恳求他来跟自己同吃同住，父亲就是不到城里来。有一次专门开车到老家接他进城，怎样说服都不肯。真是奇怪，人就是这样，在哪里长就愿在哪里活，挪一步都不愿，特别是上了年纪的人，更是有这样的想法和做法。

吴英这两天有空，她就到老家高平村看望父亲。她带去了冬被和夏被，还有糖果酒烟、零食日杂。

吴英一进家门，满屋子一片热闹。在吊脚楼里，无论哪个时候，都是笑声不断，极乐无穷。有吹笛子的，有吹芦笙的，有弹琵琶的，有唱侗戏的，有画画的。所有在座的人，都忙得不亦乐乎，他们忙得很充实，幸福写在脸上。杨卜老就是个吹地筒的高手，这种芦笙乐器不但要会吹，而且还要坚持时间很久，他从 17 岁开始吹笙，吹了 63 年了。有时横着吹，有时竖着吹，有时倒立吹，虽然难度大，但是吹得自然，造型好看，声音悦耳。吹出立体，吹出美感。吹者微笑，观者鼓掌。

吴英把糖果零食发给大家分享。吴一家住在鼓楼坪旁，白天，方便房族和亲戚借锄头柴刀以及扁担撮箕。晚上，既是家庭联产承包责任组的会议室，又是村里的文艺排练场。吴英看着老家热闹的场面，又想到自己在学校快节奏的教学工作和丈夫杨心宽任务巨大、责任重大的行政工作。再想到哲人说的话："不愿做神仙，愿做桂林人。"最后总结出："不愿做神仙，愿做高平人。"

吴英来老家的第三天，杨心宽也到了高平村。杨心宽自从被调到京都民委工作后，一直没回过南方，过春节也在忙公事。这两周他到南方调研，用珍贵的两天时间到高平村看望岳父，以尽孝顺之心。夫妻俩原来也不通什么电话，吴英一点都不知晓，相遇很突然。真是不约而同，心有灵犀。昨晚，吴英做了个好梦，梦见月亮很圆，而且特别明亮。如果说，日有所思，夜有所梦。那么，当天在老家相遇，就是梦的实现。

2011年暑假，吴一的儿子吴尚美从京都师范大学美术学院以优异的成绩毕业，刚刚被录取为本校的研究生。高兴之余，特别回老家向爷爷报喜。进了家门，正好遇见姑妈吴英和姑爷杨心宽。在新建的两间五柱三层的木楼厅廊里，一家人小团圆，米酒加米歌，国画添侗画。真是乐坛加乐，锦上添花。

吴尚美送吴英姑妈和杨心宽姑爷到寨门外的风坳口，看不到亲人影子后才回到自己的家。夜幕降临，在戏台里响起了锣鼓声，又有琵琶声和牛腿琴声互相交融。吴尚美跟着爷爷到村文化综合楼，听了很多书本里没有讲的故事，看了很多城里没有的东西。

白天，吴尚美往返于高平村至湖南邻村的石板路；晚上，收获了无限的欢乐。

旭日初升，吴尚美走出家门，走村串户。每当走到下寨井亭旁，都会被一副井亭对联所吸引："高山平地涌秀水；美寨丽亭居神仙。"

吴尚美先到房族家坐一坐，后跟邻居聊一聊，又到老庚的家里叙一叙。夜深人静，吴尚美在自己的房间里，画了两幅画，一幅叫《饮水思源》，另一幅是《高山流水》，装裱后挂在家里和高平村崇善画院墙壁上的显眼处。

　　有广岭省及周边省邻寨画画爱好者慕名到高平拜访吴尚美，崇拜者看过画后，对老师十分崇敬、百般爱戴。高平村画画爱好者邀请吴尚美和外村的贵客到家中吃油茶、喝米酒。茶余饭后，到寨里参观三水县最多的井水亭，欣赏井水亭文化。10多个画友驻足观赏中寨井亭的对联："井水清甜欣百姓；冲竹幸运献千家。"那一副副对联，就是一幅幅图画，画友们一字排开，一个接着一个，都喝了一竹瓢的井水。

　　在杨阿包的建议下，画友们积极地拥护，万般恳求吴尚美当他们的画画老师，希望得到老师指导。吴尚美感觉自己没有高深的知识，年纪还小，不能担此重任，一直在推辞。

　　画友在中寨井亭内集体跪下，其中有两大力士扶着吴尚美坐在凳子上，希望他收全体画友做徒弟。这个时候，吴尚美点头也不是，不同意也不是。最后，吴尚美同意做他们的老师。他说："我们互相学习和交流，共同提高。"

　　杨阿包指挥说："一拜天，鞠躬；二拜地，鞠躬；三拜师，鞠躬！"一说多拜的拜师简单仪式结束。他们选择在老师的老家井水亭里拜师学艺，有两层含义，一是记得饮水思源的恩德，二是要有爱国爱家的情怀。

　　吴尚美在这种情况下，自然地当了他们的老师。

　　师生几人来到一个榨油作坊。这里用的是最原始的榨油机器，现代的榨油机是通过旧式的东西改造而成。一根大且直的杂木一端镶嵌着厚铁，中间拴着一根铁圈，铁圈又套铁丝编织的铁绳捆着屋顶的木梁中心。木头可以前后摆动，每当摆到最大幅度时，瞄准好榨油机的若干油箍中的木楔，每一次打榨，木楔两边装油桶的油位又提高一截。循环往复打榨，若干桶茶油从这里生产出来。榨油机的发明和制造，这是古代人智慧和勤劳的结晶。为农村的生产和生活提供了便利。

吴尚美回到自己的家里，创作了画作《茶油的故事》初稿。

第二天，吴尚美和爷爷同步走到寨门外的风坳口，爷孙难舍难分。爷爷目送着孙子远去的背景，孙子一步一回头，直至双方看不见对方的影子为止。

吴尚美回到学校后，又将《茶油的故事》仔细打磨提升，一幅满意的作品挂在了书屋的墙壁上。

中秋，在京都全国美术画展中，吴尚美作品《茶油的故事》以古朴美、典雅美和创新美获得了金奖。这是吴尚美自从画画以来参赛获得的第三次奖项。虽然奖金不多，但是得到的精神鼓励是无价的。

重阳佳节，杨阿包买了衣服和裤子送给爷爷和奶奶后，又约几个画友去周边村走访。杨阿包到了湖南平昌村吴宝乙家，正好遇见贵州梨寨村的罗山藤和胖陡村的吴包福几个画友。杨阿包的到来，给村屯增添了几分喜悦。杨阿包会讲故事，会画画，会下厨房，会上山干活。在画友中，杨阿包聪明、勤快、憨厚，大智若愚，真是人见人爱。

画友们的临时聚会。他们在座谈中，海阔天空，神聊到顶。交流多了，碰出一些智慧的火花。"我们几个每个月收集画作寄到吴老师那里给他点评吧，只有这样做，我们才知晓自己的不足。在哪方面需要修改，在主题上如何提升，在构思上怎样更好。"大个的说。

"三个臭皮匠顶个诸葛亮。"这句话一点不假。按照《平昌谈画纪要》，师用心，徒专心。在实际的画画采风写生实践中，杨阿包等人和崇善画院的学员们都取得了长足的进步。在"美丽中国"全国画展以及"中国美术走向世界"活动中，尤其是侗画艺术走向世界活动中，获得了1项金奖、6项二等奖、9项三等奖。专家学者和广大画友更是好评如潮。

各村画院的学员画画技能上去了，美术作品越来越多。

冬末年尾，李三思把三省36个村画院画作共5万幅送到南方崇善画院和南方"文房四宝"画库，再运往澳洲画天下和画家世界。澳洲画天下董事长华远行积累了20多年的画商经验，在经营上非常诚信，在和气里确实生财。5万幅佳作，按每幅2000元计，合1万元人民币，华远行把全额画款转账至南方崇善艺术基金会。

南方崇善艺术基金会把所得费用分一半留给画画作者，另一半作为募捐款。南方崇善艺术基金会的经费主要用于发展美术事业、扶助困难家庭的学生读书、孝老爱亲、帮助急需帮助的人。

南方崇善艺术基金会自成立以来，募捐新建广岭省及周边省村寨画院和民间文艺馆72座，资助困难家庭学生3000多人，资助长寿老人369人，资助公开出版画册100种，赠给学校图书馆图书500万册。

斗转星移，南方崇善艺术基金会不断办实事、做好事，在广岭、湖南和贵州周边侗族地区家喻户晓。全国画画爱好者很羡慕各村的崇善画院，文化界的专家学者也经常到这个地方来。

侗画家

"广大群众希望在祖国大地有无数个'吴一',做无数件好事。"湖南的一位画家说。吴一,字崇善,吴崇善的名字已经深深地刻入寻常百姓的脑子里。金杯银杯,不如群众的口碑。吴一走到哪里,都有一批画画爱好者跟随,很多人也想一睹光辉形象。

有一次,吴一到贵州的梨寨村采风,由于想见他的人非常多,造成一段公路发生了拥堵。有两个画画爱好者,在田埂上只管往前跑步追星,不看足底路是怎样,第一个跌倒在鱼塘中,第二个也跟着落水,像两只落汤鸡一样,成为村民常常讲到的笑话。

在三水县的政府办公会上,韦副县长就"文化事业发展"作专题讨论。会议既民主,又集中,形成会议决议。高平村、绣兴村、平源村、宝马村、平江村和胖陡村是三水县的生态文化寨,再是中国景观村落,又是中国少数民族特色村寨。在公益文化建设中,乡贤建言献策,群众投工投劳、乐捐献物,热爱家乡,建设家乡。又从专项资金拨给每村 30 万元,用于村级公益文化楼建设。

广岭省的高平、绣兴、平源、宝马、平江和胖陡 6 个村,以村委为主导,以村群众为主体。春节期间拟好建楼计划,在正月芦笙踩堂联欢会上公布了。

二月初旬,高平村民到山上选材备料。有砍木的,有抬木的,有抬石头的。木匠掌墨,助手点线。大家心往一处想,劲往一处使。流下汗水,虽然很辛苦,却没有谁说一声怨言。

三月中旬。杨卜老择吉日良辰,选在三月廿六日奠基,定在吉星高照之时上梁。在木梁的下方用一块侗布包着三个银币、一本历书、一支毛笔,侗布用银币钉着四个角,在侗布包两端各系着三小把糯谷。在木梁的侧面挂着一张红布，红布上写有"福星高照"四个字。寓意五谷丰登，五福临门，财源广进。房族亲戚争分夺秒，横穿直套，立柱上梁，一天完成。

四月初八，木匠和助手们镶房进入赶工阶段。寨老到工地看看进度，指出一些不太细致的地方。木匠欣然接受，都愿意为家乡出点力。

五月端午节前，扫尾验收，白天做工，晚上加班。没有电时，他们就点着煤油灯。煤油没了，点蜡烛，孩子帮照，中青年人干活。

六月初六新米节，举办竣工庆贺仪式。在鼓楼坪摆了六七十桌，村民自带酒菜，欢聚一堂。吃糯米饭，喝重阳酒。人人半醉，个个欢喜。

七月十四，在高平村举行比邻六村文化交流活动。绣兴、平源、宝马、平江和胖陡5个村的300多人汇聚高平侗寨。绣兴的琵琶歌，平源的笛子歌，宝马的芦笙歌，平江的牛腿琴歌，胖陡的情歌，歌声悠扬，情意绵绵。弹唱之后，表演舞蹈，婀娜舞姿，如痴如醉。比邻村外的不速之客喊声更大："再唱一首，再来一个节目。我们请吃夜宵……"

八月中秋，远方的游客蜂拥而至，来观赏侗乡的自然山水和体验侗族风情。在高平村，十四夜晚，12家客栈全部住满。

九月重阳节，敬老联谊，活动丰富。老年唱敬老歌，青年演敬老戏，少年跳敬老舞。潘卜合弹唱琵琶歌很有特点，特别地好听。不只是听众喜欢听，连屋后树上的鸟儿都喜欢听。不少人只知道他会编竹器和做木工，不知道他会这一手。在高平村，一人多艺是常见的现象。

十月，跳"多耶"庆祝丰收。千余人围成大圆圈，一人领唱众人和。然后，大圆圈变成 3 个中圆圈，最内圈的人身着蓝色衣服，最外圈的人身着紫色衣服，中间圈的人身着五彩百鸟衣。边唱边跳，唱法多种，舞步多姿。演员用心尽情演，观众聚精会神看。"多耶"跳式有时顺时针方向旋转，有时逆时针方向旋转，像小鱼仔在大鱼塘里自由自在游一样。

十一月侗笛吹奏美丽，十二月琵琶弹唱幸福。正是人人快乐，户户平安。年年有戏，月月有节。四季有画，一生有福。

以后，画院发展怎样，事业前途如何？有《渔家傲》词云：

爷爷山中拿画板，孙子寨右绘炊烟。吹笙舞蹈共朝前，敬乡贤，欢声笑语庆丰年。　　侗岭安居栖美燕，鱼塘种藕产新莲。千家万户灌农田，努力先，生活惬意胜神仙。

祖父山中拿画板，孙子寨内授学徒

第 28 章

◆

到澳洲聘任教授，回侗寨捐献学堂

　　在南方的文化界，没有谁不认识吴一。在路上，每逢到吴一，就有人要跟他照相留念。好像跟他在一起，就有好运来临。在车站，有几个学生东瞧瞧西望望，每当确认是吴一老师后，就拿着笔记本过来要求签名留念。有一个学生更是有趣，当时没带笔记本，就让吴一在自己的衣服上签字。吴一觉得弄脏干净的衣服不好，学生十分恳求，最后他还是签了字。在授课后，吴一走下讲台，学生问这问那，最后的环节还是要求老师签字。在南方的各个村寨，都流下了吴一的行善事迹。

　　在北方的教育界，听到吴一的故事就是特大的新闻。人们很喜欢他的为人处世，从小学到大学的校园里，到处有吴一捐的图书馆。"北原师范大学图书馆就是吴一乐捐的成果，这里培养了无数个德才兼备的学子，让他们成了对社会有用的人。在北方的平原上、黄河边，都有吴一欢声笑语。他平易近人，很是健谈，知识渊博，与他在一起，只有快乐，没有忧愁。只有谦虚，没有骄傲。只有进步，没有落后。我有这样的体会，与画家在一起，你不想画都难。与高人在一起，离好事就很近了。与智者在一起，离成功就不远了。"北原师范大学校长蔡善学说。

吴一很久没有去岳父母家。一天晚上他在床上翻来覆去，久久不能入眠。等到进入梦乡后，他梦见了岳父大人。岳父早出晚归，日夜操劳。心里想着，自己在外面奔波，没有很好地照顾老人家，觉得很惭愧，于是计划去北方一趟，看看老人家。

吴一乘着北上的火车，到了岳父家。门还是原来的门，院子还是原来的院子。变化的是，时间在推移，颜色在变旧。进了院内，走进炕边。喊了三声"爸爸"，岳父从里屋出来。他满头银发，白色眉毛，花白胡须，脸色素净，身体硬朗，行动便利，像传说中的仙人一样。中午，吴一和爸爸拿着一大盒糖烟酒到王中华的舅娘那里吃饭。在那里，吴一讲了南方崇善画院的故事，侃侃而谈，谈画画，讲办院，聊下乡，侃采风，议画展，论画册。说读书教书写书，办耕地耘地用地。从刚刚吃饭谈到吃饱收桌，从中午聊到下午。除喝水是暂时停歇外，其余的时间都是讲故事有内容。亲戚朋友有时洗耳恭听，有时不懂的时候，就问问一些问题，非要弄个水落石出不可。

吴一说："南方崇善画院故事很多，一天两天讲不完。我讲一个最有趣的故事，就讲我们的八仙。七男一女，画艺一流，酒品一流，行善一流。单说一女，八仙之一，她叫赵燕，是女中豪杰。我们在采访途中，独自遇见四个不三不四的高个子，想欺负她。赵燕把他们打得横一倒三，喊爹叫娘。后来我们继续往下一个目标村前行。一斗烟功夫后，我们到了一个村，叫杨家庄。杨家庄坐落在一个山冲里，上游和下游都是水稻田，一条小溪从村前流过，水流潺潺，清晰见底，小鱼自由自在。四周都是杨树，枝繁叶茂。四周外围是茶园，这里是三水县海拔633米的高山坡，土地肥沃，气候湿润，云雾缭绕，是最适合种茶的地方。茶色鲜艳，茶味甘甜，茶香持久。生产的茶叶销往北京、上海、广州、深圳等地。生产的米酒，也叫'农家乐'，是招待贵客的必备好酒。

午餐，我们在杨卜的家里做客。杨卜邀约房族亲戚七八个人来陪客，围了一大桌子，主人共有十六七人。喝了两杯后，打破了原来不太说话的局面。杨家的房族走到赵燕前面说：'赵老师好，我敬您一杯！'杨家的亲戚潘表弟也走到赵燕前面说：'赵老师好，我敬您一杯！'杨家的姨表黄表弟又到赵燕前面说：'赵老师好，您不远千里到我村，感谢对我村的关心，我敬您一杯！'双方杯底朝天，一滴不剩。后面的几位杨家庄人都敬了酒，赵燕杯杯都干了。有人建议，不要只喝酒，留一点时间来讲一些故事。'俗话说，酒逢知己千杯少。赵老师是我这半辈子见过最豪爽的女士，酒品一流。我敬您三杯！'杨家大哥说。赵燕推辞说干一杯酒就好，杨家大哥却先干了三杯。赵燕无话可说，也三杯连喝，都干了。赵燕杯子刚刚放下，杨家大哥就慢慢倒下了。杨家人把他扶进卧室。杨家二哥又来到赵燕前面说：'我代表杨家最后敬您三杯！'赵燕说：'我真的不胜酒力，您就理解我吧。'杨家二哥边说边干：'我太理解您了，我太佩服您了。您到我村来，我们真的没什么招待贵客，只有三杯纯米酒，望您愉快！我先干了。'这时的赵燕喝也难，不喝也难。整个屋里，起哄声不断，充满着无限的快乐。'我喝最后这三杯，但愿大哥们不要再敬酒，再敬我，我就出洋相了。'"赵燕说完连干三杯，未见醉意。

在澳洲的华人中，只要有聚会，就有论画谈文的主题，尤其是谈论南方崇善画院的吴一院长。吴一说慈办善，行有结果。在这个世界上，其实很多人都想做一些力所能及的好事。虽然想法一样，但是结果不同。有些人成功了，而另一些人失败了。运气好、方法对、努力到位的成功人士侃侃而谈，所说的话句句都是有道理。运气差、方法错、努力不到位的失败人员却都不敢大声说话。

吴一到大学讲学，学生挤满了教室，教室外面的走廊也挤得里三层外三层。学生都以能听到吴一讲课而感到自豪，又以能得到他的赠书签名而骄傲！

世界名校澳洲金诺贝尔大学的校长孙华振是澳籍华人。他早听说吴一的德行才气和成就，想让他到澳洲自己管理的大学任教。第一次，孙华振校长亲笔写一封信寄给吴一，被他以还没有完成大学科研课题任务而拒绝。

第二次，孙华振携夫人亲临京都大学吴一住处，吴一以父亲年长需要照顾不能离家太远为由而拒绝。

一年过去了，孙华振答应把吴一的妻子和父亲都接过去，安排住房和多功能办公室。吴一的孩子还在京都大学读研究生，如愿意去澳洲留学，学费也可以全免。孙华振讲到这份上，吴一非常感动，又很是激动。吴一心里想，自己有何德何能让别人这样求来求去？从教学的提升，以及见识的广度来说，他决定还是出国去试一试，也许对以后回来教书有好处。这样朴素的想法，引导着吴一走出国门，到更远的地方去。

一个月后，王中华带着吴一的父亲到澳洲金诺贝尔大学。

吴一带着父亲和爱妻游览了海边的几座城市。在海边的餐厅

到澳洲聘任教授，回侗寨捐献学堂

里，吴一父亲第一次吃到了最大的龙虾，一辈子在山上田里耕耘的吴一父亲心里想着，儿子能在国内教书，又到国外任教，真是祖辈修来的福分。于是，他在外面找到一个安静的地方，从包里取出九根红香，用打火机点燃，烟雾缭绕。他面朝东方，双手合十，向祖先致敬！向高平村的父老鞠躬！口里念念有词："祝愿风调雨顺，国泰民安。人财两旺，事业双兴。五谷丰登，六畜兴旺。"

半年后，吴一父亲很想回家。没有谁跟他讲侗话，很难受。白天自己一个待在家里，觉得很闷。多次想到家乡的戏班和画院，夜晚经常做梦，归心似箭。

在初夏时节，吴一把父亲送回老家。

王中华到澳洲后，也到了澳洲金诺贝尔大学任教，聘期为4年。王中华获得京都师范大学校长的批复，作为澳洲金诺贝尔大学访问学者，进行中西民间美术的比较研究。夫妻俩在国外高校任教，中西结合，使用对比法研究，刻苦攻关。实践上得到更深更宽的研究，理论上得到进一步提高。夫妻俩合作的《中西民间美术的比较研究》项目获得了澳洲高校教学科研成果一等奖。

4年的教学和生活真是弹指一挥间。

"恳请您二位继续在这里任教，我校将给予加倍的课酬。"孙华振握着吴一的双手说。

"非常感谢您一直以来对我俩在工作和生活上的关心和帮助，我俩决定回归家乡，去兑现刚参加工作时的诺言。为家乡做点力所能及的事，是一辈子愉快和幸福的事。"吴一和王中华回答孙华振校长。

孙华振校长无论采取怎样的办法，都挽留不了吴一和王中华。在两人回国的前夜，孙华振校长在家设宴邀请吴一和王中华夫妻俩共进晚餐，四人围桌而坐，酒过三巡，孙华振的妻子带大家到阳台上仰望天空，明亮的月光洒落在广袤的土地上，好像地上泛起了一层层白霜。

在澳洲国际机场，孙华振夫妻俩和吴一夫妻俩挥手道别，互致祝福。

10多个小时的飞行，吴一和王中华从大洋洲飞到了亚洲，从金诺贝尔大学回到了京都师范大学。

2016年初冬，吴一和王中华回到高平村。

夜晚，村文艺队与湖南邻村文艺队联欢会后。高平画院里，100多个画画爱好者和全村村民听吴一讲述国外的故事。李三思离他最近，竖起两耳，听得聚精会神。

百名侗画家和全村群众在欢快的"多耶"后，举办了简单的"吴一和王中华百万元乐捐建校仪式"。由高平画院院长主持，高平小学校长讲话："高平人吴崇善和妻子王中华都是高级知识分子，自己省吃俭用，节约下来的100万元捐给家乡建造学校，他的善行美德，热爱故乡、建设家乡的精神，将激励我们更加努力建设家乡。"

校长的话虽然不多，但是意味深长。现场响起雷鸣般的掌声。

仪式结束后，山村的夜，更加地寂静，连掉下一根针也能听见。

在厅廊里，吴一父亲在那里抽着本土叶烟，烟雾弥漫整个堂屋。他对儿子吴一和媳妇王中华说："我支持你们的慈善事业。有一条重要的建议，希望你们所做的那些事要既合情合理，又要合法。做人要低调，办事要勤快。"他把烟杆挂在中柱的钉子上，由于坐久了，起身的时候，动作比平时慢。吴一急忙过去将父亲扶到三楼的卧室，又陪着父亲再聊了一会儿。这时候，吴一看到了父亲床上一床很旧的被子，一件棉衣当作枕头。床下的鞋子排放整齐，很旧的、半旧的、新的，各种季节的鞋都有，像一个鞋铺一样。又看看父亲满头银发，觉得真的变成老父亲了。再想想自己，读书、教书、写书，一晃就过了几十年，不能陪在亲人身边，觉得很是对不起父亲。父亲察觉儿子眼含泪水，提出先睡觉。"我自己一直以来都是好好的，一切事情都很顺手，心情总是很快乐的。"父亲说且进被窝里，吴一还没离开，父子俩又聊到凌晨两点，吴一才到自己的卧室睡觉去了。

待了几天后王中华回到京都师大，吴尚美研究生毕业后留校任教。母子俩继续拿着教鞭走自己的路。

吴一去南方崇善画院经营自己喜欢的画画事业。

仲秋时节，晴空万里。

吴崇善和画院仓库管理员带着师生的 1000 幅画作到南方邮局寄往澳洲，先布展后销售。他独自到画院的后山对着湖水高喊："太自豪了，太兴奋了，太幸福了。"当走到旁边的一棵树下，刚想坐下的时候，刚好落下一颗鸟屎，正好落在他的头上。他心想，抬头见喜，是好事。突然又听见"呜呜呜"三声，他向左边仔细一瞧，一只乌鸦正在往西边飞去。一瞬间，雷声轰鸣，大雨倾盆，吴一飞快地跑下山去。

在一个秋末的晚上，吴崇善到画院教室检查学员的自习情况。他悄悄地从后门进去，以免影响全神贯注思考的学员。在常规检查并做好记录的情况下，他又悄悄离开教室。刚回到自己的办公室，一个学员打电话着急道："吴院长，快来，有人病倒了!"吴一先打了急救电话，迅速赶往教室，稍后，救护车也到了画院。

被送到医院的女生叫韦佳时，经过初步诊断，她是因颈椎疼痛压迫神经，加上锻炼不够，不注意休息，连续加班，精力不足，所以才晕倒了。第二天又查出她有贫血症。"医生，怎么办？怎样救她？"吴一问。"需要输血，否则，生命难保，但现在一血难求。"医生很快回答。

韦佳时需要输 O 型血，可是从去年以来，医院一直缺血，特别是缺 O 型血。"我是 O 型血，我献血给她!"吴一说。"医生，我也可以!"一个叫李月圆的女同学也抢着说。

"我是老师，佳时是我的学生，你也是我的学生，我一个人就行了!"吴一对李月圆说。

在输血室里，医生拿着一根针扎到吴一的静脉里抽了患者所需的血，吴一的血流到韦佳时的身体里，像一股暖流，结冰的河水都被融化了。

初冬时节，高平村小学 4 层 16 个教室的钢筋混凝土新教学楼已经竣工。这栋楼的楼顶瓦檐全盖，极具侗族建筑特色。

北边稍矮的教工宿舍比教学楼略显逊色，南面旧式的木构教学楼显得古朴典雅，东边的高平崇善画院给校园锦上添花，还有读书亭、望远亭和励志亭，附属设施一应俱全。整个校园建筑与鳞次栉比的吊脚楼群融为一体。

献血 1 个月后的吴一，一身轻松，平常走路，快步如飞，往返于画院教室与办公室之间。

一天晚上，吴一吃过晚饭，在月亮的陪伴下走到了画院。在画院的创作室里聚精会神地画着《圆月侗寨》，他突然觉得头部不太舒服，便到沙发上坐一下。

王中华起夜上厕所的时候，往墙上的时钟瞄了一下，时针刚好指向凌晨两点。她在想：吴一现在还没回来，不会有事吧？王中华刚想进被窝，窗外传来乌鸦三声的叫声。这时的王中华总觉得兆头不好，心里很慌。于是急着打电话给吴春燕小姑和姑爷，说："吴一今晚可能有不吉利的事，我们同往画院画室看看。"

吴一安详地躺在沙发上。

120急救车把吴一送到医院抢救，医生说："他的心脏已经永远停止了跳动。从检查来看，没有什么明显病症迹象，可能是劳累过度而身亡。从某个角度说，这是善终，他算是安乐而去天堂。"

亲属几人哭得死去活来。廖兴旺和杨心宽料理后事，王中华和吴尚美都急打电话告知家里的爷爷和亲戚。

王中华用被子盖着吴一，让他安详地躺在画院的庭院里。根据他平常的意愿和吴爸爸的意思，把吴一尸体运往老家的祖坟埋葬。

吴一追悼会在高平村鼓楼坪举行。房族泣、亲戚泣、朋友泣、画家泣，天地同泣；父亲哭、儿子哭、妻子哭、亲妹哭，家人共哭。澳洲的画家画商、北方和南方的画家、画商以及同事、同学和朋友共3000多人，个个鞠躬，人人跪拜，都以同一种方式去崇拜敬爱的崇善画家。

那一天，亲戚朋友扶柩还山，八位亲戚抬着棺材，其他亲戚朋友在棺材的前后左右四边，有的帮抬、有的帮拉、有的帮扶，个个都争着帮助出力。扶柩队伍快速由鼓楼坪向祖坟移动，祭账飘着，挽联也飘着……一个村民念出其中一副挽联："一等人，崇德尚艺；两件事，绘画耕田。"

吴氏房族的族长在吴一家门口站着，默哀三分钟，念出这副挽联："半世纪再四春秋，积德举善；全学堂添千画卷，尚艺承优。"

"吴崇善一辈子绘画耕田，就办这两件事。崇德尚艺，可算作一等人。"村里的一位老师在送丧队伍的后面说。

有《满江红》词云：

献物捐钱，凭良心，努力无歇。行实事，架桥善士，铺路豪杰。建校修亭扬信誉，临村访寨踏麻鞋。争朝夕，走人间正道，排前列。　绘正阳，描圆月；撰山坡，写田野。以恒心，办好文字事业。巨院常出长画卷，新楼盛奠大慈阶。望明天，续写宏图志，有成也。

后　记

　　长篇小说《侗画家》的出版具有传奇的色彩。该书始写于2020年孟春，完稿于同年孟冬。写在长篇小说《侗歌师》之前，却出版在《侗歌师》之后。其间，申报选题，申请书号，筹集资金，专家建议，三审三校，最后定稿。虽然路径是曲折的，但是前途是美好的。总之，最终顺利出版了，就是一件最实的好事。

　　该书的创作和出版，获得了颇多的体会与心得，有感动、感恩和感谢。被恩师和同仁对文学创作的真心和热情支持所感动。感恩我的各位恩师的用心用情和用功。感谢所有关心、支持和帮助文学事业发展的单位和同仁，特别感谢中国民间文艺家协会、广西民间文艺家协会、柳州市文学艺术界联合会和三江侗族自治县文学艺术界联合会，尤其感谢团结出版社和成都力扬文化传播有限公司。

　　因写作水平有限，书中存在错漏之处，敬请专家、读者批评指正！

杨顺丰于柳州

2023 年 11 月 15 日

侗画家